KB188370

아
주
작은
풀꽃

아주
작은
풀꽃

황숙자 수필집

이꿈

서쪽 하늘을 곱게 물들이며 조금씩 조금씩 산등성이 뒤로 숨어드는 해넘이. 언젠가 떠나야 하는 그날의 내 모습도 저렇게 아름다웠으면 좋겠다는 생각이 들기 시작했다. 지금까지 어떤 힘든 일도 어렵다 생각지 않고 담담하게 살아왔는데, 어느 날 느닷없는 암 진단을 받았다. 걱정하는 가족과 친구들과 달리 오히려 나는 담담했다. 다만 이러다 가족과 정든 이들을 홀연히 떠날 수도 있겠다는 생각이 들자 바빠지기 시작했다. 주변을 하나씩 정리해야겠다고 여겨지자 제일 먼저 그동안 조금씩 써왔던 글들이 떠올랐다. 남들에게 자신 있게 보일 만큼 잘 쓰지는 않았지만 언젠가는 내 이름으로 책을 내보고 싶다는 마음에 짬짬이 정리해 둔 것들이다.

20여 년 전 평생교육원에서 문학 강좌를 들어오다가 수필 등단이라는 문을 통해 얼떨결에 문학의 숲에 들어섰다. 밖에서 관망하며 동경하던 그 숲에 들어선 순간 우람한 나무들로 꽉 찬 분위기에 되돌아 나올까 순간 망설였다. 그러나 누군가의 시선을 끌 만한 특별함은 없지만 흙냄새 풀풀 풍기는 나만의 작은 풀꽃을 피워보자고 마음을 다잡았다.

어쩌다 길가는 나그네가 풀 섶에 앉아 신기해하며 바라볼 작은 꽃을 피워보겠다는 마음으로 짬을 내어 써온 글들이다. 두 손녀를 돌보며 맛보았던 10여 년 동안의 수도권 생활은 중심문화에 쉽게 접할 수 있어서 나에겐 정말 큰 기쁨이고 행운이었다. 틈틈이 유적지를 돌아보고 유익한 강좌를 듣고 했지만 차분하게 글로 옮길 시간의 여유는 별로 없었다. 그곳에서 취득한 '동화구연가'와 '아름다운 이야기 할머니'의 활동 때문에, 일 년에 한 번씩 동인지의 원고 청탁이 오면 부랴부랴 생각해 오던 것들을 정리해 투고 하는 게 고작이었다.

수필이라는 이름으로 써오긴 했지만 그 격에 맞추긴 한참 부족한 글들이다. 함께 한 친구들과 소중한 인연으로 맺어진 지인들 앞에 나의 삶의 모습과 생각들을 펼쳐 보이는 게 조금은 부끄럽기도 하다. 초승달에서 그믐달까지 숨김없이 자신의 모습을 보여주는 달처럼….

나에게 글을 쓸 수 있게 지혜를 주신 하나님과 길을 열어 지도해 주신 전원범 교수님, 지금껏 함께 해 준 문우들께 감사드린다. 그 동안 묵묵히 활동을 지원해 준 남편과 아이들, 이 책이 나올 수 있도록 도움을 주신 아꿈 출판사 임성규 대표에게도 감사드린다. 더불어 내 노년을 활기차게 보낼 수 있는 사랑의 엔돌핀인 손녀 지윤, 주영아! 아주 많이 사랑한다.

책 머리에 04

생활자기 같은 자식들   14
큰애야!   20
매스미디어massmedia   24
보은의 금반지   30
체험 유년기   34
손녀의 전화   40
첫 손녀 지윤이   42
낙엽 주머니   44
아주 작은 풀꽃처럼   54
네 살 주영이   60
내 가슴을 시리게 하는 꽃   62
비슬푸른부전나비   68
신도시 평촌에서   75
어머니의 한   82
어머니   89
사랑하는 내 동생   91

차례

고향

무지개떡   100

방앗간 추억   106

오얏, 그 그리운 이름   112

옛 고향의 노래   121

보리   125

꽃밭   130

마애불의 미소   135

그 거룩한 뜻을 되새기며   142

우리들의 당산나무   148

나주호   154

동심의 세상

계수나무 한 나무 토끼 한 마리   158

오월의 신록과 아이들의 꿈   164

미실령의 신부   171

아! 소파선생님   173

이야기할머니 예뻐요   180

유치원 원장님께서 주신 선물   185

시시하지 않은 어른   191

산다는 것은

가장 아름다운 태양의 모습   198

과장법의 대가大家   204

그 말 한 마디   209

그분의 생각   215

기어드는 햇살 사이로   220

자랑스러운 나의 선조, 방촌 황희   225

그 분이 오신다   233

꿈마을 교구 하계 전도여행   238

덕혜옹주德惠翁主의 부활   245

추임새   251

환승역   256

용띠들의 동남아 여행

6월 30일_ 광주공항   258

태국 관광의 첫 코스_ 파타야   268

7월 1일_ 체험코스   273

7월 1일_ 능눅빌리지 민속촌   277

7월 2일_ 방콕   282

7월 3일_ 왕궁   288

7월 3일_ 싱가폴 창이공항   293

7월 4일_ 주룽새 공원   298

7월 4일_ 말레이시아 조호바루   301

7월 5일_ 바탐 1   306

7월 6일_ 바탐 2   313

7월 6일_ 식물원   315

7월 6일_ 센토사섬   317

가족

국그릇으로, 밥그릇으로, 반찬 그릇으로 곁에서 달그락
달그락 소리를 내며 함께 살아가는 생활도자기 같은 자식
들, 누가 뭐래도 그들은 우리 부부의 삶의 활력소이자
기쁨이고 자랑이다.

생활자기 같은 자식들

'우리집 가보'에 대한 원고 청탁을 받고, 굳이 '가보'라고까지는 아니라 해도 집안에 대물림할 만한 게 뭐가 있을까? 아무리 생각해도 그럴 만한 가치가 있어 보이는 게 없다. 명문가 집안도 아니었고 값진 물건을 소장할 만한 부를 누리지도 못한 평범한 농사꾼의 자식들인 우리에게는 지극히 당연한 일이다. 부모님께 받은 것은 없지만 그래도 혹시 자식들에게 물려줄 만한 것은 없을까 둘러봐도 그것 또한 어림없는 생각인 듯하다.

결혼 초부터 아버님이 남기신 부채와 남은 가족들의 뒷바라지를 해야 했고, 우리 삼 남매의 대학 졸업까지 30여 년을 빠듯한 남편의 교사 봉급으로 살아왔다. 그러다 보니 자식들에게 우리가 누리지 못한 '기댈 수 있는 언덕'을 마련해 주고 싶었던 평소의 소망마저도 사라져가는 무지개를 바라보는 듯해 마음이 무겁다. 물려 줄 것은 없더라도 부채만은 남기지 않아야겠는데 수명은 자신들의 의지와는 상관없이 연장되어가고 질병은 늘 옆에서 기웃거리니 그도 걱정이다.

2022년 1월 18일. 결혼 51주년이 되는 날이다. 비록 넉넉한 형편은 아니었지만 무난하게 지난 시간들이었다. 짧다고만 할 수 없는 날 동안 어찌 우여곡절이 없었을까마는 견디지 못할 만큼 극한상황은 없었다는 이야기이다. 남편의 직장을 따라 옮겨 다니면서 맺은 많은 인연들과 지금까지 정을 이어오며 살아 올 수 있었던 것, 살면서 겪어야 했던 크고 작은 어려움들을 씩씩하게 잘 이겨 낼 수 있었던 것은 뭐니 뭐니 해도 우리 삶의 활력소가 되어 준 아이들 덕분이 아닐까. 요즘은 결혼적령기를 넘기고도 태연해하는 녀석들이 못마땅하지만 대학을 마친 후 지금의 일터를 갖기까지 나름대로 마음 고생하는 것을 보고 안쓰럽기도 했었다. 그러나 어려움을 잘 극복해서 우리에게 큰 걱정을 끼치지는 않았던 것 같다. 청년실업이 정부의 중요정책들의 목록에 떡 버티고 있는 요즘에도 아이들이 직장생활을 열심히 하고 있어서 아름다운 일몰의 모습을 다소 편안하게 바라볼 수 있는지 모르겠다. 형편이 넉넉한 집 애들처럼 잘해 주지는 못했는데도 착하고 건강하게 자라줘서 고맙고 대견하다.

아이들이 어렸을 때는 그래도 국내의 몇 손가락 안에 꼽히는 대학을 나와 자타가 인정하는 그럴듯한 직장에서 근무하는 자식들의 모습을 그려보기도 했었다. 하지만 그게 어디 쉽게 이루어지는 꿈이겠는가. 어떤 일에서 성취감을 맛볼 수 있는 순간이 수월하게 찾아오는 것이 아님을 이미 정상에 오른 이들의 이야기를 통해 짐작할 수 있다.

처음부터 좋은 환경에서 태어나고 본인이 그걸 바탕으로 자기 능력을 마음껏 발휘할 수 있다면 그야 말할 것도 없지만, 조금 덜 좋은 여건에서 부모의 채근과 본인의 욕망이 맞아떨어져 성공한 사례도 있다. 더러는 아주 열악한 경우에도 본인의 목표를 향한 끊임없는 집념으로 성공에 이르는 사람들을 보기도 한다. 반대로 부모가 설정한 목표를 향해 자식들을 채근하고 훈련 시켜 끝내 정상에 서게 하는 경우도 본다. 그러나 그 어떤 경우라도 그 길이 수월한 길이었다고 쉽게 말할 수는 없으리라. 그들이 그 자리에 서기까지는 수많은 좌절의 순간이 있었을 것이고, 그 모든 어려움을 극복한 후에야 정상에 오르는 영광을 얻었으리라. 국제사회에서 다양한 분야의 정상에 올랐거나 도전하는 우리 젊은이들을 보면 내 자식이 아니라도 자랑스럽다. 어찌 보면 나라의 보물 같은 젊은이들이다. 그러니, 이런 자식들을 둔 부모들은 모든 부모들의 선망의 대상이 되기 마련이다.

이렇게 잘나가는 젊은이들을 볼 때 자식들에게 미안한 생각이 많이 든다. 넉넉하지 못한 형편으로 주눅이 들게 하지 않았더라면 지금보다는 좀 더 큰 꿈을 꿀 수도 있지 않았을까. 마음속 꿈의 싹을 틔워 볼 생각조차 못하게 하지는 않았는지…… 이미 성인이 된 아이들, 후회한들 이제 어떻게 할 것인가. 아이들 생각은 잘 모르겠지만 우리 형편에서는 온 힘을 다해 아이들을 양육했다고 생각한다. 어느 부모치고 자식들을 잘 키워보겠다는 욕심을 부려보지 않았을까. 살아가다 보면 어느 지점쯤에서부터 넘볼 수 없는 꿈이라고 생각 할 때 빨리 생각주머니를 비워야 마음의 평안을 찾아가는 것이 아닌가.

우리도, 아이들도 크게 욕심내지 않고 편안한 마음으로 학업을 마치고 이제는 스스로의 생활을 책임지는 나이가 되었다. 아니 지금쯤은 가정을 꾸리고 아이들과 오순도순 살아가야 할 나이들이다. 그런데도 결혼할 생각은 아예 접고 행여 결혼이야기가 나올까봐 어미의 입을 틀어막는 자식들을 보고 화가 머리끝까지 차오른다. 만약 큰애마저 결혼을 안 했다면… 생각만 해도 캄캄하다. 그런데 우리 집만 이런다면 정말 기가 막힐 일이겠지만 이 집 저 집 이야기를 듣다 보면 도대체 뉘 집 이야기인지 구분이 안 된다.

그런데 잘못된 것인지 다행스러운 것인지 남편이나 내가 추구하는 삶의 모습이 아이들의 생활 속에서 가끔씩 엿보인다는 것이다.

지금까지 아무리 어려워도, 아무리 쉬운 길이라도, 다른 사람에게 피해가 가는 일은 하지 않는다. 나로 인해 어떤 사람이 손해를 보거나 고통 받는 일은 하지 않겠다는 자세로 살아왔다. 우리는 그렇게 살아왔지만 차마 권할 수는 없어도 아이들은 득이 되는 길이 있다면 그쪽으로 에둘러가기를 은근히 바라기도 했는데 부모의 삶에 익숙해서인지 아이들 역시 우리처럼 산다. 요새처럼 약삭빠르고 영특한 사람들이 활개 치는 세상에서는 매사에 한발 늦어 바보 같아 보일지 모르지만 그것이 우리 가족의 매력일지도 모르겠다. 하나같이 영악하게 살려고 바둥대는 세상에 우리 같은 사람들도 더러는 있어야 하지 않을까. 어쩌면 이것은 우리 아이들에게 물려주는 보물은 아니더라도 다행이다 싶기도 하다.

'생활도자기 같은 자식들'
  손길을 피해 장식장에 진열해 두고 바라만 보아도 행여 흠집이 생길까봐 전전긍긍하거나 아니면 아예 은행 금고에 맡겨두는 고가의 청자나 백자처럼 많은 사람들이 선망하는 보물 같은 자식들은 아니다. 하지만 국그릇으로, 밥그릇으로, 반찬 그릇으로 곁에서 달그락 달그락 소리를 내며 함께 살아가는 생활도자기 같은 자식들, 누가 뭐래도 그들은 우리 부부의 삶의 활력소이자 기쁨이고 자랑이다. 또 혹시 아이들의 나이가 지금의 우리 나이쯤 되면 그들의 바보 같은 삶이 모든 이들이 소장하고 싶어 하는 보물처럼 위상이 오를 수도 있지 않을까.

　내가 초등학교 때 『도덕교과서』에 있던 이야기이다.
　어느 집에 부인들이 모여 서로 자기의 보석 자랑을 하다가 집주인에게도 보석을 보여 달라고 하였다. 그때 집주인은 보석 대신 두 아들을 데리고 나와 "나의 보석은 이 아이들"이라고 해서 보석을 자랑하던 부인들을 부끄럽게 했다는 내용이 아직도 기억에 남아 있다.

　우리 집에는 내세울 만한 가보도 특별한 자랑거리도 없다. 그렇지만 굳이 자랑을 하라고 한다면 다른 사람들에게 아주 작은 피해를 끼치지 않으려는 우리 부부의 삶과 반듯한 심성으로 살아가는 우리 삼남매, 언제나 한결 같은 '성실표' 사위의 손을 들어주고 싶다.

큰애야!

큰애야!

올 봄에 비가 자주 내려 고사리 꺾으러 고향 뒷산에 몇 번 다녀왔다.

아침 6시쯤 집에서 출발, 50분 정도면 도착할 수 있는 고향 뒷산은 언제 찾아도 어머니 품처럼 정겹고 포근한 모습으로 반겨준단다. 봄이 되면 나물을 핑계 삼아 고향을 즐겨 찾는 것도 그 때문이지. 가끔씩 계절에 관계 없이 오염된 도회지를 떠나 상큼한 솔내음이라도 맡고 싶을 때가 있지만 쉽게 가지지는 않는구나. 고향에 가면 어른들이 계셔서 그냥 올 수도 없고 나물을 핑계 삼아 가는 게 제일 무난하다.

마을에 도착하면 사람들과 마주치지 않도록 마을에서 한참 떨어진 농로에 차를 세우고 산으로 올라간다. 두어 해 전 불이 난 산에 오르면 꼭 움켜쥔 아기의 손처럼 앙증스러운 모양으로 흙을 뚫고 쏙쏙 올라온 고사리를 꺾는다. 두어 시간 산을 오르내리고 나면 온몸에 힘이 쭉 빠진다.

간단히 준비해 간 점심을 먹고 취나물을 뜯고, 산에서 내려와 논둑에 있는 쑥이며 미나리, 또 다른 나물들로 욕심껏 보자기를 채운 다음에야 집으로 향한다. 집에 도착하면 할머니께서는 뜯어 온 나물을 내려놓기가 바쁘게 "얼마나 힘들었냐?"며 그중 통통해 보이는 예쁜 고사리를 들어 보이면서 아이들처럼 좋아하며 나물을 손질하신다. 나는 손질이 끝난 나물들을 씻어서 물에 데친다. 고사리는 말린 다음 필요할 때 다시 삶으니 팔팔 끓는 물에 살짝 데치기만 하면 된다. 미나리는 향과 색깔을 살리기 위해 소금을 약간 넣은 다음 데치고, 취나물은 미나리보다는 조금 더 오래 데치는 게 좋다. 데치기가 끝나면 말릴 것은 채반에 널고, 좀 더 우려내야 할 씀바귀 같은 나물들은 냉수에 좀 더 담가둔다. 이렇게 데치기가 끝난 나물들은 각각 어울리는 양념이 있단다. 어떤 나물은 간장으로, 어떤 나물은 소금이나 된장으로 무친다. 씀바귀처럼 나물 자체가 씁쓰름하거나 향이 진한 나물엔 된장에 설탕, 식초 등을 넣어야 강한 맛이 순해진다.

큰애야!

갖가지 나물들이 맛과 향이 다르고, 이 맛을 살리기 위해서는 나물에 따라 적절한 손질을 해야 하고, 궁합이 잘 맞는 양념을 써야 한다는 것이 어쩌면 네가 학생들을 지도하는 일과 같지 않을까 생각한다.

태어난 환경이 다르고 원래 타고난 성품이 각기 다른 많은 학생들을 개개인의 특성을 살려 자기들이 필요한 자리에서 자신 있게 설 수 있도록 지도한다는 것이 결코 쉬운 일이 아니라는 걸 이야기해 주고 싶다.

식탁에 올라 한 끼 반찬으로 끝나는 나물 한 접시의 참맛도 주부의 정성과 지혜에 따라 그 맛이 살아나고 죽을 수도 있다. 이처럼 학생들의 장래는 교육을 맡고 있는 선생님들과 그들을 뒷바라지해 주는 부모들의 역할에 따라 크게 달라지리라 생각된다. 네가 어련히 잘하리라 믿지만 교사의 길이 그렇게 수월하지만은 않다는 것을 30여 년 교직에 계셨던 아버지를 내조하면서 체득했기 때문이다.

앞으로 학생들을 지도하면서 힘겹고 어려운 일들이 많을 것이다. 하지만 네가 임용고시 준비를 하면서 가졌던 그 마음을 잊지 않고, 학생 한 명 한 명을 활짝 핀 마음으로 사랑하고 지도한다면 결코 후회스럽지 않은 교사의 길을 갈 수 있으리라 믿는다.

어떤 힘든 상황에서도 너의 유익함보다는 학생들에게 유익한 방향으로 지도한다면 '교사는 있어도 스승은 없다.'는 오늘의 슬픈 현실 속에서도 훗날 제자들의 기억 속에 남아 있는 선생님이 될 것이다. 무엇보다도 선생님으로서의 보람은 자기들이 가르친 제자들이 사회생활을 하면서 생활 속에서 문득문득 스승의 가르침을 깨닫고 기억해 주는 것보다 더 한 것은 없을 것이다.

졸업 후 30여 년이 다 되도록 새해가 되면 연하엽서를 보내오고, 스승의 날엔 변함없이 축전을 보내오는 아버지의 제자들이 있다. 그럴 때마다 아버지는 매우 흐뭇해하시며 자랑도 하신다. 그런 아버지를 보면서 당장 내세울만한 큰 힘은 없다 해도 소신을 가지고 해볼 만한 가치가 있는 일이지 않나 싶다. 만약 내가 교사의 길을 갈 수 있는 여건이 되었더라면 정말 혼신을 다해 아이들을 지도했을 것 같다.

큰애야!

이 봄에 산나물을 조리하면서 느낀 나의 생각이 네가 걸어야 할 교사의 길에 조금이나마 보탬이 될 수 있을까 해서 생각나는 대로 적어보았다.

넌 꼭 훌륭한 선생님이 되리라 믿는다.

어느 봄날 저녁에
엄마가

매스미디어 massmedia

우리 부부는 2녀 1남을 두었다.

나는 늘 '애들이 이 세상에 사는 동안 악한 사람들의 시야에 노출되지 않게 해 달라'는 기도를 한다.

아이들이 학교에 다닐 때는 꼭 일등을 해야 한다고 다그치지 않았다. 일등을 하고 나면 자만에 빠질까 염려도 되고, 성적이 떨어질까 전전긍긍 하다가 잘못되지나 않을까 걱정이 되었기 때문이다. 꼭 일등을 하는 것보다는 잘하면 일등을 한두 번쯤 할 수도 있고, 또 뒤로 몇 등위로 밀려난다 해도 담담할 수 있는 성적이길 더 바랐다. 아들보다는 딸들에게 그걸 더 원하는 편이었다. 사람들에게 필요 이상으로 알려지지 않고 평범하고 순탄한 삶의 주인공이길 바라는 마음에

24

서였다. 다행히 아이들은 그런 염려 없이 상위권 성적을 유지해 주었고, 어려운 시기에 무난하게 대학에 들어갔다. 국내에서 한두 번째로 손꼽히는 대학에 합격한 자식을 자랑하기에 목청 돋우는 친구들을 보면 약간 부러울 때도 있었지만, 순조롭게 학업을 마치고 차분하게 자기의 길을 찾아가는 아이들을 보면서 한편으로 미안한 생각이 들 때가 있다.

세계의 무대에서 자신들의 역량을 마음껏 발휘할 수 있도록 자녀들을 키워낸 부모들, 그들에게 넉넉한 경제력이 있었거나 아니면 지나치다 싶을 정도의 다그침으로 목표를 이룰 수 있도록 한 부모들을 볼 때, 우리 부부의 태도가 너무나 소극적이고 안일하지 않았었나 싶어지기도 한다. 그리고 혹시 우리의 이런 태도 때문에 아이들의 펼칠 수 있는 능력마저도 접게 하지 않았나 해서이다.

그렇지만, 오늘 산골 소녀 영자양의 처지를 보면서 그 생각들을 조금은 정당화 시켜보고 싶다. 지난해 TV에서 방영되는 〈산골 소녀 영자〉를 본 일이 있었다. 아버지와 단둘이 산골에 살면서 아버지에게서 배워 쓴 시를 읽어 보이며 앞으로 소설가가 되겠다고 하던 아이, 약간은 어수룩해 보일 정도로 세상의 때가 묻지 않아 뵈던 순박한 소녀였다. 왜 딸을 데리고 산골에서 살아야 했는지, 그 아버지의 형편은 듣지 못했지만 부녀는 자연과 더불어 평온해 보였다. 반반한 바위를 책상 삼아 글을 쓰던 그 애의 모습이 눈에 선하다. 그런데 어쩌다 이들의 모습이 사람들 눈에 띄어 전국에 방영되면서 조금이라도 더 가져보려고 바둥거리던 우리들의 삶을 되돌아볼 수 있는 하나의 계기를 만들어 주었다.

TV는 영자와 아버지를 순식간에 유명하게 만들었다. 요새 유행하는 말로 그들을 세상 속에 둥실 띄웠다. 많은 사람들의 관심으로 아버지는 아닐지 몰라도 영자는 그동안 행복했을 것 같다. 자기가 현대판 신데렐라가 아닌가, 착각했을 수도 있다. 꿈조차 꾸어보지 않았을 TV와 광고에 출연하여 돈도 벌고, 우리나라 문화의 중심부라 할 수 있는 서울 생활도 경험할 수 있어서 어린 영자는 좋아했으리라.

그러나, 그 기쁨의 시간은 너무나 짧았다. 사람들에게 마음을 연지 일 년도 되기 전에 아버지는 억울한 죽음으로 영자 곁을 떠났다. 설상가상으로 그 동안 영자의 서울 생활을 돌봐 준 것으로 알려진 모 방송국의 라디오 프로그램 동호회 회장인 김모씨가 그동안 영자가 받은 광고, 출연료 등을 유용한 혐의로 구속되었다. 어른들도 감당하기 어려운 일들이 연거푸 어린 영자를 덮쳤고, 지금껏 세상과 격리되다시피 살아온 영자에게는 견디어야 할 슬픔이 너무 버거웠을 것이다.

영자 아버지를 살해한 범인이 오늘 한 달 만에 검거되었다고 한다. 경찰 조사에 의하면 범인은 절도와 강도 등으로 29년이나 교도

소 생활을 한 전과 8범이었다. 지난 1월 교도소를 나와 놀고 있던 범인은 영자 부녀가 나오는 TV프로와 광고를 보고 범행을 저질렀다고 한다. 범인이 잡혔다고 영자에게 달라진 것은 아무 것도 없다. 현재 삼척경찰서 한 여순경의 집에 머물고 있다는 이 소녀의 앞날은 어떻게 될까? 그 애는 지금 아무 말도 못하고 먼저 가버린 아버지를 원망하고 있는 것은 아닌지, 차라리 힘들더라도 어려서부터 사람들과 어울려 살았더라면 오늘 같은 불행은 오지 않았을 거라고.

꼭 영자네 이야기가 아니더라도 사람들의 지나친 호기심 때문에 자신들의 모습이 원치 않게 세상에 드러나는 일이 있다. 그 일로 인하여 본인의 의사와는 전혀 다른 삶을 살아야 하는 사람들을 더러 보아왔다. 우리 딸들이 또래들 중에서 특별하지 않기를 바란 것도 그런 이유라고 할 수 있다. 세상에 영자네를 꺼내놓은 매스컴에서는 지금 어떤 생각들을 할까? 쉽게 아물어지지 않을 영자의 상처를 어떻게 싸매 줄 수 있을까. 원래대로 되돌려 놓고 싶은 가슴 절절한 뉘우침은 없을까. 귀가 번쩍 뜨이는 소식을 발굴해 내는 것도 좋겠지만 후에 발생하게 될 상황까지도 배려할 줄 아는 매스컴이 돼 준다면 더 바람직하리라.

오늘날을 첨단 정보화시대라고 한다. 인터넷을 통하면 세계 어느 나라 구석 구석은 말할 것도 없고, 과거와 현재를 망라한 많은 정보들을 얻을 수 있다. 그러다 보니 당연히 지켜져야 할 개인의 사생활까지도 파헤쳐지는 경우가 많은 것 같다. 이러한 뉴스를 듣고 있노라면 가슴이 섬뜩해질 때가 한두 번이 아니다. 새로운 소식을 알리는 것은 당연한 일이기 때문에 탓할 것은 아니지만 그걸 듣는 이들의 반응을 한 번쯤 짚어봐야 하지 않을까? 부모를 죽인 자식 이야기, 병든 자식을 버리는 부모 이야기, 인터넷에 심취해 동생을 살해하는 중학생, 주변에서 일어나는 흉악한 이야기까지를 아무런 여과 없이 보도하는 매스컴을 볼 때 안타까울 때가 있다. 이런 소식들이 전해지므로 어떤 효과가 나타날까. 패륜을 저지른 사람들에게 오히려 동료애를 느끼게 하거나 실오라기만큼 가지고 있을지도 모르는 양심의 가책마저도 쉽게 버릴 수 있도록 돕고 있는 것이 아닐까.

소문으로 전해 들은 이야기들은 긴가민가 자신들의 생각 여하에 따라 판단이 달라질 수도 있다. 자기가 믿기 싫으면 믿지 않아도 되었던 입소문의 시절이 더 좋지 않았나 싶기도 하다.

화면을 통해 처음 보았을 때 한 폭의 그림처럼 다가왔던 영자네 집, 달빛 아련한 여름밤 초가지붕 위의 박꽃 같던 산골 소녀 영자, 세상 사람들에게 들키지 않았더라면 초록 물감이 뚝뚝 떨어지는 시를 써서 어느 날 불쑥 우리 앞에 내밀었을는지 모른다. 세월이 흐른 뒤 영자는 어떤 모습으로 살아가고 있을까? 장담할 수는 없지만 어린 마음으로 감당하기 어려웠던 지난날의 슬픔과 울분, 그리고 살아가면서 겪어야 했던 외로움과 힘든 삶을 글 속에 담아내는 시인이나 소설가가 되어 있지 않을까? 영자의 삶이 다시는 악한 사람들의 시야에 노출되지 않고 잘 살게 해달라고 기도하고 싶다. 그리고 우리 아이들을 위해서도 여전히 같은 기도를 하련다.

보은의 금반지

아직 마지막 달력을 넘기지도 않았는데 『좋은 생각』12월호가 배달됐다. 사위가 결혼 전부터 보내오는 책인데 지금까지 한 달도 거르지 않고 찾아오는 반가운 친구이다. 겉으로 보기엔 그저 평범한 책이지만 책장을 펼치면 달콤 쌉싸름한 읽을거리들이 가득 들어 있는 보물창고다. 이미 읽었던 책들도 좁은 방안에 차곡차곡 쌓아두고 시간이 날 때마다 다시 읽어보는 참 좋은 친구이다.

날마다 두 쪽씩 읽도록 편집되어 있지만 책이 오면 특별한 방해 요인이 없는 한 발행인 정용철님의 글부터 시작하여 편집후기까지 단번에 읽는 것이 버릇이 됐다. 오늘도 그랬다. 그런데, 31쪽의 글을 읽고는 더 이상 책장을 넘길 수가 없었다. 정해진 유명 필진들의 글도 좋지만 독자들이 참여하는 감동의 사연들이 많아 읽고 또 읽고 하는 경우가 많다. 방금 읽은 글 또한 그 아름다움의 정이 나를 목메이게 했다.

충북 청주의 박재권님이 보내신 「친구 어머니의 금반지」라는 제목으로 시작되는 내용은 20년 전 교통사고로 숨진 친구 어머니의 이야기이다.

친구가 세상을 떠날 때 서른 미만의 아내와 어린 두 딸이 있었는데, 얼마 후 아내는 자기의 처지를 비관하고 아이들을 버려둔 채 집을 나갔고, 예순이 넘은 할머니 밖에 손녀들을 돌봐 줄 사람이 없었다. 그런데 그 할머니마저도 생활이 어려운 형편이었다. 그런 형편을 알고 있는 주인공이 친구의 딸 이름으로 통장을 만들어 할머니께 드렸다. 그리고 넉넉하지 않은 형편이었지만 매달 약간씩의 돈을 입금해 드렸다는 것이다. 할머니는 너무 힘들어 아이들을 고아원에 보낼까 고민도 했지만 아들 친구의 따뜻한 마음 때문에 차마 그럴 수가 없었다. 그래서 그 통장을 밑거름 삼아 품팔이, 허드렛일을 하며 '백만 원만 모이면 아이들을 중학교에 보내겠지.'하는 마음으로 버는 족족 저축을 하셨단다. 그렇게 해서 15년 간 사천만 원이 됐고 아이들을 대학까지 보낼 수 있었다. 할머니는 이 모든 것이 아들 친구인 박재권님 덕분이라 생각하고, 아들 친구에게 금가락지를 만들어 끼워주며 고마움을 전했다는 이야기였다.

문득 금년 초 35년 만에 아들의 치료비를 갚은 70대 할머니의 신문 기사 생각이 났다. 1972년 부산에서 식당일을 하며 어렵게 살던 할머니는 급성폐렴에 걸려 생사를 넘나들던 한 살배기 아들을 업고 부산대 병원을 찾아가 한 달간 입원치료 끝에 완치할 수 있었지만 치료비 20만원을 낼 능력이 못돼 독한 마음을 먹고 몰래 병원을 빠져나왔던 것이다. 아들이 장성하고 집안 형편이 나아지자 '더 이상 미룰 수 없다.'며 새벽기차를 타고 내려가 부산대 병원장을 만나 치료비 20만원과 조금의 성의를 보태 35만원을 내놓았다. 그런 다음 '평생 갖고 산 마음의 짐을 이제야 내려놓았다.'고 했다. 병원장은 35년이 지나 돌아온 치료비를 기꺼이 받고 병원발전 후원금으로 사용하기로 했다는 기사였다.

　외환 이후 너무나 피폐해진 우리들의 삶은 얼마나 많은 것들의 의미를 변화시켰는가. 살다 보면 남의 도움을 받는 일도 있고, 신세를 져야 할 일들도 종종 있게 된다. 어미가 팽개치고 간 손녀들을 자식의 친구로부터 도움을 받고 있는 힘을 다해 훌륭하게 키우신 할머니, 자식의 치료비를 못내 몰래 도망쳐야만 했던 어머니, 두 분 다 마음속에 고마움과 죄스러움의 과제를 안고 있었기에 모진 세월을 수고와 헌신으로 이겨 내셨으리라. 그걸 알기에 금반지를 끼워주시는 친구 어머니를 보면서 울컥 눈물이 솟았다는 박재권님. 또한 불의의 사고로 숨진 친구의 아이들을 도와 온 그분의 따뜻한 마음이 우리 마음까지 훈훈하게 한다. 아무리 세상살이가 힘들다 해도 이렇게 사람 된 도리를 애써 지키려는 이들이 있는가 하면 오히려 은혜를 이용하려는 배은망덕한 사람들도 주위에는 적지 않다.

두 이야기를 읽으면서 나도 그 배은망덕한 사람 중 한 명인 걸 새삼 깨닫는다. 한국전쟁 후 우리들의 형편은 참 어려웠었다. 그 시절 나도 초등학교에 다녔는데 초등학교 3학년 때까지 월사금을 내주신 나산교회 최장로님, 3년 동안 장학금을 받아 중학교를 졸업할 수 있게 해주신 중학교 교장선생님이 내 뇌리에서 떠나지 않는다. 늘 감사함을 알면서도 여유롭지 못한 삶을 핑계로 생전에 조그마한 감사의 표시도 하지 못했다. 이제라도 그 보답을 하고 싶지만 그분들은 이미 고인이 되셨으니 어떻게 사죄를 해야 할지…… 이제나 저제나 하고 미루다 기회를 놓쳐버린 나는 아마도 내 생의 길이만큼 더해지는 갚아드리지 못한 보은의 짐 무게를 감당해야 할 것 같다.

오늘 까마득히 잊고 있던 내 삶의 한쪽지를 깨닫게 한 것처럼, 앞으로도 사위의 선물 『좋은 생각』은 항상 감동을 선물하는 좋은 친구로 나와 함께 하리라.

체험 유년기

꼬맹이 주영이의 자리가 이렇게 큰 것일까

주영이만 빼고 가족들이 다 있는데도 집안이 텅 빈 것 같다. 지윤이의 책장 넘기는 소리가 이따금 정적을 깬다. 아빠와 엄마는 컴퓨터에서 뭔가를 검색 중이고 할아버지는 방에서 책을 보시는 듯하다. 주영이가 유치원의 파자마 데이(Pajama Day)에 가기 직전까지만 해도 거실에는 종다리처럼 재잘대는 주영이와 장난감 친구들이 가득이었는데, 지금은 주영이의 웃음소리와 함께 모두들 꼭꼭 숨어 버렸다.

메모판에 '오후 7시까지 유치원 도착, 다음날 정상수업을 마치고 귀가' 라고 적혀 있다.

내일 오전까지는 아무리 보고 싶어도 꾹 참아야 한다. 주영이가 없는 사이 할 일들을 생각해 두었지만 일이 손에 잡히지 않아 괜히 거실 안을 서성인다.

"하미니, 하미니"

전화로 정을 나누던 첫 손녀 지윤이와의 통화. 어느 지인은 '전파를 타고 들려오는 풀잎 같은 여린 목소리를 들으면, 순간 살갗에 새 피가 돋으면서 기쁨이 절정에 이르는 야리야리한 맛'을 느낀다고 했다. 정말 그랬다. 전화를 끊은 뒤에도 아름다운 플룻의 선율처럼 귓전에 맴도는 목소리 때문에 한참을 멍하니 서 있곤 하던 그때, 목소리라도 듣고 싶어 하루에 한 번쯤은 꼭 전화를 해야 했던 그리움에 목마르던 시절이 있었다.

시어머님이 돌아가시고 난 뒤 큰 딸애가 넌지시 같이 살았으면 하는 뜻을 비쳤다. 그러나 열이면 열, 백이면 백 사람들이 자식들과 함께 사는 걸 만류했다. 친구들이 모이면 자연스레 자식들의 이야기를 하게 된다. 어떻게 하면 자식들과 마음 상하는 일 없이 손자들 돌보는 일을 피해 갈 수 있을까, 나이가 나이 인만큼 한 번쯤은 지나치는 말로라도 그런 제의를 받아 봤을 터이다. 그러나 한결같은 결론은 안 된다는 것이다, 그것은 바보들이 하는 짓이며 '자기 자식을 길러 봐야 부모 마음을 안다.'는 것이다.

다 옳은 말이다. 하지만 막상 그런 경우가 되면 자식들의 이런저런 상황들을 보면서 딱 잡아뗄 수 없는 게 부모 마음이다. 우리 또한 맞벌이 부부인 딸이 구정 때 다시 그런 뜻을 밝혔지만 쉽게 승낙을 하지 못했다. 그리고 그 해 추석, 그동안 많이 자랐을 거라고 생각했던 아이들이 오히려 더 수척해져 내려왔다. 장마에 물외 크듯 커야 할 때에 이 지경이라니…… 어디에 마음을 둘 데가 없고 가슴이 미어지는 듯 했다. 지금까지 우리의 생활 터전이었고 살면서 얽히고설킨 인연들과 멀어지는 아쉬움을 안으며 우리의 마음을 바꿀 수밖에 없었다.

우리가 희생할 수밖에 없다는 거룩한 명제를 앞세운 일이기는 하지만 이미 30여 년 전에 손 놓아버린 아이들 키우기는 그렇게 녹록하지가 않았다. 두 살배기에게 가는 잔손보다는 이미 자아의 싹이 가지치기를 시작한 큰애와의 기 싸움이 더 문제였다. 그동안 돌봐주신 도우미에게 거의 제 뜻대로 하던 녀석을 기숙사 사감 같은 할미가 간섭을 해대니 기가 막힐 노릇이 아닌가. 전파를 통해 저와 내가 쌓은 정분도 아랑곳없이 "할머니, 집에 가" 소리를 지르고, 그러다가 궁둥이 한 대 철퍼덕 얻어맞고 서러워서 울고 업어 달라고 보채는 여섯 살짜리, 혼자서 걷겠다고 떼쓰는 두 살짜리와 씨름하다 저녁때가 되면 온몸엔 진땀이 베이고 데친 야채처럼 축 늘어지고 만다.

거의 동생 편인 할미에게 "할머니가 손 많이 달린 문어였으면 좋겠다."던 큰애가 벌써 2학년이다. 학교에서 돌아오는 길에 길가의 조그만 풀꽃들을 모아 할머니 좋아하는 꽃이라며 들고 오는가 하면 A4 용지에 쓱쓱 그림을 그려 선물이라고 내미는 녀석이 대견하다. 키가 벌써 할미의 코 밑까지 닿는 녀석의 등을 다독이며 "아유, 내 새끼 고맙다."고 하면 금방 기운이 솟는다. 처음 올라왔을 때에 비하면 몰라보게 달라진 녀석, 엄마 냄새를 맡고 자라야 할 시기에는 엄마가 길러야 최상이겠지만 그게 안 될 때는 적어도 조부모의 손길이라도 필요 하겠구나 싶어진다.

요즘은 아이들만 바라볼 수 있어서 다행이지 싶다. 세상 염려야 끌어안으려면 끝이 없을 테고 아이들과 함께 살면서 무심히 지나친 유년을 다시 살아 볼 수 있는 기회를 얻었다는 것은 그야말로 큰 횡재다. 침대 위에 무대를 만들고 초대장을 돌리고, 관람석도 설치하고, 공연장소 안내판과 공연장에서 지켜야 할 주의 사항까지 적어서 붙인 공연장에서 네 명의 관객을 위한 두 천사의 아주 특별한 공연을 관람하는 행복. 이불을 다 끌어낸 이불장에서 한등치하는 이순을 넘긴 할미와 세 살짜리 손녀가 쭈그리고 엎드려, 두 손으로 턱을 괴고 서로 쳐다보며 히히거리는 즐거움. 분홍색 쿠션 말은 공주인 주영이가 타고, 파란색 쿠션 말은 왕자인 할미가 타고 "이랴이랴" 거실을 달리는 기쁨은 아무나 누리는 건 아닐 듯싶다.

별처럼 반짝이는 시어들을 수시로 쏟아내는 예쁘고 귀여운 시인 요정들. 어른들도 생각할 수 없는 기발한 생각들을 하는 아이들을 보면서 혹시 우리 아이들이 특별한 재능을 가지고 태어나지 않았나 싶을 때가 있다. 그러고 보니 금년에 대입고사를 치룬 시아주버님의 큰손자 생각이 난다. 그 애가 너 댓살 즈음이던가. 손자 녀석이 머리가 비상하다고 침이 마르도록 칭찬하시는 걸 보면서 고슴도치 자식 사랑이려니 했었다.

그런데 우리나라에서는 첫 손꼽는 대학에 갈만한 실력이니 그게 빈말은 아니지 싶다. 요즘 유치원에 다니는 아이들이 있는 집이라면 거의 우리와 같은 생각들을 하지 않을까. 나이에 비해 혀가 내둘릴 만큼 똑똑한 요즘 아이들을 보면 30여 년 전 내가 아이를 길렀을 때와는 사뭇 다름을 느낀다. 그러나 한편으로는 모두가 똑똑한 세상을 살아가야 할 아이들의 힘겨움이 느껴져 안쓰럽고 짠한 마음이다.

주영이는 지금 무얼 하고 있을까.

태어나서 처음으로 가족들과 떨어져 밤을 보내게 되는데도 주저 없이 "다녀오겠습니다." 인사하고 선생님을 따라가는 주영이를 두고 유치원을 나왔다. 벌써부터 홀로서기를 하는구나 싶으니 아들을 신병훈련소에 들여보낼 때처럼 애잔한 생각이 들었다.

주영이는 지금쯤 잠자리에 들었을까.

"주영아, 잘 자. 할머니가 너 좋아하는 꼬꼬닭 자장가 불러 줄께."

"멍멍개야 짖지 마라. 꼬꼬 닭아 우지마라. 우리 공주, 주영이 시끄러워 단잠 깰라."

손녀의 전화

"하미니"
"하미니"
풀섶 옹달샘의 청량한 샘물처럼
첫 돌 지난 손녀의 전화

오욕(五慾)의 때가 묻은 언어들로
윙윙거리는 할미의 귓속을
단숨에 씻어낸다

"하미니"

"하미니"
스러져 가는 일몰의 정경이
더 서글픈 우리에게
화살로 날아오는 목소리
시공을 무시한 기쁨의 충전

"하미니"
전화는 끊겼는데
감미로운 플룻의 선율처럼
귓가를 맴도는

첫 손녀 지윤이

찬 서리에
석류의 볼이 더욱 빨개진 아침

바위 틈새를 비집고
동굴 속의 어두움을 밀어내는
한 줄기 햇살처럼 찾아온 지윤이

육십여 년을 살아오면서도
채우지 못한 할애비의 마음속을
단 한 번의 배내짓 웃음으로

채우는 지윤아

한없이 빨려들 것 같은 맑은 눈동자 속에서
끊임없이 기쁨을 뿜어내는 너는
정녕 환희의 천사인가

낙엽 주머니

주영이가 노란색 유치원차에서 선생님 손을 잡고 폴짝 뛰어내렸
어요.

"할머니!"

바로 앞에서 기다리고 있는 할머니에게 달려가 안겼어요. 주영이
아빠 엄마는 직장 일로 몹시 바빠요. 그래서 할머니가 주영이 아기
때부터 올라와 함께 살면서 언니랑 주영이를 돌봐주고 계신답니다.

"오늘 유치원에서 재미있었어?"

할머니가 주영이 얼굴을 들여다보며 물었어요.

"그럼요. 선생님께 똥장군 이야기도 듣고, 오늘은 김치도 먹었어
요. 친구들과도 사이좋게 놀았어요. 정말 재미있었어요."

할머니는 참새처럼 쉬지 않고 재잘거리는 주영이 손을 잡고 집으로 향했어요. 공원 옆을 지날 때였지요.

"할머니, 어디서 솜사탕 냄새가 나는 것 같아요."

코를 큼큼거리며, 주영이가 두리번거렸어요.

"정말 그렇구나. 근처에 솜사탕장수도 없는데 어디서 날까?"

주위를 휘~ 둘러보시던 할머니가 빙그레 미소를 지었어요. 그러고는 공원 안쪽으로 들어섰어요.

"주영아, 우리 잠깐 공원에 들렀다 갈까?"

"좋아요! 좋아요!"

주영이는 공원 쪽을 향해 팔딱팔딱 뛰어갔어요.

공원 안에는 감나무, 모과나무 등 크고 작은 나무들이 사이좋게 자라고 있었어요.

"우와, 나무들 키가 엄청 커요!"

주영이는 이 나무 저 나무를 올려다보며 키재기를 했어요. 노오란 나뭇잎이 많이 떨어진 나무 아래로 향했어요. 나무 가까이 갈수록 향기가 더욱 달콤하게 다가왔어요.

"할머니, 이 나무에서 달콤한 향기가 나는 것 같아요."

주영이가 코를 큼큼거리며 말했어요.

"그래. 우리 주영이 만큼 예쁘고, 착한 마음처럼 달콤한 향이 나는 나뭇잎이지."

"할머니, 이 나무 이름이 뭐예요?"

주영이가 나뭇잎 하나를 주워들고는 물었어요.

할머니는 평소에 꽃 이름이랑 나무 이름을 많이 알고, 길가의 꽃들이랑 나무들하고도 이야기를 잘 나누곤 해요. 주영이랑 언니 지윤이는 이런 할머니를 친구들에게 식물 박사라고 자랑하곤 했지요. 그것뿐이 아니에요. 도서관에서 다 알아주는 동화구연 박사이기도 해요.

"할머니 친구 계수나무란다."

"나무가 친구라고요?"

"할머니는 들꽃이랑 나무들을 좋아하는데, 그중에서도 계수나무를 특별히 좋아하지."

"역시 우리 할머니는 식물 박사 맞아요!"

주영이가 고개를 끄떡이며 엄지손가락을 펴 보였어요.

할머니는 어디에 나무 친구들이 있나 늘 살펴보는데, 얼마 전에 이곳을 지나다가 우연히 계수나무를 발견한 이야기를 주영이에게 들려주었어요.

"계수나무는 우리 주위에 많지 않아 모르는 사람들이 많단다. 그냥 동요 속에 나오는 '계수나무 한 나무 토끼 한 마리'의 계수나무로만 생각하지."

"할머니, 그런데 왜 계수나무 잎에서 솜사탕 냄새가 나요?"

"우리 저 나뭇잎에게 한 번 물어볼까?"

할머니가 수북이 쌓여있는 나뭇잎들을 손바닥에 주워들었어요. 그러고는 나뭇잎과 소곤소곤 이야기를 나누기 시작했어요. 주영이도 얼른 나뭇잎을 주워들었어요. 나뭇잎과 눈을 맞췄지요.

"계수나무잎들아! 너희들에게서는 왜 달콤한 솜사탕 냄새가 나는 거니?"

할머니가 물었어요.

"향기요? 이 향기는 우리들이 엄마나무 곁을 떠날 때가 되어서 준비한 선물이에요."

동화구연을 하듯 할머니가 나뭇잎 목소리를 흉내 냈어요. 정말로 나뭇잎이 말하는 것처럼 들렸어요.

"선물이라고?"

곁에 있던 주영이가 나뭇잎을 향해 날름 끼어들었어요.

"예, 엄마 나무는 우리를 아주 예쁜 모습으로 낳아서 튼튼하게 키워주셨거든요. 며칠 전 가을바람이 알려줬어요. 이제 엄마나무 곁을 떠나야 한다는 거예요. 그래서 감사의 마음을 전하려고 선물을 준비했어요."

이번에도 할머니는 나뭇잎처럼 가냘픈 목소리로 대답했어요. 신기하게도 꼭 나뭇잎 목소리를 닮았어요.

"엄마에게 줄 감사의 선물이라고?"

주영이가 고개를 갸웃하며 물었어요.

"주영아, 떨어져 있는 계수나무 잎 들 중에 벌레 먹은 흔적이 있는 잎이 있나 찾아볼래?"

궁금한 주영이의 마음을 알아차린 듯 할머니가 말했어요.

"왜요?"

"아무튼 한 번 찾아봐."

주영이는 계수나무 아래 떨어져 있는 잎들을 하나하나 들추어 보았어요. 떨어진 계수나무 잎들은 신기하게도 벌레 먹은 게 없었어요. 모두가 예쁜 하트모양을 하고 있었지요.

"하나도 없어요!"

"계수나무는 벌레들을 가까이하지 못하게 하는 신비한 힘이 있어서 나뭇잎들을 건강하고 예쁘게 자랄 수 있게 한단다. 그래서 벌레 먹은 잎이 없는 거야."

"할머니, 그럼 엄마가 신비한 힘을 주어서 나도 건강한 거야?"

"그럼, 엄마가 주영이를 열 달 동안 뱃속에서 건강하게 키워주었기 때문이지."

할머니는 나뭇잎들의 이야기를 주영이에게 들려주었어요. 그러고 보니, 얼마 전 반 친구들이 독감에 걸려 거의 유치원에 오지 못했는데, 주영이랑 수빈이만 괜찮았거든요.

"엄마, 나는 왜 감기가 안 걸리는 거야? 나도 감기에 걸렸으면 좋겠다."

"뭐라고? 이 녀석이!"

엄마가 주영이에게 꿀밤을 먹였어요.

그때 주영이는 다른 친구들처럼 감기에 걸려 엄마랑 병원에도 가고, 엄마가 사주는 맛있는 피자도 먹고 싶어서 괜한 투정을 부렸거든요.

나뭇잎을 들여다보며, 할머니의 이야기를 들으며 주영이는 엄마에게 미안한 생각이 들었어요.

"주영아, 너 겨울에 자고 나면 몸이 가려울 때가 있지. 집진드기가 물어서 그런 거란다."

"집진드기가요?"

"그래, 집진드기는 먼지처럼 작아서 우리는 볼 수가 없어. 그런데 이 녀석들은 따뜻하고 폭신폭신한 곳을 좋아한대. 그래서 침대랑 이불에 붙어살면서 사람의 땀을 먹으려고 무는 거래."

"아유, 간지러워. 그 말만 들어도 간지러운 것 같아요."

"그런데 계수나무잎 향기는 집진드기도 없애준대!"

"정말요? 그럼 주머니에 낙엽을 넣어서 내 침대랑 언니 침대에 넣어두어야겠어요. 나쁜 집진드기 모두 도망가게요."

"우리 주영이 참 신통하네. 그런 생각도 할 줄 알고"

주영이는 할머니와 함께 낙엽주머니를 만들기로 약속했어요. 그래서 다음날부터 유치원이 끝나 집에 오는 길에 계수나무잎을 주어다 앞 베란다에 말렸어요. 집안에는 달콤한 솜사탕냄새가 가득했어요.

"주영아, 일요일에 같이 주머니 만들까?"

"네, 할머니."

일요일 오전, 다른 식구들은 볼일들이 있어 모두 나가고, 집에는 할머니와 주영이만 남았어요.

"할머니, 빨리요."

"녀석……."

나뭇잎 주머니를 만들 생각에 주영이는 무척 기분이 좋았어요. 머리를 손질하고 있는 할머니를 재촉했어요. 할머니가 웃으며 천상자를 꺼내자 주영이가 천조각을 고르기 시작했어요.

상자 속에는 알록달록한 천들이 아주 많이 들어 있었어요.

"와! 예쁘다. 나는 예쁜 꽃무늬로 만들어야지."

"다 골랐니? 그럼 시작해 볼까?"

할머니는 주영이가 골라놓은 천 조각들을 가위로 반듯하게 자른 다음 한쪽만 남기고 바느질을 했어요.

"다 됐다. 이제 주영이가 주머니 속에 나뭇잎을 가득 채우는 거야. 그런 다음 주머니를 꿰매면 낙엽주머니 완성이야."

"빨리 주머니에게 밥을 먹여야지."

주영이는 콧노래를 부르며 베란다로 나뭇잎을 가지러 갔어요.

"할머니! 나뭇잎이 하나도 없어요."

갑자기 울음보가 곧 터질 것 같은 주영이 목소리가 들렸어요.

"그게 무슨 말이냐?"

베란다에 나간 할머니도 눈을 의심했어요. 분명 어제 저녁때까지 있었던 나뭇잎이 감쪽같이 사라져 버린 거예요. 주영이는 코를 씩씩불며 안방으로 들어갔어요. 대뜸 수화기를 들었어요.

"엄마지? 엄마가 내 나뭇잎 치워버렸지?"

주영이는 다짜고짜 따졌어요.

"그래. 지저분하게 널려있어서 치웠지. 왜 그러는데?"

엄마는 아무렇지 않게 대답했어요.

"몰라. 난 몰라. 빨리 나뭇잎 가져와! 엄마, 미워!"

잔뜩 화가 난 주영이가 발을 동동거리며 엄마에게 대들었어요.

"주영아, 엄마 바꿔줘 봐."

옆에 있던 할머니가 엄마에게 전화를 했어요.

"주영이가 날마다 정성껏 모은 건데, 이제 어떡할래?"

큰소리는 내지 않았지만 할머니의 목소리에도 화가 잔뜩 묻어났어요.

"비닐봉투에 담아서 버렸으니, 아래 내려가 보세요. 오늘은 쓰레기 수거차가 안 오는 날이니 찾을 수 있을 거예요."

엄마와 통화를 끝낸 할머니가 창밖을 내다보셨어요. 그때 주영이가 후다닥 밖으로 뛰어나갔어요. 잠시 후에 주영이가 비닐봉지를 안고 활짝 웃으며 들어왔어요.

"할머니 찾았어요. 쓰레기봉투들 옆에 있었어요."

"찾아서 다행이다. 어서 주머니 만들자."

"하마터면 주머니를 못 만들 뻔했네."

주영이는 주머니 속에 부지런히 나뭇잎을 채우기 시작했어요. 바사삭 바사삭 소리가 무척 듣기 좋았어요. 솜사탕냄새 나는 나뭇잎 악기 같기도 했어요.

"할머니 이만큼이면 돼?"

"아니 조금 더 넣는 게 좋겠다."

할머니가 나뭇잎을 조금 더 채워 넣자 주머니가 볼록해졌어요.

"이제 알았어. 주머니 배가 뽈록 나오게 밥을 먹이면 되는 거지."

주영이가 먹여주는 나뭇잎 밥을 배부르게 먹은 주머니들을 할머니가 하나씩 마무리하였어요. 완성된 낙엽주머니들이 주영이 옆에 하나, 둘, 셋 모아지기 시작했어요.

"와! 다 됐다."

할머니가 마지막 주머니를 다 꿰매자 주영이가 수북이 쌓인 낙엽 주머니 주위를 빙빙 돌며 춤을 추었어요.

"그렇게 좋니? 그런데 이 주머니들을 어디에 다 쓸 거야?"

"걱정하지 마세요. 제 머릿속에 주머니들이 갈 곳이 다 정해져 있어요. 침대랑 이불 속에는 듬뿍듬뿍, 그리고 작은 것은 내 가방 속에, 또 냄새 나는 아빠 신발 속에."

주영이는 노래를 부르듯 말했어요.

"그럼 엄마 것은 없는 거야?"

"나뭇잎을 버렸으니까 당연하지."

"그래도 엄마가 서운해 하지 않을까?"

"하지만 나는 착한 딸이니까, 건강하게 낳아준 엄마에게 감사의 향기를 선물할 거야. 계수나무잎들처럼."

주영이는 제일 예쁜 꽃무늬 주머니를 골라 엄마 화장대 앞에 놓아두었어요. 미리 준비해 두었던 '엄마 사랑해요.'하는 카드와 함께.

아주 작은 풀꽃처럼

주영이가 유치원의 1박 2일 여름캠프에 갔다. 내년이면 초등학생이 되니 유치원에서의 캠프는 마지막인 셈이다. 처음으로 '파자마데이'를 했을 때가 얼마 전인 듯 싶은데 이제 마지막 학기만 남았다고 생각하니 시간이 참 빠른 것 같다. 첫 돌이 지난 한참 후까지도 잘 먹지를 않아서 가족들을 걱정시키고 결국은 우리를 제 곁으로 오게 만들었는데 어느새 이렇게 많이 자랐나 싶으니 대견하다. 어릴 때와는 달리 요즘은 너무 잘 먹어서 걱정이다. 아직 우리가 보기엔 건강해 보여 예쁜데 비만 쪽에 가까운 가족력이 있어서 잘 먹는 것을 마냥 좋아만 할 처지가 아니라 마음이 쓰인다.

가끔씩 친구들이 뚱뚱하다고 놀리기도 하는 모양이다. 마른 몸매를 자랑스러워하는 요즘엔 그럴 수도 있겠다 싶어 속상해하는 아이에게 대응할 방법을 일러주었다.

"애, 모르는 소리 하지 마. 우리 가족들은 키가 엄청 큰 편이라서 나도 키 클 준비를 하고 있는 거야. 너희들처럼 **빼빼**하면 나중에 키가 안 큰데."하라고 했더니 용기를 얻는 것 같았다.

할머니와 같이 유모차를 타거나 아장걸음으로 언니 마중 다니느라 일 년, 주영이의 유치원 3년 차, 주영이와 할머니가 하루에 두 번 이상 오가던 아파트와 놀이터 사이의 유치원 길은 아기자기한 행복이 있는 길이었다. 그 행복도 이제 주영이가 졸업하면 멀어질 것 같다.

그 길엔 봄이 오기도 전에 눈이불을 살며시 젖히고 피는 꽃이 있다. 지난 가을부터 준비해 온 앙증맞은 보라색 꽃망울을 터트려 미리 봄을 알리는 봄까치꽃이다. 사람들은 그곳에 꽃이 피어 있는지도 잘 모른다. 그렇지만 할머니와 주영이는 언제부터 꽃이 피는지를 안다. 양지쪽 눈이 녹은 틈새로 연둣빛 봄까치꽃 새싹과 인사를 한 뒤부터 언제 꽃이 필까 조바심을 해 왔기 때문이다. 어쩌면 조바심을 한 쪽은 오히려 할머니이다.

지난 겨울을 온통 봄까치꽃 생각으로 보냈기 때문이다. 눈이 쌓인 날에도 행여나 하고 눈 속에 묻힌 새싹들을 살펴보곤 했다. 봄까치꽃은 먼저 꽃을 피운 다음 땅 속에서 잠자는 작은 꽃들을 소곤소곤 불러낸다. 꽃다지, 꽃마리, 제비꽃, 민들레, 작은 꽃들이 피기 시작하면 주위의 나무들도 시새움을 하는지 다투어 꽃을 피운다. 산수유, 수수꽃다리, 목련, 벚꽃, 진달래. 등나무, 동백나무 등……. 꽃이 피기 시작하면 할머니는 활기가 넘친다. 꽃들과 지난 겨울을 보낸 이야기도 하고 사진기에 귀여운 모습들을 담기도 하면서 제일 먼저 피는 봄까치꽃을 손꼽아 기다린다.

할머니 걸음으로 180걸음. 길지 않는 그 유치원 길에는 아주 작은 풀꽃들을 비롯해 참 많은 종류의 꽃들이 핀다. 처음 꽃다지를 찾기 시작한 지 5년 만에 이 풀 섶에서 꽃다지를 만난 후부터 할머니는 고향에 대한 그리움을 이 꽃들과 이야기하는 즐거움으로 달랬다. 그 후 고개를 숙여 눈맞춤을 해야 제 모습을 보여주는 이 작은 꽃들이 그들이 갖추어야 할 조건들을 다 갖추고 있는 것에 놀랐고, 사람들이 잡초라고 하찮아하는 들풀들에게 어엿한 이름들이 있다는 사실에 또 한 번 놀랐다. 대부분 눈여겨 봐주지도 않는 이 꽃들에게 어느 때 누가 이렇게 예쁜 이름들을 지어 주었을까.

꽃들의 이름을 하나하나 알아가면서 사랑스러움이 더 깊어지고 잡초라고 함부로 말할 수 없었다. 사람들은 거의 풀꽃들을 잡초라고 쉽게 말한다. 누가 봐주든 말든 철 따라 싹을 틔우고 꽃 피워 씨앗을 맺고, 다음 해를 준비하는 이 꽃들이 왜 잡초라 불려야 하는지 언짢을 때가 있다. 사전에서 잡초를 찾아보니 잡풀의 같은 말로 되어 있다. 잡풀은 저절로 자라는 여러 가지 풀이다. 논에 장미 한 그루가 돋았다면 사람들은 뭐라고 부를까. 일부러 심지 않았으니 잡초가 아닐까. 있을 자리가 아닌 곳에 돋아났다면 아름다운 장미라도 제거되어야 할 잡초가 아닐까. 그러나 풀밭에 돋아난 풀꽃들을 잡초라고 할 수는 없지 않은가. 그들을 제거해야 할 명분이 없을 뿐더러 각각의 이름들이 있으니 마땅히 그 이름들을 불러줘야 하지 않을지…….

이 풀밭을 가만히 들여다보고 있으면 마음이 편안해진다. 이름이 다른 많은 품종의 들풀들이 어우렁더우렁 어울려 살아간다. 경계를 가지고 싸우는 것 같지도 않고 누구에게 잘 보이려고 꾸미거나 서로 잘난 체 하는 것 같지도 않다.

문득 오래 전 이야기가 생각난다.

수도권 어느 지역 고급아파트에서 국민주택의 아이들이 지나다닌다는 이유로 자기네 아파트의 통로를 폐쇄해서 아이들이 빙 돌아 등교해야 하는 것이 문제가 된 일이 있었다. 그 일 말고도 자기네 아파트에 장애우들을 위한 공간이나 시설들이 들어오지 못하게 기를 쓰고 반대한다. 큰 평수의 고급 아파트단지에 소형의 국민주택을 짓지 못하게 하여 그들과 소통되는 길을 차단하는 이유는, 그들을 자신들을 불편하게 하는 잡초처럼 하찮게 보기 때문이리라. 그러나 어쩌다 몸에 장애를 가졌다거나 경제적 사정이 여유롭지 않아 소형주택에 산다고 해서 성실한 삶의 모습과는 상관없이 그들을 잡초 취급 한다는 것은 지각 있는 사람들이 할 일은 아니지 싶다. 비록 풍요롭지 못해 생활에 다소의 불편함이 있을지는 모르지만 나름대로 행복을 꿈꾸며 사는 사람들에게 도움을 주지는 못할망정 훼방꾼이 되지는 말아야 할 일이다.

얼떨결에 들어선 울창한 문학의 숲에서 한없이 주눅 들던 때가 있었다. 밖에서 관망하며 동경하던 그 숲에 발을 디디는 순간 아름답던 숲은 보이지 않고, 우람한 나무들만 빽빽한 분위기의 두려움 때문에 숨이 컥컥 막히는 것 같았다. 이 숲에서 내가 뿌리를 내리고 살 수 있을까. 할 수 있다면 다시 되돌아가고 싶었다. 행여 내가 이 아름다운 숲의 이미지를 흐리게 하는 잡초는 아닐까. 하지만 숲에는 큰 나무도 있고 작은 풀꽃들도 있다. 비록 시선을 끌만한 특별함은 없더라도 큰 나무들이 할 수 없는 나만의 작은 꽃을 피워보자. 어쩌다 길가는 나그네가 풀 섶에 앉아 쉬면서 나와 시선이 마주 친다면 방긋 웃는 모습을 보여줄 수 있도록…….

두렵기는 지금도 마찬가지다. 하지만 작은 풀꽃들을 만나면서 조금은 마음이 여유로워진다. 그래 바로 이거야, 위를 쳐다볼 필요도 주위를 둘러볼 필요도 없이 그냥 내 자리에서 흙냄새 배인 내 꽃을 피우는 거야. 자기 꽃이 크고 화려하지 않다고 불만스러워하지 않는 아주 작은 풀꽃처럼…….

지난 4년 간 주영이와 내가 오가던 이 길은 나에게 영원히 잊지 못할 행복의 길이었다. 이른 봄부터 피기 시작하여 겨울의 눈꽃까지 이어달리기 경주를 하는 꽃들, 여름날의 매미 대합창제, 오색단풍으로 화려한 가을의 나무들, 눈 내리는 겨울까지, 참새처럼 재잘대는 주영이의 시어가 계절 따라 변하는 길 위에 뿌려지면 길 위에선 날마다 아름다운 시화전이 열렸다. 주영이도 성장한 후에 할머니와 같은 생각을 할까.

온종일 내린 비는 그치지 않고 밤에도 꾸준히 내린다. 혼자서 비 오는 그 행복의 길을 걸어 본다. 유치원의 모든 창에 불빛이 환하다. 저 안에서는 아마 꼬마천사들이 동화나무에 무지갯빛 이야기를 주렁주렁 매달고 있겠지…….

네 살 주영이

미소 천사 네 살 주영이
물안개 자욱한 5월의 아침 호수

아름다운 것들이
여기저기서 까꿍까꿍

이따금
팔딱팔딱
뛰어오르는 물고기들처럼
반짝이는 언어들이 춤을 추는

물안개 자욱한 5월의 아침 호수

미소 천사 네 살 주영이

내 가슴을 시리게 하는 꽃

"어! 여기도 피었네."

아파트옆 산책길에 노란꽃술을 가슴에 안고 앙증스러운 하얀 꽃 송이들을 피운 멀쑥한 키의 꽃 한 포기가 눈에 띈다. 아이들이 '달걀 후라이꽃'이라고도 부르는 개망초꽃이다. 해마다 오월쯤이면 피기 시작하여 6월이면 우리의 산야에서 지천으로 세를 늘리다가 7월쯤 서서히 스러져 가는 개망초꽃. 그런데 언제부터인가 이 꽃은 나에게 울컥울컥 울음을 솟구치게 한다.

5월이면 피기 시작하는 개망초꽃은 6월이면 온 나라의 산과 들에 하얗게 무리지어 핀다. 경작하지 않고 묵혀 둔 땅에서는 마치 재배한 농작물처럼 온 땅을 차지하고 하얗게 꽃을 피운다. 이따금 도시의 아파트 단지 정원 한 구석에서도, 산책길 풀 사이에서도 눈에 띄는 꽃. 화려하지 않지만 내 눈길을 잡는 꽃이다. 관심 가져주는 사람 없어도 때가 되면 조용히 피었다가 조용히 스러져 가는 저 꽃이 내 마음엔 왜 이리 시린 꽃으로 다가올까?

몇 년 전 길을 걷다 산등성이를 하얗게 물들인 개망초꽃을 보면서 그 꽃들이 뭔가 자기들의 간절함을 전하고자 무언의 시위를 하고 있는 것은 아닐까? 하는 생각을 했다. 소리는 없지만 무리지어 피어있는 모습에서 마치 어떤 목적을 위해 목청을 돋우는 시위대의 강렬한 힘이 느껴지는 듯했다. 나도 모르게 가까이 다가갔더니 마치 자기들의 아픔을 알아달라는 듯 은은한 향으로 반기는 게 아닌가.

그럼 이 꽃들은 무얼 말하고 싶어 오뉴월이 되면 이렇게 우리 산야에 지천으로 피는 것일까? 그 때 문득 해마다 6월이 오면 더욱 그리워지는 내 언니와 언니처럼 억울한 원혼들의 환생이 아닐까? 싶어졌다.

1950년 6월, 한국전쟁이 일어난 그해 7월 23일, 우리가 사는 함평 나산에도 인민군이 진입하였고, 우리 군경에 의해 수복이 되기까지 언니는 좌익들에게 불려가 부역을 한 일이 있었다. 그들의 지시를 거부할 수 없는 시국에 피난을 떠나지 않고 있었으니 달리 선택의 길이 없었던 게 현실이었다. 그렇지만 어떤 이유로든 좌익에 부역을 했기 때문에 수복이 되자 언니는 잠시 피신해 있었다. 그러나 특별하게 활동한 일이 없으니 자수하면 용서가 되리라는 이웃들의 권고를 받고 어머니는 언니를 지서에 데리고 가 자수를 시켰다. 하지만 언니는 곧바로 함평경찰서로 이송이 됐고 얼마 후 유치장에 수감되어 있는 사람들은 모두 총살당했다는 소식이 들렸다. 부모님의 비통함은 말할 수 없었으나 총살당한 장소도 확실히 모른 터라 시신 수습도 못한 채 70년이 지났다. 나는 오늘까지도 꼭 그렇게 처리할 수밖에 없었을까 하는 아쉬움을 떨쳐 버릴 수가 없고 당시의 상황이 많이 원망스러운 게 사실이다. 부모님은 혼기 찬 딸자식의 시신도 수습하지 못한 비통한 마음을 가슴에 묻은 채 돌아가셨다.

국민의 정부가 들어서면서 한국전쟁 중에 일어난 '양민학살사건의 진상조사 및 명예회복'에 관한 이야기들이 공론화되기 시작하였다. 기사 중에는 함평양민학살도 들어 있었다. 혹시 언니가 총살당한 곳을 알 수 있을까? 생각하니 가슴이 뛰기 시작하였다. 지인의 소개로 『한국전쟁과 함평양민학살』을 쓰신 김영택 박사님을 만나 뵈었다. 뜻밖에도 초등학교 선배님이시자 언니의 후배셨다. 그러나 그분도 언니의 상황은 잘 모르셨다.

하지만 그분을 통해 한국전쟁 동안 우리 군경에 의한 양민학살사건으로 얼마나 많은 이들이 억울한 죽음을 당했는지 듣게 되었다.

물론 공비토벌을 위한 수단이었다고는 하나 빨치산들이 은거해 있는 주변 마을민들의 학살 이야기는 온몸에 소름이 돋았다. 어떻게 그런 만행을 저지를 수 있었을까? 시아버지 며느리 손자 삼대를 한자리에서, 아이를 업은 여인을 확인 사살하고, 온 마을 사람들을 한곳에 모아놓고 기관총 사격을 해댔다니…….

농사지어 부모 봉양하며 자식들과 오붓하게 살아가던 선량한 사람들을 지켜주어야 할 우리 군이, 그것도 가장 참혹한 방법으로 학살한 사실은 정말 믿고 싶지 않았다. 그러나 현장에서 천운으로 살아남은 이들의 증언이 있어 사실로 받아들일 수밖에 없었다.

이렇게 희생된 양민의 수가 함평에서만 524명이라고 하는데 이것도 제대로 집계되지 않은 숫자라고 하니 그보다 더하면 더했지 줄지는 않을 것이다. 이 지역만 이 정도인데 이외에 거론대고 있는 다른 곳들은 또 얼마나 많은 희생자들이 있을지 알 수 없는 노릇이다. 박사님 이야기를 듣다 보니 나는 억울하다고 말을 꺼낼 수도 없겠구나 싶었다. 더구나 마음이 아팠던 것은 좌익에 부역한 일이라고는 없는 희생자의 유가족들도 명예회복은 커녕 오히려 좌익에 동조했다는 누명까지 뒤집어쓰고 수십 년 속앓이를 하며 살았다는 것이었다.

그러다 김대중 대통령의 '국민의 정부'와 노무현 대통령의 '참여정부'를 거치면서 진상조사가 시작되고 명예 회복과 보상이 이루어지고 있다는 것은 그나마 다행스러운 일이지 싶다. 그렇지만 주위에서 일어나는 이런저런 일들을 보면서 정말 억울한 일을 당해도 가해자가 권력이 있다면 피해자들이 바라는 명쾌한 해답을 바란다는 것은 어쩌면 어불성설(語不成說)이지 않을까 하는 생각이 든다.

지금껏 이야기들은 내 유년기 때의 이야기지만 어른이 되어 겪었던 것은 '광주민주화운동'이다. 권력을 잡으려는 군부가 몇날 며칠을 전 시민을 상대로 저질렀던 그 만행으로 수많은 시민이 희생됐지만 그 정권은 들어섰다. 거기에다가 시민들은 그 정권 내내 폭도와 폭동으로 매도되어 견디기 힘든 고초를 당하지 않았던가. 김영삼 대통령의 문민정부에서 폭동이라고 우겨대던 대통령은 가해자의 신분으로 수감생활을 하게 되고, 광주시민들의 명예회복과 보상도 받게 되었다.

2011년 5월 25일 『5·18 광주민주화운동 기록물』은 많은 방해 공작에도 불구하고 유네스코 세계기록유산으로 등재되어 세계적인 민주화운동으로 자리매김하게 되었다. 온 시민이 기뻐해야 할 일이다. 그렇다면 전쟁 중에, 민주화운동 중에 희생된 분들의 억울함은 풀렸을까. 명예회복이 되고 보상이 된다 한들 죽은 사람을 살릴 수는 없지 않은가. 그래서 그 원혼들은 오늘도 구천을 떠돌며 울고 있지 않을까. 그렇게 구천을 떠돌다가 해마다 5월이 되면, 6월이 되면, 이 땅에 꽃으로 피어 '다시는 나같이 억울한 일을 당하는 사람이 없는 세상을 만들어 달라.'고 무언의 시위를 하고 있는 것은 아닐지…….

　꽃들을 보며 이런 생각들을 하면서부터 개망초꽃을 보면 가슴에서 울컥울컥하는 설움이 복받쳤다. 그래서 어느 때고 꽃 이름만 불러도 마음 한쪽이 싸 하게 시려온다. 그래도 해마다 꽃필 때가 그리워지는 것은 꽃을 보고 있으면 삼단 같은 검은 머리의 살아 있는 언니를 만난 듯 정겹기 때문이다.

　그리고 나도 꽃들처럼 외쳐 본다.

　"제발 이 땅에서 '한국전쟁' 같은, '광주민주화운동' 같은 불행한 일이 다시는 일어나지 않게 해 주세요."

비슬푸른부전나비

결혼기념일에 올해만은 뭔가 추억이 될 기념일로 보내고 싶었는데 남편의 실속 없이 바쁜 일정 때문에 달력에 동그라미 표시만 한 채 끝날 모양이다. 지금껏 어머님의 생신이나 남편의 생일을 제외한 나머지 기념일들을 그렁저렁 넘겼듯이……

어느 땐가 아들 녀석이 "나는 초등학교 다닐 때 산타크로스 할아버지가 없는 줄 알았다."고 하는 말을 듣고 가슴이 아려올 때가 있었다. 그래도 아이들 생일 때는 좋아하는 음식을 만들어 주는 등, 내 딴으로는 정성을 들인 것 같은데, 아이들 생각은 나와는 다른지 섭섭했던 기억들만 이야기한다.

결혼 전 시아버지는 마을에서 농업박사로 불리셨다는데 우리에게는 결혼 당시엔 갚아야 할 빚과 부양할 가족만 우리의 몫으로 남아 있었다. 그래서 아이들을 기르면서 어떤 절기나 기념일을 일일이 챙겨 주지 못했다. 그때만 해도 자가용이 흔치 않아서 휴일이면 가족끼리 외식을 한다거나 야외 나들이가 지금처럼 일상화되지는 않았다. 하지만 생일이라든가 칭찬 받을 일을 했을 때 선물을 사준다거나 외식을 시켜주는 가정들은 더러 있었다. 그러한 일들이 아이들에게 좋은 추억이 되고 가족 간의 화목을 다져 주는 기회라는 것은 알면서도 한 푼이 아쉬운 우리 살림에서는 희망사항일 뿐이었다. 그나마 시골 생활을 많이 했기 때문에 아이들을 데리고 냇가에 가 고기를 잡는다거나 방학 때를 이용하여 고향의 산을 찾는 등 철 따라 변하는 자연을 만나게 해주는 정도였다. 다행히 아이들은 착하게 자랐고, 그러한 우리의 뜻을 불평 없이 잘 따라 주었다.

그 후 우리는 조금씩 저축한 돈과 부금을 안고 광주 외곽 지역에 조그만 주택을 구입하여 이사를 했다. 그러나 막상 이사를 하고 보니 시골에서와는 달리 많은 생활비가 들었다. 거기에다 큰애가 고등학교에 입학할 무렵 막내 시동생의 결혼까지 겹쳐, 결국 언제까지나 살 것처럼 정을 들인 주택에서 몇 년 살지도 못하고 조그만 아파트로 옮겼다. 지금까지 살면서 고생한 것을 이야기하라면 크게 내세울만

한 일은 없다. 우리 쓰는 것이 넉넉하지 못했을 뿐 그리 큰 어려움은 없었기 때문이다. 그러나 아이들이 고등학교에 들어가면서 저축한 돈 없이 남편 봉급만으로 생활하기는 너무 힘이 들었다.

그러던 어느 날 남편이 시 공영개발팀에서 주택지를 분양한다는 광고가 실린 신문을 가지고 왔다. 그때까지만 해도 토지개발공사에서 분양하는 주택지는 당첨이 되어 되팔면 이익을 남길 수 있는 때였다. 그래서 당첨만 되면 완불 전에 되넘길 것을 계획하고 신청하게 되었다. 일차 추첨에서 소방도로를 낀 택지가 당첨되었다. 그러나 평수가 큰 데다 분양가가 토지개발공사보다 턱없이 비쌌다. 그렇다고 적잖은 신청금 때문에 취소할 수도 없었다. 당첨만 되면 되넘기겠다던 우리의 얄팍한 생각은 수포로 돌아갔다. 분양 당시 어느기관이 들어온다던 이야기가 사용 중인 건물의 매매가 늦어져 취소되는 바람에 입주 희망자가 별로 없었다. 그 사이 중도금과 완불을 치러야 했고, 취득세와 등록세 등 우리가 감당하기엔 무리였다. 아이들 교육비라도 남겨 볼까 하고 한순간 잘못 선택한 값을 톡톡히 치를 수밖에 없었다.

2년이 지난 후 땅은 되팔 수 있었으나 그로 인해 발생한 부채만 지게 되었다. 우리가 힘들 때 보통예금 금리로 돈을 빌려주며 격려해 주던 이웃들에게 정리가 되면 은혜를 갚아야겠다고 생각했지만 아직까지 실천을 못해 마음의 빚으로 남아 있다.

그러는 동안 아이들은 대학에 들어갔다. 저축해 둔 것 없이 성장해 가는 아이들의 뒷바라지며 어른을 모시고 생활을 꾸려가자니 다시 빚을 질 수밖에 없었고, 갑자기 몰아닥친 IMF 환란 때는 사채보다 높은 은행이자를 감당해야만 했다. 이런 사정들로 인하여 남편은 교육개혁이라는 이름으로 정년 단축 등 혼란스러운 시기를 맞아 명예퇴직을 하였다. 부모에게 유산을 바란 것은 아니었지만 물려받은 채무를 변제하느라 힘들 때 부모에게 받은 재산으로 여유 있게 사는 동료들의 '기댈 수 있는 언덕'이 부러울 때도 있었다.

그래서 아이들에겐 우리처럼 힘든 삶을 살지 않게 하고 싶었는데, 살다보니 남겨줄 유산까지는 생각지 않더라도 외지에서 공부하는 아들에게 남들처럼 편한 주거환경도 마련해 주지 못해 마음이 아프다. '젊어 고생은 사서도 한다'고는 하지만 자신보다는 자식들의 삶이 더 윤택하기를 바라는 부모의 마음이 당연지사가 아닌가? 어떤 사람들이 자녀 결혼 비용으로 우리 같은 서민들 전 재산의 몇 배나 되는 돈을 쓴다는 이야기를 듣고 씁쓸했던 기억이 난다. 그러나 막상 내가 딸을 결혼시키려고 하니 이왕이면 한가지라도 좀 더 좋은 것으로 마련해 주고 싶은 마음인데, 경제적 능력이 있는 부모라면 아까울 게 뭐 있겠는가.

자식들을 위해 주고자 하는 마음이 비단 사람들뿐일까. 얼마 전 TV에서 비슬푸른부전나비의 생애에 대한 프로를 보았다. 횡령 푸른

부전나비라고 하는 이 나비는 대구 비슬산에서 처음 발견되어 '비슬푸른 부전나비'로 불린다. 이 나비는 알에서 부화하여 애벌레가 된지 18일~23일 정도 자란 뒤 번데기가 된다. 온도가 높을 때는 5일~7일, 온도가 낮을 때는 5일~10일 정도 후에 부화하여 일주일 안에 짝짓기를 하고 산란을 마치면 죽는다. 죽기까지 길어야 50일 정도를 제하고 난 10여 개월을 알의 상태로 보낸다. 거의 일 년을 기다려 날개를 얻지만 그 생명은 겨우 일주일뿐이다. 그러나 이 나비는 그 짧은 생을 살고 가면서도 새끼에 대한 배려를 하고 간다. 다른 나비들도 대게 산란 후에 죽게 되지만, 비슬푸른부전 나비가 다른 나비들과 다른 점은 보통나비들이 년 중 4회 정도 출현하는데 비해 일 년 중 6월에 1회 출현한다. 다른 나비들도 거의 먹이 식물의 잎에 산란하는 경우가 많은데, 이 나비는 먹이 나무의 새싹이 틀 무렵에 부화시기를 맞추어 새싹의 눈에 산란을 한다. 그래서 알에서 막 깨어난 애벌레가 이동을 하지 않고도 바로 먹이를 먹을 수 있도록 한다는 것이다.

사람에 비하면 하찮은 곤충이지만 장차 태어날 새끼의 삶에 대한 준비를 이렇게 하는데 사람들이 자식들 잘사는 모습을 보고 싶어 하는 것은 당연한 이치가 아닐까. 그러나 때로는 많은 재산 때문에 부모와 자식 간에, 또는 친형제들 사이에 다툼이 일고 법정 분쟁으로까지 이어지는 것을 종종 볼 수 있다. 현대그룹의 경영권을 놓고 다투던 일명 현대그룹 '왕자의 난'을 들 수 있겠다. 본인들이 소유한 재산도 보통 사람들은 꿈조차 꿀 수 없는 것일 텐데, 사회적인 체면도 무시한 채 부모 앞에서 아옹다옹하는 걸 보면 사람들의 욕심은 끝이 없는 것 같다.

만약 우리에게 넉넉한 경제력이 있었다면 나도 지금과는 다른 생활태도를 고집했을런지 모른다. 아이들이 어렸을 때는 유명브랜드의 옷이나 학용품을 사준다든가 중. 고등학교에 다닐 때는 일류학교에 보내기 위해 고액 과외를 시키려 하지 않았다고 장담할 수 있을까. 하나뿐인 아들에게 군에 다녀와야 고생이 어떤 것인지 알 수 있다며 삶의 체험 현장 쯤으로 알고 병역의무를 마치게 했지만, 돈이 많았다면 '신의 자식' 아니면 '장군의 자식'을 만들어 보고자 백방으로 손을 쓰지 않았을까. 만약 그런 일이 있었다면 뒤 봐주는 큰 힘도 없는 우리네야 요즘처럼 병역 비리 문제가 방송이나 신문에서 떠들기 이전에 입건 아니면 구속이 되었을 것이다. 그렇게 생각한다면 물질의 풍요보다는 지금까지의 생활이 오히려 다행스러웠는지 모른다. 그 속에서 아이들은 절약과 검소한 생활을 익히고, 보통 국민들이 지켜야할 의무를 당연하게 지키며 불안에 마음 졸이는 일 없이 살수 있었음을 감사해야 할 것 같다. 그렇지만 만약 아이들에게 이런 이야기를 할 때 능력 없는 부모의 책임 회피성 변명이라고 반격해 온다면 할 말이 없을 것이다. 가끔 아이들에게서 "요즘은 있는 집 애들이 공부도 잘 한다"는 푸념을 들어왔기 때문이다.

불행하게도 막 태어나면서 고아가 된 아이들은 그래도 누군가의 도움을 받아 성장한다. 그렇지만 부전나비 애벌레는 어미의 배려로 먹이 위에서 태어나지만 그 이후의 여러 과정을 거쳐 나비가 될 때까지는 혼자서 살아야 한다. 대학을 졸업한다 해도 금방 취업이 보장되는 것도 아닌 어려운 시기이다. 늘 여유롭지 못해 움츠리기만 했던 삶이 싫어서 아들에게는 넉넉한 재산은 아니더라도 디디고 일어설 발판이라도 마련해주고 싶었는데 결국 우리의 한계는 이 정도인 모양이다. 아들을 풍랑이는 바다에 구명조끼도 입히지 못한 채 조각배에 태워 내보내는 안타까운 심정이다. 비록 출발은 풍랑이는 바다일지라도 앞으로는 거침없이 순항할 수 있도록 뒤에서 기도해 줄 수 있는 것이 그나마 우리가 할 수 있는 일인 것 같다.

물질적으로 남겨 준 것 없고, 훌륭한 직위나 명예로 크게 자랑스러운 부모는 아니지만, 누구에게나 부끄러움 없이 이야기할 수 있는 모습으로 남을 수 있도록 남은 삶을 아름답게 마무리하리라 다짐해 본다.

우리에게 특별하게 남기신 것은 없지만 성실한 삶을 살다 가신 내 부모님처럼.

신도시 평촌에서

아파트 옆 산책길의 단풍이 곱다.

하얀 구름이 뭉게뭉게 피어나는 쪽빛 하늘은 한참 동안 나의 시선을 붙잡는다. 거기에 거부감이 느껴지지 않을 만큼의 기계음을 내며 마치 잠자리가 유영하듯 날아가는 비행기를 보고 있노라면 금세 시간이 저만큼 달아난다. 오전 몇 시간이 내게는 정말 아까운 시간이지만 손녀를 유치원에 데려다주고 오는 이 때쯤에 만나는 친구들을 그냥 지나칠 수가 없다. 타향살이 4년차에 얻어진 마음의 여유일까. 올 가을의 이곳 하늘은 유난히 청명한 날이 많았던 것 같다.

손꼽아 보면 정든 이들과 헤어진 날이 얼마 전 같은데 이곳에서 참 많은 세월을 보낸 듯한 느낌이 든다.

수도권의 신도시, 남녘에서 제주도 다음으로 끝이라 할 수 있는 전라도 광주에서 평촌으로 거처를 옮긴 후 한동안 모두가 낯설었다. 거미줄처럼 잘 엮어 진 길들, 주위를 꽉 메운 아파트의 숲, 내가 살던 곳과 별로 다를 게 없었다. 이제는 아파트를 중심으로 걸어서 30여 분 정도의 주변 길을 익혔지만 처음에는 길눈이 밝은 편이라고 생각해 왔는데도 외출에서 돌아올 때면 한참씩 헤매곤 했다.

한없이 낯설고 막막했던 그때, 잘 가꾸어진 산책길을 걷거나 걸상에 앉아 삼삼오오 담소를 나누던 젊은이들이나 어르신들을 보면서 전에 살던 광주 생각이 났다. 도심을 지나던 기차선로를 걷어내고 6차선 도로를 따라 만들었던 비좁은 공원길을 많은 사람들이 어깨를 부딪치며 걷기운동을 하다, 군데군데 놓인 의자에서 목이 컬컬한 매연을 마시며 쉬곤 했던 그곳. 고가도로 교각 밑에 옹기종기 모여 계시던 남자 어르신들의 모습…… 같은 나라의 같은 시대에 너무 다른 삶의 환경 속에 사는 이곳 주민들을 보면서 은근히 심기가 불편했었다.

60여 년 그 근처를 맴돌다 자식의 육아 도우미를 자처하고 갑작스럽게 떠나온 고향, 그런 우리를 보며 지인들은 '고목의 이식'에 빗대며 염려스러워했다. 이왕 옮겨 온 처지이니 고향에서처럼 싱싱하지는 못하더라도 고사만은 면해야 하지 않을까. 그러자면 튼실하지는 않더라도 생명의 근간이 될 단 하나의 뿌리라도 내려야 한다. 우선 아이들을 돌봐주어야 하는 큰 뿌리는 있으니 부드러운 토양을 골라 조심스럽게 잔뿌리를 뻗혀야 한다. 그래서 고사만은 면해야 한다. 그런 각오로 살아온 지 4년. 어느 정도 이곳 토양에 뿌리내림을 잘했다는 것일까. 이제 5년차로 들어서는 이곳 잘 가꿔진 신도시의 혜택을 나 또한 당연한 것처럼 누리며 산다. 작은아이가 유치원에 다니기 전까지는 감히 생각할 수도 없는 일이었는데 유치원에 들어간 후부터 오전 10시에서 오후 2시까지의 시간을 내 나름대로 사용할 수 있는 재량권이 생긴 셈이다. 그동안 정말 배우고 싶은 프로그램들이 많았지만 내게는 그림의 떡일 수밖에 없었다. 그러다 주어진 오전 동안의 4시간은 그야말로 금싸라기 같은 시간이다.

우선 그동안 챙기지 못했던 건강을 위해 동사무소의 '요가반'에 등록을 하고 안양시청 '정보화교육'담당부서에 접수를 했다. 요가에 이틀, 정보화교육에 이틀, 교회 모임에 하루, 주 5일이 다 채워진다. 다행히 아직까지는 건강이 받쳐주니 얼마나 큰 축복인가. 정보화교육 5개월이 끝난 다음엔 집에서 왕복 2시간 정도가 소요되는 문화재 탐방을 시작했다. 왕복시간을 뺀 두어 시간이면 관람할 수 있는 곳이 제법 많다.

그중에서도 고궁은 몇 번을 다녀와도 또 가고 싶어지는 곳이다. 관람료도 비싸지 않고 아깝지 않은 체험료로 잘 뚫린 두더지체험코스(지하철)를 따라가면 되는 시간적으로 만만한 곳이다. 대궐 안에 들어서면 귀가 먹먹한 담장 밖의 소음과는 전혀 상관없이 마치 뜰을 거니는 옛 여인들의 스란치마 스치는 소리라도 들릴 것 같은 적요함에 저절로 발자국소리에 신경이 쓰인다.

그 속을 깊이 들여다보면 밝고 즐거운 일보다는 암울한 기분이 드는 크고작은 사건들이 더 많았던 것 같다. 권세의 정점을 지키기 위한, 차지하기 위한, 피비린내 나는 암투의 흔적들이 배어있는 전(殿)이나 당(堂)들은 '권세와 부귀영화가 결코 영원하지 않다.'는 가르침을 주는 것 같다. 하지만 그 구습들은 주인공만 바뀔 뿐 오늘날도 여전히 계속되고 있지 않은가. 예나 지금이나 정책의 입안은 백성들의 복지에서 시작된다고 할 수 있지만 결정권을 가진 자들의 이익이 따르거나 소유한 이권에 손해가 없어야 한다. 결국 이해의 대립관계에 있는 사람들끼리 싸움질은 계속되고 정작 주인공이 되어야 할 사람들은 되레 싸움 구경만 하며 살게 마련 아닌가. 그러나 지금은 지난 역사의 시시비비를 따지기보다는 그 선조들의 숨길을 느낄 수 있는 유산들을 접할 수 있다는 것에 더 관심이 간다. 아무튼 선조들의 유산을 쉽게 접할 수 있다거나 문화의 중심에 가까이 할 수 있다는 것은 수도권에 속해 있는 신도시에 살고 있어서 그나마 가능한 일이다.

이곳 평촌신도시는 서울의 과밀해소 방안으로 건설된 제6차 국토개발사업 중 하나였다. 1차 신도시 중 기존의 도시 외곽에 건설된 일산과 분당과는 달리 기존 도시 안에 조성된 「도시내신도시」로 중동·안산과 함께 건설되었다.

1988년에 신시가지 건설계획 발표가 있은 후 1992년 최초 입주가 시작되어 1995년 12월 완료까지 6년이 걸렸다. 154만 평의 부지에 총금액 1조 2천억 원의 사업비가 투입되었으며 개발계획변경 6차 실시계획변경 2차의 순탄하지만은 않은 과정들을 거쳐 탄생 된 도시이다.[1]

최초 입주가 시작된 지도 20여 년이 다 되어 간다고 한다. 그 시간들은 그냥 지나간 것이 아니었다. 겉에서 본다면 이 도시는 지금도 여전히 아파트 숲이다. 그러나 아파트와 아파트들 사이엔 나무들이 어우러져 하늘을 가리는 산책길과 구름다리로 연결된 크고 작은 공원들이 조금 허풍을 보탠다면 몇 걸음에 하나씩이다.

잔설이 남아 있는 이른 봄 양지쪽 정원 귀퉁이에 파란색의 봄까치꽃을 선두로 주변에 사철 피고 지는 꽃들과 터널을 이루는 산책길의 벚꽃, 여름이면 우거진 나무들이 가을의 문턱까지 이어지는 '매미대합창제'의 거대한 무대가 된다. 가을이 되면 산책길은 꽃보다 더 화려한 단풍으로 변신한다.

겨울엔 잎사귀를 다 떨어뜨린 나목들의 가지 사이를 채우는 빈 공간의 고즈넉함, 가끔씩 온 천지를 하얗게 덮는 눈은 나목들과 더불

---

1) 『평촌신도시 개발사』, 1977. 한국토지공사 발행

풀꽃 아주 작은

어 한 폭의 그림이 된다. 세상만사를 다 겪어 피폐해진 어머니들의 겉모습 같은 콘크리트 건물들이 숲을 이루고 있지만, 마음이 울적해 몇 발자국만 나가면 어느 방향에서든 말없이 껴안아 주는 쉼터가 있다. 이름 모를 새들의 지저귐을 들을 수 있는 사이사이의 그 작은 쉼터들은 자식들의 어떤 투정이라도 다 용납할 것 같은 어머니의 품처럼 넉넉하고 아늑하다.

여기에 이 도시의 건설과 함께 사당역까지 연결된 과천 4호선을 이용해 30~40분이면 서울 도심에 갈 수 있고 간편한 차림으로 오를 수 있는 근처의 산들은 또 다른 매력이다. 물론 잘 정비된 도로와 깨끗한 주위 환경을 위해 흘리는 수많은 이들의 땀이 이 매력적인 도시를 발전시켜가는 근본이 되었다.

그러나 어쩌다 출퇴근 시간에 전철을 타보면 여차장에게 떠밀려 짐짝처럼 겨우 버스에 탈 수 있었던 60년대의 그 초 만원버스가 생각 날 지경이다. 전동차 1대는 객차 열량이 연결돼 있고 한 량의 객차는 최고 500명까지 탑승할 수가 있다고 한다. 그러니 전동차 1대는 5,000여 명(45인승버스 111대)의 승객을 태울 수 있다. 러시아워 때는 배차 간격이 호선에 따라 3~5분 정도라고 하니, 서울지하철 1호선에서 9호선까지의 출퇴근 시간의 풍경을 상상해 보면 얼마나 많은 사람들이 서울과 수도권에 모여 사는지 짐작할 수 있을 것이다. 그러니 지어도 지어도 집은 부족하고 집값은 천정부지다. 시골엔 빈

집들이, 지방 도시엔 미분양아파트들이 늘고 있다지만 너도나도 부대끼며 사는 게 좋은지 서울과 수도권에 몰려 있다.

그러나 수도권에 사는 것이 꼭 좋아서 사는 것이라 할 수 있을까.

많은 사람들이 모여 있으니 그 속에 삶이 있고, 자녀들 교육 문제가 있으며, 중심문화에도 쉽게 접할 수 있다. 사는데 두루두루 편리한 일상에 길들여진 사람들 수만큼이나 많은 이유들 때문에 이곳에 터전을 두고 있는 것이리라.

어쩌면 우리처럼 늘 애향가를 중얼거리는 손자녀 돌보미들처럼 떠나온 고향을 그리며 언젠가는 귀향하리라는 애틋한 마음으로 힘든 삶을 이겨내는 이들도 상당수 있지 않을까 싶어진다. 우리 또한 어느 땐가는 고향으로 돌아가야겠지만 귀향의 시기가 언제쯤이 될지는 아직 모르겠다. '고목의 이식'에 빗댄 수도권 생활이지만 자식들 덕분에 모든 걸 갖춘 수도권 생활을 해볼 수 있다는 게 한편 고맙기도 하다. 그리고 이왕 이곳에 사는 동안 가능한 모든 것들을 다 체험해 보고 싶다는 소망으로 또 내일을 기다린다.

어머니의 한

"집사님, 더워서 어떻게 지내요. 요새 같으면 너무 더워서 죽어 버리고 싶소."

"장로님은 참 복도 많으시네요. 더위 때문에 죽고 싶을 만큼 성가신 일이 없으니."

며칠 전 평소 가까이 지내는 장로님과의 통화내용이다. 날씨가 얼마나 더웠으면 장로님께서 죽고 싶다고 하셨을까. 물론 웃자고 한 말이지만 그만큼 날씨가 덥다는 이야기이다. 남쪽 지방에 장마가 빨리 끝나고 계속되는 불볕 때문에 모두들 지친 모양이다. 근래 기상청 발표에 의하면 몇십 년 만에 눈이나 비가 많이 내렸다는 말을 자주 듣는 것 같다. 그런데 금년에는 모든 식물들의 잎이 타들어가고 파종조차 할 수 없는 90년 만의 봄 가뭄이라고 한다. 애가 타는 긴 가뭄 끝에 장마라고 할 수도 없을 만큼 짧은 장마가 그치고 곧바로 뜨거운 한여름 기온으로 바뀌니 더욱 덥게 느껴진다.

보도대로라면 내가 태어나기 이전에나 있었던 일들 같은데 내 기억으로는 어렸을 적에 보았던 홍수나 눈만큼 많다고 느껴지지 않는다. 더위도 그렇다. 요즘 몇십 년만의 더위라는 말을 하지만 우리의 어렸을 때나 다를 바 없다는 생각이 든다. 찌는 듯한 더위 속에서도 들에서 김을 매시던 어머니를 생각하며 안타까워했던 일 때문에 그때 기온을 기억하고 있다. 요즘은 제초제들을 사용하기 때문에 들에서 김매는 사람들을 거의 볼 수가 없다.

하지만 60년대만 해도 논보다 밭이 많은 고향 들녘에는 한여름 내내 여기저기 무리 지어 김매는 어머니들을 쉽게 볼 수 있었다. 폭염에 곡식들의 잎끝은 말리고 달구어진 흙에 물을 부으면 비시시 소리를 내며 금방 말라 버릴 정도였다. 그렇게 뜨거운 밭고랑을 허리한번 쭉 펴 볼 틈도 없이 앉은걸음 하시던 어머니들. 지금이야 갖가지 모양의 모자들도 많지만 그때야 오직 한 장의 수건으로 볕가림을 한 채 김을 매는 어머니들의 적삼은 땀에 젖어 몸에 쫙 달라붙게 마련이었다. 남자들은 시원한 시간을 골라 일을 하고 한더위에는 우산각에서 낮잠을 즐길 짬이 있었다. 그러나 여자들은 젖먹이가 있는 젊은 엄마들이나 잠깐 집에 들를 뿐 그 뙤약볕 속에서 점심을 내다 먹으며 김을 맸다. 오늘날 우리가 이만큼의 풍요를 누릴 수 있는 것은 용광로 같은 열기 속에서 쉴 틈 없이 일하셨던 부모님들의 덕택인 것을 부인할 사람은 없으리라. 나는 그 불볕 아래서 김매시던 어머니를 생각하면 언제인지 모르게 메말라 버린 눈물이 다시금 솟구친다.

육이오사변 전까지 내가 태어나 자란 곳은 전남 함평군 나산면 소재지였다. 일제강점기에 쌓았다는 소재지 동쪽의 긴 둑 너머엔 영산강으로 흐르는 큰 냇이 있다. 연대는 잘 모르겠지만 옛날에는 나산면 소재지보다 훨씬 위쪽까지 배가 드나들어서 수상리, 배문이, 그리고, 포구였다는 대포리 등의 지명이 지금까지 불리어진다. 둑을 쌓고 보를 막아 '장파금'이라 부르는 나산들은 지금까지 가뭄을 모르고 농사를 짓지만 아쉽게도 영산강까지 이어지던 뱃길은 전설 속의 이야기가 되고 말았다.

이 냇가는 여름철이 되면 소재지 사람들의 노천탕이 되었다. 그러나 일 년에 한 번쯤은 익사사고가 날 정도로 위험하기도 해서 어린 자녀를 둔 부모들을 긴장시키는 곳이기도 하다. 내 큰오빠가 보통학교 일학년 때였다고 한다. 수영을 못하는 오빠를 동네 형이 억지로 끌고 들어가는 바람에 그대로 수중고혼이 되고 말았다. 유난히 총명하고 착해서 어른들의 칭찬을 많이 들었다는 오빠의 죽음을 작은아버지께선 우리가 성인이 된 뒤까지도 애석해 하셨다.

그 일이 있고 10여 년이 지나 육이오사변이 일어났다. 우리가 살던 나산에도 인민군들이 들이닥쳤다. 사람들은 서둘러 피난을 떠났지만 피난해야 할 특별한 이유가 없는 우리 집은 그대로 남았다. 그때 우리 집에는 혼기 찬 언니가 있었다. 어느날 인민군들이 언니와 병원 집 언니 친구를 데려갔다. 그 후 언니와 친구는 마을 사람들에게 노래를 가르치고 벽보를 붙이는 등 그들의 일을 도와야 했다. 한동안 봇둑에는 죽창에 찔려 죽은 사람들의 시체가 널려 있고 반공호마다 시체들이 가득하다는 끔찍한 이야기들이 나돌았다. 이런 공포의 생활을 얼마나 하였을까? 국군이 진격해 온다고 사람들이 술렁거렸다. 요란한 비행기 소리와 공습을 피해 둑 밑의 수로에 평상을 놓고 동네 아이들을 함께 있게 했던 것은 아마 국군이 진격해 오던 시기인 듯 하다.

국군들이 인민군을 쫓아냈으나 우리에게는 더 큰 슬픔이 기다리고 있었다. 인민군들을 도운 언니의 일로 빨갱이네 집이라는 눈총을 받아야 했다. 아버지와 작은아버지께서는 지서에 불려가 심한 매를 맞고 나오셨다. 그 당시 한청(대한청년단)단원들의 기세는 사뭇 우리의 숨통을 죄였다. 큰 죄는 지은 것이 없으니 차라리 자수시키라는 사람들의 이야기를 듣고 어머니는 숨어 있던 언니를 지서에 데리고 가 자수시켰다. 언니는 곧장 함평경찰서로 이송되었다. 그러나 얼마 후 경찰서 유치장에 있던 사람들이 모두 총살당했다는 소식이 들렸다. 도무지 믿어지지 않는 사실로 부모님은 발을 동동거렸지만 장소를 알 수 없어서 시체조차 거둘 수가 없었다. 아버지는 또 어떤 화가 미칠지 몰라 어머니와 젖먹이 동생을 오빠와 함께 장성에 사시는 이모 댁으로 떠나게 하셨다. 그 후 태독을 푼다고 합수통에서 걸러낸 물을 마시던 아버지와 작은아버지의 몸이 군데군데 퍼렇게 멍들었던 모습이 지금도 선하다.

어머니와 얼마나 떨어져 살았을까? 퇴각했던 인민군들의 소재지 방화로 집이 불타버리고 소재지에서 3km 정도 떨어진 시골에 우선 거처할 집을 구한 다음에야 돌아오셨다. 소재지의 장파금들에 농토가 있어서 멀리는 갈 수가 없었다. 잠깐 머물기 위해 찾은 곳이었지만 막내동생이 태어나고 오빠가 지금까지 살고 있는 제2의 고향이 되고 말았다. 주소는 나주군이었지만 학군은 나산이어서 학교에 가려면 소재지를 거쳐야 했다. 지서 조금 못 미친 지점에 인민군에게 피해를 당한 집이 있었다. 부모님끼리 가까이 지냈던 그 집에는 오빠 또래의 남자애가 있었는데 나만 보면 빨갱이라고 놀렸다. 그 집을 거쳐 학교에 가는 것이 정말 싫었지만 다른 길이 없었다.

공부시간에 육이오에 대한 이야기가 나오면 온몸에 힘이 쭉 빠지고 그 시간 내내 고개를 들지 못했다. 그럴 때마다 언니가 한없이 원망스러웠고 빨강색을 보는 것조차 싫었다. 군경 유가족이라는 말이 그렇게 부러울 수가 없었다. 꼭 이렇게 죄인이 되어 살지 않아도 되겠다는 생각을 하게 된 것은 좀 더 철이 들면서부터이다. 자원해서 빨치산이 되어 활동했던 사람들이 언제 그랬냐는 듯 활보하고, 일제 치하에서 친일을 하며 자기의 이권을 챙겼던 사람들이, 광복된 조국에서도 누릴 만큼 누리고 산다는 것을 알면서부터이다. 그러면서 언니의 처지가 조금은 이해가 되고 나를 항상 짓누르던 죄의식에서 다소나마 벗어날 수 있었다.

그러나, 어머니는 그렇지 못하셨다. 자수를 안 했기 때문에 지금까지 생존해 계시는 병원집 언니를 볼 때마다 어머니는 통한의 속울음을 우셨다. 자수를 시켜 딸을 죽게 했다는 자책으로 평생 가슴앓이를 하셨다. 6남매 중 남매를 남다른 아픔으로 가슴에 묻고 육이오 후에 태어난 막내까지 사남매에게는 잘못을 해도 차마 매를 들지 못하셨던 우리 부모님, 언니가 교회에 나가는 것을 못마땅해 하셨던 어머니가 교회에 나가시기 시작하셨다. 신앙이 무엇인지, 부활이 무엇인지 말로 표현은 못 하셨지만, 당신이 가꾸신 곡식이나 채소의 첫 열매를 꼭 목사님께 갖다 드릴 정도로 열심이셨다. 그것은 다음 세상에서 언니를 만날 수 있다는 소망 때문이었으리라.

어머니는 삭일 수 없는 아픔을 일 속에 묻으려는 듯 잠시도 쉬지 않고 일을 하셨다. 그리고는 봄에 한 달쯤 앓으시고 회복하시면 또 죽기살기로 일을 하다 가을이 되면 어김없이 한 달쯤 앓으셨다. 그래서 동생과 나는 번갈아 가며 조퇴를 하고 집안일을 도와야 했다.

'부모가 죽으면 산에 묻고 자식이 죽으면 가슴에 묻는다.'는 옛 어른들의 말처럼 두 자식을 가슴에 묻고 한평생을 사셨던 어머니. 일 년여 동안 치매로 고생을 하시다가 일흔여덟이 되시던 코스모스 곱게 핀 초가을에 사랑하는 딸을 만나러 가셨다.

어머니가 세상을 뜨신 지도 오랜 세월이 지났다. 구름 한 점 없는 하늘에서 내리쏟는 불볕, 내 어머니 가슴속의 한은 그보다 더 뜨거웠을지 모른다. 그러면서도 뜨겁게 달구어진 밭고랑을 맨발로 밟아가며 한을 삭이시던 어머니를 생각하면 아직도 가시지 않는 울분 때문에 가슴이 뛰고 눈시울이 뜨거워 질 수밖에 없다. 꽃다운 나이에 떠나야 했던 언니의 죽음은 아무리 생각해도 억울하기 때문이다. 아마 내 삶이 다 하는 그 순간까지도 꽃다운 나이에 우리 가족을 위해 희생한 언니에 대한 애틋함과 그 딸을 그리며 가슴앓이를 하다 가신 어머니를 향한 안타까움은 치유되지 않으리라.

어머니

온 우주를 감싸 안는 큰 빛은 아니라 해도
어머니 당신은 내게 다사로운 한 줄기 봄볕입니다

내 마음을 움츠리게 하는 잔설을
말없이 녹여내는 한 줄기 봄볕입니다

어머니
당신은 온 우주를 촉촉하게 적셔주는
넉넉한 빗줄기는 아니라 해도

내 마음의 새싹을 곱게 키워내는
조용한 실비입니다

삶의 갈래 길에서 허둥대는 나에게
바른 길을 일러주시는
내 마음의 교과서인 어머니

어머니
당신은 지금도 수많은 별 중의 한 별이 되어
우리를 지켜주시는 영원한 그리움의 노래입니다

사랑하는 내 동생

전국에 장맛비 예보가 내렸다.

그렇지만 며칠 전부터 세운 계획이라서 실행에 옮기기로 했다. 강원도 홍천에 살고 있는 막냇동생이 지난달 뇌경색으로 입원했다는 소식을 듣고도 가보지 못했는데, 지난주에 또 의식이 흐려져 병원에 갔다는 말을 듣고 더는 미룰 수가 없어서 광주에 있는 동생과 함께 출발했을 때는 다행히 비는 내리지 않는다.

차창 밖에 펼쳐지던 오월의 아름다움은 이미 다 초록으로 물들어 있었다. 연록의 잎사귀들을 모두 제 편으로 끌어들여, 온 세상을 점령해 버린 초록세상은 아주 당당해 보인다.

그 당당해 하는 초록의 물결 사이로 내 마음 한 켠에 늘 짠한 모습으로 자리하고 있는 막냇동생의 모습이 번진다.

한국전쟁이 끝나갈 무렵 퇴각하는 빨치산들의 면 소재지 방화로 하루아침에 집을 잃은 우리 가족은 먼 친척분의 소개로 소재지에서 2킬로쯤 떨어진 마을의 집을 빌려 살게 되었다. 동생은 그때 어머니 나이 41세에 늦둥이로 태어났다. 전쟁 직후라 미역값이 얼마나 비쌌던지 겨우 반 가닥을 사서 산후 몸조리를 하셨다고 하셨다. 그후 우리 사남매는 잘사는 것은 아니었지만 성실하신 부모님의 사랑 속에 끼니 걱정 없이 오순도순 살았다.

그런데 막내가 초등학교 5학년 때 아버지께서 갑자기 위암으로 변변한 치료도 받지 못하시고 세상을 뜨셨다. 정말 앞이 캄캄했다. 바로 위의 오빠는 입대했고 어머니는 평소에 밭을 가꾸는 일 외에 논 농사는 할 줄 모르셨다. 논이 면소재지에 있어서 어머니는 모내기, 김매기, 벼베기 할 때 점심이나 새참을 내가는 게 고작이셨다. 그런데 어린 막내와 들일이라고는 모르는 우리 자매 뿐인데, 이제 모든 것을 다 알아서 해야 하니 앞이 캄캄할 수밖에 없는 형편이었다. 다행히 딱한 사정을 아시는 교우들과 마을 분들의 도움으로 오빠가 제대할 때까지 잘 견뎌냈다.

하지만 초등학교를 졸업한 막내의 진학이 문제였다. 소재지에 있는 중학교야 집에서 보낼 수 있었다. 우리 형편을 잘 아시는 교회 권사님께서 동생을 어느 장로님이 운영하시는 고아원에 보내자고 하셨다. 그곳에 가면 고등학교까지는 마칠 수 있다며 어머니를 설득하셨다. 말 그대로 부모들이 없는 고아들이 가는 곳 아닌가. 어머니도 계시고 형제들도 있고 당장 끼니를 굶고 사는 것도 아닌데……. 마음이 쉬 내키지는 않았다.

그렇지만 동생의 장래를 위해서 보내기로 결정을 하였다. 늦둥이 막내로 부모 형제의 사랑을 받으며 자란 어린 동생을 고아원이라는 시설에 보낸다는 게 도무지 마음이 놓이지 않아 나도 같이 가기로 하였다. 아이들과 생활하면서 그들의 사정을 들어보니 내 동생과 비슷한 사정이 있는 아이들이 많았다. 부모님이 다 계신 아이들도 있고 남편을 여읜 엄마들이 아이들을 데리고 들어 와 식당일을 하고 계시는 분도 두 분이나 계셨다. 목적은 하나같이 교육이었다. 모두가 전쟁이 만들어 낸 후유증이었다. 그분들도 동생을 친 자식처럼 챙겨주시고 같은 방, 형들도 형제처럼 보살펴주는 걸 보면서 그래도 마음이 놓였다. 나는 유치부 보모로 일 년간 동생과 같이 있다가 집으로 돌아왔다.

그렇게 동생은 고아 아닌 고아 생활을 했었다. 그리고 퇴원하여 사회생활을 하다 군에 입대하였는데 얼마 후에 직업군인으로 남겠다는 연락을 해왔다.

그후 우리 삼 남매는 결혼하여 가정을 꾸렸고, 동생도 고향아가씨와 결혼하여 강원도 홍천에 살림을 꾸렸다. 우리는 오랫동안 동생의 신혼집에 다녀오지 못했다. 나와 바로 밑의 동생은 넉넉하지 못한 시댁 형편에 부양해야 할 부모님과 형제들, 그리고 아이들을 키우느라 친정 동생에게까지 마음 쓸 여력이 없었다. 모든 일에 시댁이 우선 순위였고 당연히 그래야 되는 줄 알았다.

남편 직장 때문에 우리가 무안 현경에 살고 있을 때였다. 어느 날, 말도 없이 동생 부부가 우리 집엘 들렀다. 반갑기도 했지만 무슨 일인가 깜짝 놀랐다. 밤을 보내며 이야기를 들어보니 그 사이 출산했던 첫아이를 패혈증으로 저세상으로 보냈다고 했다. 한 번도 우리에게 내색하지 않았던 이야기이다. 결혼을 하고 넉넉한 형편이 아니었을 텐데 의논할 사람 한 명 없는 타향에서 얼마나 힘들었을까. 낯선 타향에서 그 아픔을 당하고 위로를 받고 싶어서 그 동안 살뜰히 마음도 써 주지도 못했던 누나를 찾아왔던 것이다.

강원도 홍천, 그곳에서 남쪽의 거의 끝자락인 무안까지, 지금처럼 교통이 편리한 때도 아니었는데, 그 먼 길을 찾아 온 동생부부에게 나는 그 때 큰 실수를 했었다. 그래서 그 때의 아픔과 미안함이 늘 내 마음 한구석을 짓누르곤 한다.

동생 부부가 오기 바로 전에 고등학생인 시동생이 다녀갔었다. 아직 봉급 전이라 필요한 돈을 주인집에서 빌려다 준 터라 집에 가진 돈이 한푼도 없었다. 주인집에 다시 빌리기도 면목이 없고 해서 교통비 한푼 쥐어주지 못하고 보냈다. 친동생을 그렇게 보낸 것이 40

여 년이 지난 지금까지도 후회로 남아 날 아프게 한다. 하지만 동생 부부는 서운한 내색 없이 돌아갔고 그 후 아들 쌍둥이를 낳아 잘 길렀다.

동생은 군 생활을 잘 마치고 10여 년 전 전역하여 그냥 홍천에서 산다. 고향을 지키고 있는 오빠와 목포, 광주에 살고 있는 형제들은 전역 후에는 함께 모여 살기를 원했지만 입대해서 끝날 때까지 홍천을 떠나지 않았으니 두 사람에게는 제2의 고향이나 마찬가지 아닐까 싶다. 고향에는 초등학교를 마치고 떠났으니 친한 친구들이 별로 없다.

그래도 홍천에는 30여 년 넘게 함께 한 지인들, 향우회원들, 교회에서 장로직분과 권사직분을 맡아 봉사하는 일도 있고 하니, 형제들과는 자주 만나지 못하더라도 두 사람이 노후를 보내기는 더 나을 것 같다.

동생의 회갑 때는 사 남매가 함께 강원도 일원 여행을 했다. 경기도 파주에 있는 18대 선조이신 방촌(황희)할아버지의 기념관과 벼슬을 그만두고 지내셨던 반구정, 그리고 묘소를 둘러보았다. 동생의 안내로 관광여행팀에서는 갈 수 없었던 곳들을 차분하게 들러볼 수 있어서 참 좋았다. 아직까지는 홀로 된 형제들 없이 살고 있고, 부모님 살아계실 때보다는 형편들이 나은 편이니 오며가며 살고 있는데, 이렇게 아프다는 소식을 듣게 되니 걱정이 된다.

광주에서 홍천까지 쉼 없이 달리는 고속버스로 4시간 30분이 걸렸다. 40여 년 전 동생 부부는 얼마나 지루하게 차를 타고 누나에게 왔었을까. 그런데 누나는 절박한 동생에게 그런 실수를 했었다. 친동생이라는 핑계를 내세워 그 아픈 마음을 어루만져 주지 못했다. 정말 미안하고 또 미안하다. 동생아…….

오늘 병원에 들려 며칠 전 검사결과를 받았는데 심장 혈관에 혈전이 있어 부정맥 때문에 정신이 흐렸다는 확진을 받았다고 한다. 지난 번 뇌경색이 왔던 것도 같은 이유였으며 이제는 한 달에 한 번 약 처방을 받으러 가면 된다고 한다. 무엇보다 전에 받았던 약들을 모두 패기하고 약 가짓수도 많이 줄었다며 좋아하는 두 사람을 보니 우리 또한 마음이 놓였다. 사실은 몇 년 전에 위암 수술을 했기 때문에 또 아프다는 말을 듣고 많이 걱정이 되었다. 동생을 정성을 다해 챙기는 올케가 참 고맙다. 이번에는 두 번이나 그런 일이 있어서 얼마나 놀랬는지 평소에도 살집이 없는 사람이긴 하지만 눈에 띄게 초췌한 모습이어서 몹시 안쓰러웠다. 이럴 때 우리 가까이 있으면 그래도 도움이 될 텐데 멀리 있으니, 가까운 이웃보다 못한 형제들이다.

지금까지 부모님의 삶을 본받아 남에게 욕먹지 않고 부끄러움 없이 살아 온 우리 형제들이다. 비록 사는 곳이 떨어져 있어 자주 오가지는 못하지만 살아 온 시간보다는 남은 시간이 더 적은 형제들이니, 앞으로는 좀더 깊은 정을 나누며 살아야겠다. 그 삶의 터전이 어느 곳이던 지금껏 지내왔던 대로 형제들의 정을 나누며 지내는 게 저 세상에 계시는 부모님께도 효도하는 길이지 않을까. 더 많이 아프지 말고 가는 순서 바꾸지 말고 세상에 태어난 순서대로 부모님께 돌아가는 우리 형제들이었으면 좋겠다.

우리에게 주어진 모든 것에 감사하고, 욕심 부리지 말고, 건강하고 행복하게 살아가자. 사랑하는 내 동생아,

아자! 아자! 우리 사남매와 짝꿍들!!

고향

내 삶이 다 하는 그 순간까지도 꽃다운 나이에 우리
가족을 위해 희생한 언니에 대한 애틋함과 그 딸을
그리며 가슴앓이를 하다 가신 어머니를 향한 안타까움
은 치유되지 않으리라.

무지개떡

친구와 내가 6학년 3반 교실 문을 열자 아이들이 우르르 몰려온다.

아이들이 친구가 이고 온 동이를 조심스럽게 받아 교실 한쪽에 내려놓자 '휴~'하고 친구가 숨을 뱉어낸다. 우리집에서 학교까지 족히 4킬로미터가 넘는 길을 식혜가 든 동이를 이고 왔으니 얼마나 힘들었을까? 추운 날씨인데도 이마에 땀방울이 송골송골 맺혀 있다.

"친구야, 고생했어. 나 때문에 네가 힘들었다야."

나는 엄두도 내지 못 할 일을 친구가 도와주어 정말 고맙고 한편으론 미안하기도 했다.

그 날은 나산국민학교 37회 졸업생들이 사은회(謝恩會)를 하는 날이었다. 졸업생이 180여 명 정도인데, 남학생반이 두 반, 여학생

반이 한 반이다. 각 반의 임원들이 모여 회의를 한 결과 전체적으로 조금씩 돈을 모아 선생님들께 드릴 간단한 선물을 준비하고, 가게에서 살 수 없는 떡과 식혜를 여학생 반에서 준비하기로 한 것이다. 초포에 사는 친구랑 덕림에 사는 친구가 부모님께 부탁해서 떡을, 어머니의 솜씨를 알고 있는 나는 식혜를 맡기로 했다.

그런데 문제는 무거운 식혜를 어떻게 학교까지 가져가냐였다. 동이에 담은 식혜를 엎지르지 않고 운반한다는 것은 결코 쉬운 일이 아니다. 요즈음은 담을만한 그릇들이 많지만 그 때는 동이가 전부였다. 다행히 평소 언니처럼 무슨 일이든 잘하는 같은 마을 친구가 도와주기로 했었다. 나였다면 몇 발자국도 걷지 못하고 포기했을 텐데, 친구는 그 힘든 일을 거뜬히 해낸 것이다.

초포에 사는 친구는 약속대로 무지개떡을 해오고, 덕림에 사는 친구는 맛있는 호박떡을 해왔다. 그런데 무지개떡이 아무래도 뭔가 좀 이상한 느낌이 들었다. 떡에 물감이 무지개처럼 골고루 들어있어야 하는데 군데군데 풀리지 않은 물감 찌꺼기가 남아 있었다. 일단 떡을 조금 떼어 먹어보기로 하고 아이들에게 조금씩 나누어주었다. 떡을 입에 넣은 아이들이 이맛살을 찌푸리며 떡을 퉤퉤 뱉어냈다. 떡이 써서 먹을 수가 없다는 것이다. 더욱 가관인 것은 풀리지 않은 물감 찌꺼기 때문에 아이들 혓바닥이 빨강, 노랑, 초록색으로 물이 든 것이다. 아이들은 서로 혀를 내밀고 웃어대기 시작했다. 삽시간에 교실 안은 웃음바다가 되고 말았다. 무지개떡을 해온 친구는 할머니도 계시고 어머니도 얌전한 분이라고 알고 있었는데, 어떻게 물에 풀어 사용해야 할 물감을 그대로 사용했었는지 지금 생각해도 도무지 이해가 되지 않는다. 여기저기서 친구 혼자서 해 온 게 아니냐고 다그쳤지만 분명히 어머니가 해 준 거라고 하니 그대로 믿을 수밖에 없었다. 다행스럽게 친구는 그 상황에 대해 민감하게 반응하지 않고, 친구들과 하하거리며 같이 웃어주어서 고마웠다. 무지개떡은 먹을 수가 없었지만 다른 친구가 해온 호박떡이 있어서 참 다행이었다. 6학년 1반 교실에 사은회 장소를 마련한 다음, 전체 선생님들을 모시고, 전교어린이회장인 1반 급장이 졸업생 대표로 6년 동안 지도해 주신 선생님들에 대한 감사의 인사를 드린 후 대접했다.

지금은 모든 졸업식을 거의 2월에 하지만 그때는 3월 말에 종업식과 졸업식을 했었다. 참 까마득한 이야기이다. 그렇지만 무지개떡 소동 때문에 졸업식이라는 말만 들어도 웃음이 나온다.

초등학교 졸업생들이 스스로 준비해서 사은회를 해드렸다는 이야기는 요즘에는 있을 수 없는 일일 것이다. 지금 생각해 봐도 어떻게 그런 일을 했었을까 기특한 생각이 든다. 꼭 사은회가 아니더라도 우리들이 4학년 때부터는 학년이 바뀔 때마다 조금씩 돈을 모아 담임선생님께 선물을 해드렸던 기억이 난다. 우리는 5년 동안 여학생끼리만 계속 같은 반이었다. 각 학급 급장들이 그 일을 주관했었다. 특별히 용돈을 받고 살던 때가 아니어서 부모님께서 돈을 주셔야 가능했던 일이다. 어떤 선생님께는 가죽가방을 사드리고, 6학년 담임 선생님께는 양복을 해드렸던 기억이 난다.

모두가 어려웠던 그 시절, 가난한 형편이었지만 어느 부모님도 불평하시는 일 없이 아이들에게 돈을 보내주셨던 것으로 기억이 된다.

변해도 너무 많이 변한 요즈음엔 감히 엄두도 내지 못할 꿈 같은 일이 아닐까. 우리들이 어렸을 적에는 공부를 많이 하시지 않은 부모님들께서도 '스승은 그림자도 밟지 않는다.'고 자녀들을 가르치셨다. 하지만 그 시절에 비하면 지금은 비교할 수도 없을 만큼 모든 것이 넉넉한 세상이다. 대학교 학력은 보통이고 선생님들보다 월등한 학력과 재력을 갖춘 학부모들이 많다. 그런데 '스승은 그림자도 밟지 않는다.'라고 가르치는 부모님은 얼마나 계실까 궁금해진다.

요즘 아이들이나 학부모들이 선생님께 하는 행동들을 들을 때마다 억장이 무너지는 것 같다. 그런 뉴스를 접할 때마다 우리들의 선생님들께선 그래도 행복하지 않으셨을까 싶다. 이미 이 세상에 계시지 않는 선생님들, 선생님은 화장실에도 안 가시는 줄 알았을 만큼 하늘처럼 우러르며 살았던 우리 세대. 오직 선생님 바라기 제자들이었다.

하지만 지금은 어떤가.

학교에 계시는 선생님이 아니더라도 학교 밖에서 만나는 전문 분야의 여러 선생님들 뿐 아니라 인터넷 세상에서 원하는 모든 정보들을 얻을 수 있지 않은가. 그러니 우리 세대들처럼 학교에서 만나는 선생님에게 특별한 존경심이나 따뜻한 사랑을 기대하지도 느끼지도 않는 것 같다. 그것까지는 이해를 한다 해도 선생님들을 무시하고 함부로 대하는 태도들은 그래도 고쳐주어야 하지 않을까. 그건 아이들 몫이 아니고 부모님들 몫이라는 생각이 든다. 아이들에게 선생님을 존경하는 마음을 길러주는 것은 결국은 그 아이를 잘 자라게 하는 기본이며, 이 사회가 건강한 사회가 되는 길임을 부모님들이 알았으면 좋겠다. 물론 선생님들 또한 옛날과는 많이 다른 학교와 사회 환경 속에서 학부모들과 아이들에게 존경받을 수 있도록 부단한 노력이 필요할 것이다.

눈발이 흩날리는 추운 날이다. 학교 교문 앞에 꽃을 파는 상인들이 모여 있는 걸 보니 졸업식인가보다. 요즘은 대체로 가족들이 꽃다발과 선물을 사가지고 졸업하는 학생들을 축하해 준다. 덕분에 졸업식이 있는 학교의 정문엔 꽃을 파는 사람들로 북새통이다.

그 시절 우리들은 꽃다발은커녕 축하해 주러 오는 가족 한 사람 없는 쓸쓸한 졸업식을 했던 세대였다. 하지만 사은회 때의 무지개떡

사건은 그 어떤 선물보다도 값지고 멋진 추억이 아닌가. 아마도 이 추억은 우정이 계속되는 한 영원히 우리를 미소 짓게 하리라.

방앗간 추억

오랜만에 떡가루를 빻으려고 방앗간에 들렸다. 주인아주머니는 낮잠을 자고 있었던지 하품을 하며 나왔다.

20여 년 전만 해도 설이 가까워 오면 설 준비를 하는 사람들로 떡방앗간은 며칠씩 밤낮없이 바빴다. 설이 지나고 나면, 방앗간이 한산하다가 햇보리의 수확이 끝날 때쯤이면, 미숫가루를 만들려는 사람들이 줄을 설 정도로 방앗간이 붐볐다.

옛날에는 집 집마다 미숫가루를 장만하는 것을 연례행사 중 하나로 잡았었다. 넉넉하게 장만한 미숫가루는 도시에 나가 사는 자식들이나 형제들에게 골고루 나누어주고, 냉수에 사카린을 넣어 만든 미숫가루를 타서 마시며 한더위를 식히곤 하였다. 그러다 보면 어느새 추석이 오고 또 한 차례 온 동네 손님들을 맞게 된다. 추석이 지나고 나면 방앗간은 고추 방아 찧기에 바빴다. 그리고 그 뒤로는 가을걷이가 끝날 때쯤 참깨, 들깨를 수확하여 곧바로 참기름과 들기름을 짜는 일이 끝나면, 방앗간 찾는 일은 거의 마무리가 되는 셈이다. 철 따라 이어지는 방앗감으로 한때는 쏠쏠한 수입을 올리던 방앗간들인데 요즘은 큰 행사가 있을 적에나 떡을 해 가는 정도라 한다.

세상은 몇십 년 사이 참 많이 변했다. 하기야 '십 년이면 강산이 변한다.'라고 하는데 당연한 일인지도 모르겠다. 방앗간의 모습도 다른 것들 못지않게 많이 변한 것 같다. 내가 초등학생 때만 해도 몇 집 건너 한 집 정도 디딜방아가 있었다. 그리고 한 마을에 한 대쯤 발동기 방앗간도 있었다. 아버지를 따라 발동기 방앗간에 가면 소리 때문에 귀가 먹먹하던 생각이 난다. 우리 집에도 디딜방아가 있었다. 몇 가구 안 되는 동네의 유일한 방아였다. 초여름이 되면 보리방아를 찧기 시작하지만 별로 인기 있는 방앗감은 아니었다. 보리 탈곡이 끝나지 않아 발동기로 가져가기에 어중간한 양을 디딜방아에 찧었다. 보리는 애벌방아로 시작하여 밥을 지을 수 있을 정도의 마지막 대끼기까지 보통 서너 단계를 거쳐야 한다. 우리 디딜방아는 발판이 두 갈래로 나뉘어 있어서 한쪽에 두 사람씩, 네 사람과 확에서 곡식 손질하는 사람(대게 곡식 주인)까지 다섯 명이면 가능하다. 대게 방앗간 주인 가족 외에 두어 사람쯤 품앗이할 사람들이 합세한다. 방아를 찧을 때 발을 잘 맞추지 못하면, 확에서 일하는 사람이 방아공이에 머리나 손을 다칠 수도 있다. 사이사이 키질한 방앗감을 확에 밀어 넣고 꺼내는 일은 긴장감마저 든다. 위험한 일이라서 아무나 하지 못하기 때문에 대체로 손이 잽싼 우리 어머니와 은자 어머니가 도맡았다. 방아를 한참 찧다 마지막 대낄 때쯤 저절로 잦은 방아로 바뀌는데, 이때 속도 조절의 주도권은 발판 맨 끝쪽 사람에게 있다. 이렇게 바삐 찧는 방앗감을 어머니는 한 번의 실수도 없이 거뜬히 처리하셨다. 발은 정신없이 움직이면서도 재미있는 이야기들은 멈출 줄 몰랐다. 방아를 다 찧고 나면 마당의 멍석 위에는 옥수수나 감자가 소쿠리째 담겨 나올 때도 있고, 단수수가 다발 채 누워 있을 때도 있다. 밤하늘엔 보석처럼 반짝이는 수많은 별들, 모깃불의 매캐한 내음, 마당을 오락가락 날던 반딧불이 등 여름밤의 그 정취를 지금도 잊을 수가 없다. 더욱이 인공위성인 듯 움직이는 별을 발견하는 밤이면 함성을 지르며 즐거워했던 기억들이 선명하다. 그러나 늦은 밤 뒷산의 구슬픈 소쩍새의 울음소리는 늘 우리의 마음을 애잔하게 하였다.

그렇지만 전기로 많은 양의 벼나 보리를 찧는 방앗간이 생기면서 '쿵덕 쿵더덕' 디딜방아, 애달픈 사랑의 텃밭이 되곤 하던 물레방아, '시통시통 통통통' 살아나던 발동기의 모습은 흔적마저도 찾아볼 수 없게 되었다. 몇 동네 아울러 한 군데 정도 마을 입구에 자리한 방앗간은 동네에서 부잣집으로 통했다. 하지만 각 농가에서 수확한 곡식들을 비교적 높은 가격으로 정부 수매에 내고 값이 싼 정부 방출미를 사다 먹으면서부터 번창하던 방앗간들도 점차 활기를 잃어갔다. 더군다나 요즘은 가정용 정미기를 설치하는 집이 늘면서 그 상황이 더욱 나빠졌다. 그동안 마을의 상징처럼 입구를 지키던 방앗간들도 거의 철거가 되었거나, 아직까지 남아 있는 곳은 가을걷이가 끝난 들녘의 허수아비 마냥 쓸쓸한 모습으로 지난날을 떠올리게 한다.

요즈음 도시에는 전문 떡방앗간들이 생겨났다. 떡방앗간에는 아이들 돌이나 생일 때 해주던 무지개떡이나 수수단자, 제상에 올리던 백설기, 겨울이면 빼놓을 수 없는 두툼한 팥고물의 호박떡 등 갖가지 떡들이 진열대에 모두 있다. 누구네 집 하면 어떤 떡이 생각날 만큼, 떡이 어머니들 솜씨자랑이기도 했던 때가 그야말로 '호랑이 담배 피던 시절' 이야기가 돼 버렸다.

요 근래 세상이 변화된 일들을 살펴보면, 마치 소용돌이치는 물결을 볼 때처럼 현기증이 인다. 세계를 편 가르던 이념의 벽이 여기저기서 힘없이 무너지고 정보화의 물결은 몇 시간이 아니라 몇 초 사이에도 세상을 바꾸어 간다. 앞뒷집 사이의 울타리가 아니라 나라와 나라 사이의 경계가 사라지고 모든 지구촌 사람들의 일상이 공유가 된다. 식생활까지도 공통화가 되어 가는지 우리의 식단에 빵과 치즈가 공존하는가 하면, 아이들은 떡 대신 피자를 찾는다. 마늘 냄새를 싫어하던 외국인들은 "김치 원더풀"을 외치고 비빔밥과 김치를 수입해 간다. 노도처럼 밀려드는 이 변화의 물결을 피해갈 수 있는 사람이 과연 있을까. 우리는 자신의 의지와는 상관없이 이미 그 물결에 휩쓸려 떠내려가고 있지 않은가.

삼단 같은 검은 머리만을 고집하던 우리의 시야에 가을 산의 단풍 같은 머리 빛깔들을 아무 거부감 없이 받아들일 수 있다는 것이 그 증거이지 않을까? 누구도 자연스럽게 뒤쪽의 골패 쪽을 쓰러뜨려 작품을 만들어 가는 도미노의 물결을 거스를 수는 없을 것 같다. 그것이 인간들의 본질적 삶의 가치를 추구한다는 전제가 붙고 보면, 설사 우리가 느끼기에 난해하고 헛웃음이 나오는 일일지라도 변화의 무한한 질주 앞에 무력해질 수밖에 없다.

디딜방아가 생활의 한 방편이었던 부모님들의 세대가 가고, 방아 찧는 소리를 기억하는 우리 세대마저 가고 나면, 디딜방아는 늘 새로운 것을 추구하는 세대들에게선 기억 속에서조차 찾을 수 없는 박물관의 유물로만 남아 있을 것이다. 편리한 원터치의 도구들이 넘쳐나는 현실 속에서 왜 힘들게 방아 줄을 당겨 잦은 방아를 찧던 때가 그리워지는지 모르겠다. 구수한 옛이야기를 다시 찧어보고 싶어지는 까닭은 다시는 되돌릴 수 없는 옛날의 생활문화였기 때문일 것이다.

하얀 머리 수건을 두르고 "철벅 철벅" 키질을 하며 잰 손놀림으로 곡식을 손질하시던 어머니의 정겨운 모습과 함께 "쿵덕 쿵더덕" 어디선가 방아 찧는 소리가 들려오는 것만 같다. 방앗간 집에서 살던 어린 시절의 추억은 지금도 내 가슴속에 남아서 방아를 찧고 있다.

오얏, 그 그리운 이름

    잘 쓰는 글도, 많은 활동을 하는 것도 아니지만 일 년에 두 서너 편의 글을 동인지에 실릴 수 있는 기쁨을 주신 지도교수님의 정년 퇴임식이 있었다. 교수님의 위치라면 근사한 퇴임식을 하실 만도 한데 굳이 글쓰기를 지도하신 제자들의 모임인 '우송문학회' 회원들과 조촐한 퇴임식을 하신다고 하니 당연히 다녀와야 할 일이었다. 때는 지금이다 싶어 내려간 김에 해야 할 일들을 순서대로 메모를 했다.

    그 첫번째가 고향의 오얏나무를 보러 가는 일이었다. 한 집에 두어 그루는 기본일 정도로 오얏나무가 많았던 마을, 아직 한 그루가 남아있다는 소식을 듣고 금년 1월 1일 내려가 확인하고 왔지만 좀 더 자세하게 나무를 관찰해야할 것 같아서 겸사겸사 고향에도 다녀왔다.

　내게 어릴 때 먹었던 그 특유의 향과 새콤달콤한 맛의 오얏을 추억하게 한 것은 삼 년 전 창덕궁을 관람할 때였다. 해설사가 인정전에 대한 해설 끝에 인정전 용마루에 새겨진 다섯 송이의 꽃이 무슨 꽃인지 아느냐는 질문을 했다. 한 사람이 배꽃이라고 대답하니 오얏꽃이라고 했다. 많은 관람객들이 그게 어떤 꽃이냐고 해설사에게 물었다.

　문득 거의 집집마다 오얏나무가 있는 고향 마을에 살았던 친구 생각이 났다. 오얏꽃이 필 때보다는 오얏이 익을 때쯤 우리들은 그 친구 집에 놀러가는 일이 잦았다. 그것은 당연히 오얏 때문이었다. 마을마다 감나무나 살구, 앵두 같은 과일나무들은 있었지만 오얏나무는 거의 없었다. 까마득히 잊혔던 그 오얏의 꽃이 궁전 용마루에 새겨져 있다니 참으로 놀라운 사실이었다.

　그 길로 집에 와 오얏에 대한 검색을 하였다. 그러나 명쾌한 답을 얻기는커녕 오히려 더 혼란스러워질 뿐이었다. 사전을 찾아봐도 '자두의 옛말' 또는 '자두의 예스러운 이름' 등으로 표기되어 있었다. 국내 수목원들의 홈페이지에서도 오얏나무는 찾을 수가 없었다. 기대했던 산림청의 홈페이지에도 오얏은 자두의 옛 이름으로만 수록되어 있었다. 오얏을 검색하면서 그동안 알지 못했던 새로운 사실들을 알 수 있었던 것은 뜻밖의 수확이었으나 그런 사실들을 알면서 오얏나무가 보기 드물어진 연유가 더욱 궁금해졌다. 우선 오얏이 자두가 된 사연부터 이야기해야 할 것 같다.

〈1988년 1월 문교부 고시 표준어 규정(제3장 제20항)〉에서 "사어(死語)가 되어 쓰이지 않게 된 단어는 고어로 처리하고, 현재 널리 사용되는 단어를 표준어로 삼는다."고 하여 '오얏'을 버리고 '자두'를 표준어로 삼았다.

현재 국내의 거의 모든 국어사전들이 '오얏'을 '자두'의 옛말 또는 자두의 예스러운 이름으로 취급하고 있으며, 단지 한글학회의 「우리말 큰 사전」(1992.초판)만 오얏을 "오얏나무의 열매. 복숭아와 비슷한데 조금작고 신맛이 있다."고 하며 가경자(嘉慶子), 자도, 자두, 자리와 동의어로 풀이하고 있다. 1988년 표준어 규정고시 이전의 국내 국어사전과 북한과 중국 연변자치주의 사전들에는 분명 오얏과 자두가 동의어로 실려 있었다.[2]

우리나라에서는 삼국시대 이전에 원산지인 중국에서 가져와 심었다. 시경(詩經)에서 주나라시대에는 꽃나무로 매화와 오얏을 으뜸으

---

2) 민경탁님의 〈오얏론(論)〉 중에서

로 쳤다고 하며, 또 대추. 밤. 감. 배와 함께 오과(五果)중 하나로 중히 여겨 '복숭아와 오얏. 살구. 매실을 임금께 진상했다.'는 『예기』의 기록도 있다.

신라 말 도선 스님이 쓴 『비기(秘記)』에는 "고려 왕(王)씨에 이어 이(李)씨가 한양에 도읍 한다(繼王者李而都於漢陽)"는 예언이 있어 고려 조정에서는 중엽부터 한양에 벌리목사(伐李牧使)를 두어 백악(白岳 지금의 북한산)에 오얏나무를 심고 나무가 무성할 때면 반드시 모두 찍어서 이씨의 기운을 눌렀다. 그렇지만 도선국사의 예언대로 이성계는 조선왕조를 세웠다. 조선왕조가 건국되었으나 오얏나무를 왕조의 나무로 특별히 대접한 적은 없었고, 대한제국이 들어서면서부터 오얏꽃은 황실을 대표하는 문장으로 다양하게 사용되었다. 건축물, 용기, 복식, 훈장, 기장, 화폐, 그리고 학교의 수료, 졸업증서까지 사용되어 왔음을 볼 수 있다. 그뿐 아니라 지금도 전주이씨 대동종약원이나 대한제국 황실과 관련된 단체들이 상징 문양으로 즐겨 사용하고 있다.

전문 학자들에 의하면 '오얏'과 '자두'는 종(種)은 같으나 품종은 다르다 한다. 그런데 아쉽게도 주위에서 오얏나무를 찾아보기가 어려울뿐더러 그 이름마저 바뀌어 문헌에서조차 찾아볼 수가 없다. 친구로부터 지금은 고향에도 남아 있는 오얏나무가 없다는 말을 듣고 혹시 궁궐 안에는 있지 않을까 싶어 이듬해 꽃이 필 때쯤 다시 창덕궁을 찾았다. 해설사에게 물었더니 없는 것으로 안다고 했다. 있을 법도 한데 왜 없을까? 조선조 건국 이전 거의 멸종의 수난을 당했지만 대한제국에서 황실 문양으로 예우를 받아 온 오얏나무가 궁궐 안의 많은 수목 중에 단 한 그루도 남아 있지 않다니 납득이 가지 않았다. 혹시 궁궐 안에 오얏나무가 있으면 안 되는 이유라도 있느냐고 물었더니, 오얏꽃 문양은 일제강점기 때 대한제국의 위상을 격하시키기 위해 일본이 쓰게 한 문양인데 오얏나무가 번창하는 것은 그들이 바라는 일이 아니겠느냐, 그래서 오얏나무를 심지 않는 것으로 안다는 대답이었다. 정말 그게 사실일까? 궁궐 안에서 오얏꽃을 볼 수 있을까 하던 기대는 그렇게 물거품이 되고 말았다. 친구의 방 옆에 서 있던 오얏나무에서 노리끼리하게 익어가기 시작할 때부터 농익어 자주빛이 될 때까지 맛볼 수 있었던 그 오얏의 맛은 이제 영원한 추억 속에서만 느낄 수 있는 맛이 되고 말 것인지……

안타까운 마음을 그냥 쉽게 접을 수가 없어서 검색을 계속하였다. 수목원 홈페이지도 다시 들어가 보고 수도권에 있는 수목원에도 다녀왔다. 그러나 오얏나무 이름표를 붙인 나무는 찾을 수가 없었다. 검색 중에 오얏에 대해 관심있는 분들이 올린 글들도 만날 수가 있었는데 사실과 다른 내용들이 많았다. 그래도 어딘가에 제대로 된 내용의 글이 있지 않을까 하고 찾아보다가 '다음(daum)'의 '의친왕 숭모회'라는 카페를 만나게 되었다. 반갑게도 그곳에서 오얏 문양에 대한 이야기와 일제강점기 때의 대한제국 사정들을 알 수 있었다. 그러나 오얏꽃 문양을 카페의 대표 문양으로 쓰고 있는 그 분들(왕실종친)도 실제 오얏나무와 오얏에 대해서는 잘 모르는 형편이었다.

더욱 내 마음이 답답해지는 이유는 무엇일까. 혹 이분들이 오얏나무를 봉황이나 용처럼 상상 속의 나무로 만들고 싶은 것은 아닐까. 그래서 오얏나무가 널리 번식되는 걸 원치 않는 것은 아닐까. 그렇지 않다면야 자두에게 빼앗긴 이름을 찾아줄 생각이나 거의 멸종위기라 할 수 있는 오얏나무를 찾아 번식시키려고 하지 않았을까. 국내에 이씨 성을 쓰는 사람이 일천만 명에 이른다. 그런데 살아 있는 조강지처를 밀어내고 안방을 차지한 첩실처럼 오얏이라는 이름을 자두에게 빼앗긴, 자기 성씨의 상징 목(木)에 대해 이렇게 무심할 수가 있을까. 이제 오얏이(李)씨를 자두이(李)씨라 해야 하지 않을까. 이건 아니지 싶다. 지금은 고려시대도 아니고 일제강점기도 아니다. 사라져가는 우리의 것들, 대부분 우리 땅에 자생하는 들풀 한 포기도 살려야 한다고 애쓰는 이들이 많다. 그런데 엄연한 역사의 흔적속에 남아 있는 나무의 멸종해 가는 모습을 그대로 두 손 놓고 바라보아야 할까.

꼭 역사와의 관계가 아니라 해도 오얏은 어릴 적 나에게 얼마나 많은 즐거움을 준 과일인가. 그런데 그 나무에게 이렇게 큰 슬픔과 큰 영광이 있었다니 여기서 그대로 멈출 수는 없기에 계속해서 오얏나무의 흔적을 찾았다.   친정 형제들의 모임이 있어서 고향에 갔다. 그래도 원래 나무가 있던 곳에 희망이 있지 않겠나 싶어 친구네 마을에 사는 선배에게 연락을 했더니 한 그루가 있다 하여 단숨에 달려갔다. 그리고 그곳에서 그동안 자나 깨나 머릿속을 떠나지 않던 오얏나무를 만났다. 상태가 좋은 편은 아니었지만 돌담 옆에 서 있는 나무를 보자 코끝이 찡해왔다. 깡마른 노파의 피부처럼 까칠한 수피(樹皮)를 만지니 오얏나무들이 마을 전체를 아우르다시피 했던 그 옛날의 마을 정경이 떠올랐다.

자유당 정권 후 군사정권에서 제3공화국으로 이어지는 산업화의 블랙홀은 시골의 젊은이들을 무한정 빨아들였고 잘 익은 오얏을 먹어 줄 사람들이 없어서인지 오얏나무는 하나 둘 시나브로 죽어가고 더러는 베어버려서 지금은 이렇게 단 한그루만 남아 옛이야기를 들려주는 것 같다. 선배에게 마지막 나무의 꽃피는 모습에서부터 오얏이 익을 때까지의 모습도 좀 촬영해달라고 부탁을 하였다. 그리고 오얏이 익으면 택배로 좀 부쳐달라는 부탁도 함께 했다. 중간중간 연락을 취했지만 몸 달아하는 나와는 달리 일상에 바쁜 선배의 대답은 시원찮았다. 열매가 익을 때쯤 다시 연락을 했더니 다 낙과

해 버리고 없다는 대답이었다. 그 대신 어린 나무가 있으니 와 보라고 했다.

　교수님 퇴임식 전 날 친정집에 들려서 오얏나무를 보러 갔다. 4월 초 고향에 가는 길에 꽃이 피었을까 하고 갔었지만 주인이 집에 없어서 그냥 왔는데 이번에는 집에 계셔서 가까이서 나무를 볼 수가 있었다. 예전 같지 않고 꽃은 많이 피는데 열매가 맺혔다가 익기 전에 다 떨어져 버린다고 하셨다. 그런데 큰 나무 밑에 어린 나무 몇 그루가 자라고 있었다.

　내 부탁을 받고 그동안 선배가 살펴왔던 모양이다. 선배집 그루터기에서도 새순이 나와 뿌리가 돋았고 그 옆으로 씨앗이 떨어져 돋은 듯 대 여섯 그루가 자라고 있었다. 이제 이식해도 될 시기가 되면 옮겨 심어서 잘 키울 일만 남았다. 이 나무들을 잘 키워서 어떻게 할 것인지 확실한 계획은 없다. 다만 처음 오얏을 찾아봐야겠다고 했을 때의 생각은 오얏에 대해 궁금해하는 사람들에게 나라 안의 수목원에서 이름표를 단 오얏나무를 볼 수 있게 하고 싶었다.

　궁궐 안에서 오얏꽃의 향기를 맡을 수 있다면 하는 바람도 가지고 있었다. 정말 그렇게 하고 싶다. 오얏의 빼앗긴 이름도 찾아주고 멸종위기의 상황에서 삼천리 방방곡곡은 아니더라도 최소한 사람들이 쉽게 찾을 수 있는 수목원이나 공원 등에서 오얏나무를 만나볼 수

풀꽃 아주 작은

있었으면 좋겠다. 그래도 다행스러운 것은 많지는 않지만 오얏나무에 대해 관심을 갖는 사람들을 더러 만날 수 있다는 점이다. 이분들이 뜻만 모은다면 지금은 요원한 생각이 들겠지만 가능한 일이지 않을까 하는 욕심을 부려본다. 그러다 보면 앞으로 오얏나무가 사람들이 선호하는 조경수나, 먹고 싶은 과일나무가 되지 말라는 법도 없지 않을까 하는 희망도 가져 본다.

아무튼 이번 나들이는 어린 오얏나무를 만날 수 있었던 일과 내 후반기의 삶에 활기를 부어주신 교수님의 퇴임식에 참석한 일 등, 한걸음에 아주 중요한 두 가지 일을 한 의미 있는 고향 나들이였다.

옛 고향의 노래

어릴 적 내 고향
초록으로 물들던 밀밭 보리밭
출렁이는 보리밭 아지랑이 품속에서
노래 부르던 종달이

연못에선 물방개 어지럽게 동그라미 그리고
동그라미 속을 멋지게 소금쟁이가 헤엄친다
개울가 물때 낀 돌멩이 가만히 들추면
배 밑에 조랑조랑 자줏빛 알을 감춘 가제란 놈이
집게발 양쪽에 떠억 보초 세우고 죽은 척 엎드려 있다

물 위로 소나기가 한바탕 실로폰 두드리고 나면

마을 숲에선 일제히 합창소리 울리고

하늘에선 금방이라도 선녀가 내려올 듯

오색영롱한 무지개가 죽죽 뻗은 미루나무 가지에 내린다

마을 어귀 골목길에 혹투성이 엉두꺼비도

어그적 어그적 마실 나온다

어릴 적 내 고향엔

밤이면 금방이라도 후드득 쏟아질 것 같은

많은 별들이 뿌옇게 강물처럼 흐르고

온 동네 불 밝히려 분주히 날던 반딧불

매캐한 모깃불 연기 휘장을 열면

멍석 위에선 갓 쪄낸 옥수수의 소리 없는 하모니카 연주가 시작된다

뒤란 감나무에 까치밥 두어 개 대롱거릴 때쯤

저물어 가는 하늘엔 떼 지은 기러기들이 가는 길을 재촉하고

앞 들판을 까마귀들이 까맣게 덮어 버렸다

부엉부엉 어둠을 뚫는 부엉이의 울음 위로

펑펑 소리도 없이 눈이 쌓이던 밤

할머니 무릎 앞에 바싹 달라붙어 오금이 저리도록

무서운 이야기를 들었던 발산 할머니댁

빨간 고구마가 맛있었던 순임이네

일본에서 살다 온 곱슬머리 겐보오빠네

그리고 밤이면 뒤꼍 대밭에 환히 불이 켜진다는

명당자리 우리집

각기 다른 성씨이면서도 친동기처럼 어우러져 살았던

정겨운 이들

지금의 내 고향은

어머니의 가르마 같은 좁은 밭둑길이

널찍하게 콘크리트로 포장되고

보릿고개 힘겨울 때

기세당당해 사랑스러웠던 살 벌어진 보리 대신

마늘과 양파가 네모 반듯반듯한 논에 자리하고

미루나무는 꺾어진 어깨를 축 늘어뜨린 채

축산 폐수로 더럽혀진 개울을 보며 울고 있었다

오디를 따먹으러 숨죽이며 기어 다녔던

보화촌 할머니네 뽕나무밭

좁은 골목을 아우르던 아이들의 함성

그저 좋았던 이웃들은 이제 구름처럼 멀리 떠나가고

옛 흔적이라도 보고 싶어 고향을 찾으면

고향은 추억이라는 그림으로만 남아 있을 뿐

흔적은 찾기 어렵고……

보리

햇볕이 따갑다. 숨이 컥컥 막힌다. 이 따가운 땡볕 아래서도 보리는 까라기를 곤추세우고 서 있다. 마치 하나님을 원망하기라도 하듯 하늘을 향해 오기를 부리는 듯하다.

가을걷이가 끝난 논밭에서 여린 싹으로 북풍의 심술과 싸워온 보리. 한겨울 눈 속에 파묻혀 숨조차 쉬지 못하다가 다사로운 남풍에 쌓인 눈이 녹으면 그 틈새로 맨 먼저 초록빛 손을 내밀어 봄에게 SOS를 청하던 보리, 새색시처럼 조용히 내리는 봄비로 목욕하고 안개 속에 숨어서 키를 키운다. 삼사월 종다리의 여유로운 노래에 고개를 쭉 내밀어 화답하던 보리. 초여름 도시의 틀을 벗어나면 가슴 속까지 물들 일 듯 온 들판은 밀보리의 초록 물결로 출렁인다.

밭둑길로 들어서면 열병식 하는 병사들 마냥 양 옆으로 늘어서서 반겨 주던 보리. 여물이 들기 시작하면 붓처럼 모으고 있던 까라기들이 쫙쫙 벌어진다. 그 청보리의 모습은 씩씩하고 아름답기까지 하였다. 좀더 여물이 들면 어른들이 풋보리를 가지고 만들어 주시던 청맥 미숫가루가 새삼 생각난다. 풋보리를 가마솥에 잘 덖은 다음 멍석에 붓고 소금을 약간 뿌려 뜨거울 때 호호 손을 불어가며 비벼 먹던 보리찜, 하굣길에 냇가 모래밭에서 남의 보리를 꺾어서 구워먹다가 서로의 입가에 묻은 검댕이를 보며 시시덕거렸던 즐거운 추억들을 잊을 수가 없다.

육이오 사변으로 어려웠던 시절 농촌에서는 풋보리를 쪄서 말린 다음 맷돌에 갈아 이른바 가래밥과 죽으로 힘들게 보릿고개를 넘기는 집들이 많았다. 약간의 풋냄새와 고소한 맛이 어우러진 청보리 가래밥은 요새 먹어 볼 수 있다면 인기 있는 별미일 수도 있겠지만, 그 시절엔 끼니를 때우기 위해 마지못해 먹었던 음식이었다. 전답이 없는 사람들은 그마저 없어서 느릅나무 뿌리를 캐다 껍질을 벗겨 떡을 만들어 먹고, 쌀겨를 볶아 아이들 간식을 만들어 주기도 하였다. 옆집에 사시던 할머니는 부종으로 돌아가셨는데 곡식이 없어서 풀을 뜯어다 죽으로 연명했기 때문에 얻은 병이었다고 했다. 요즘 칠팔십 대 사람들 중에는 그때 죽에 질려서 아예 죽 근처에 가기조차 싫다는 사람도 있다. 이렇게 청보리 때가 지나면 보리는 숨막힐 듯한 더위 속에서 수확이 되고 벼를 수확할 때까지 곡식으로 중요했다.

　그런데 오늘 땡볕 아래 오기스럽게 서 있는 보리를 보면서 풀리지 않는 수수께끼가 하나 생각난다. '곡식은 여물수록 고개를 숙인다.'는 속담대로라면 이 시기의 보리도 당연히 고개를 숙여야 할 텐데 보리는 왜 고개를 빳빳이 세우고 있는 것일까. 가을에 수확되는 벼나 수수, 조 등은 처음 이삭이 펼 때는 보리처럼 고개를 세우고 있다가도 여물이 들기 시작하면 점차 고개를 숙이기 시작한다. 추수 때가 가까워지면 고개뿐 아니라 허리까지 굽혀 겸손하게 인사하는 것 같은 모습이 된다. 마치 자신들을 잘 자랄 수 있도록 햇볕과 비를 주신 하나님과 정성스럽게 가꾸어준 농부들에게 감사하는 것처럼.

　보리와 벼의 자람과 결실의 과정을 보면서 사람들의 사는 모습에도 이러한 양면이 있다는 걸 느낀다. 어떤 일을 가지고 어른들과 상반된 의견으로 어른들의 노여움을 사는 청소년들을 흔히 본다. 어른들은 이들을 볼 때 앞날을 염려하기 일쑤다. 그러나 청소년들의 투정이나 다소 버릇없어 보이는 행동들은 접어 생각할 수도 있다. 자기들이 옳다고 생각할 때 굽히지 않고 밀고 나가려는 모습은 씩씩한 청보리 같다. 옳고 그름을 자기들의 이해타산에 맞추는 어른들에 비하면 오히려 믿음직스럽고 대견하기까지 하다.

그리고 그들이 성인이 되기까지는 아직 더 배우며 깨달을 수 있는 시간의 여유가 있지 않은가. 그렇지만 청소년기를 지나 이미 사회에서 한 부분을 담당하고 있는 어른들의 오만하고 굳어진 모습을 볼 때는 다 익은 다음에도 오기스럽게 서 있는 보리를 보는 듯한 느낌이 든다.

다소곳이 고개를 숙인 벼들은 폭풍우를 만나 쓰러지긴 해도 꺾이지는 않는다. 그러나 꼿꼿이 서 있는 보리들은 폭풍우를 만나면 십중팔구 허리가 마구 꺾여 엉키고 만다. 쓰러진 벼들은 힘은 들어도 다시 세울 수 있지만, 꺾인 보리는 다시 세울 수조차 없어서 농사를 망치기 마련이다. 젊은이들의 일에 대한 의욕이나 욕망, 아무에게나 굽히지 않으려는 젊은 혈기는 그런대로 이해할 수도 있지 않을까. 하지만 모든 면에 모범이 되어야 할 위치에 계신 어른들의 오만은 자칫 폭풍우에 꺾여 다시 세울 수조차 없는 보리의 처지와 같다고 할 수 있다.

요즘 개량된 보리의 품종은 예전의 키가 크고 허약하던 보리와는 달리 키가 작고 실해서 시비 조절만 잘하면 어지간한 비바람에도 쓰러지지 않는다고 한다. 사람들은 기왕 오기스러울 양이면 강한 비바람도 잘 견디어 내는 보리를 보고 싶어 하지 않을까. 요즘 부정부패에 연루되어 법정에 드나드는 사람들을 보면 처음에는 한결같이 씩씩한 청보리처럼 자신들의 결백을 주장한다. 하지만 결국에는 태풍에 고개가 꺾이고 만신창이가 된 보리의 모습이 되고 마는 것을 자주 본다.

지금까지 나 또한 가는 빗줄기에도 고개가 꺾이고 마는 허약한 보리처럼 살아왔다. 옳은 일을 옳다고 주장하지 못했고, 그른 것을 그르다고 지적하지 못하면서 자신의 안일만을 생각해 온 삶이었다. 그렇지만 뙤약볕 아래 까라기를 곧추세우는 보리보다는 모든 곡식들이 한결같이 고개 숙인 모습으로 출렁이는 가을들녘이 더욱 사랑스럽다. 가을 들녘 땡볕이 기세를 부리는 논둑에선 벼이삭에게 지지 않으려는 듯 벌써부터 강아지풀들이 고개 숙이기 연습을 하고 있다.

꽃밭

내가 다니는 교회까지는 집에서 20분이면 여유를 부리며 갈 수
있다. 교회 가는 길은 느티나무 가로수 터널을 지나서 기독교병원
정문 앞을 지나는 길과 장의사 사무실을 거쳐 수피아여중.고를 지나
는 두 길이 있다.

느티나무길은 공기가 좋은 곳은 아니지만 혼자 걷고 싶을 때 10
분쯤 일찍 출발하여 천천히 걷는 길이고, 평상시 잘 다니는 길은 장
의사 쪽 길이다. 느티나무길은 초봄의 연두색으로 시작하여 한여름
의 초록색, 굳이 시외까지 나가지 않아도 볼 수 있는 가을의 단풍,
그리고 겨울에 잎을 다 떠나보낸 가지에 흰 눈이 소복이 쌓여 있는
모습을 보면서 자연의 아름다움을 때때로 느껴보는 곳이기도 하다.

또 이 길에는 똑같은 크기로 잘린 채 매연 속에서도 짙은 향의 꽃을 피우는 쥐똥나무도 있다. 원래는 시골집 울타리나 산기슭에 있어야겠지만 가로수로 심겨 져 심한 매연 속에서 살아가는 걸 보면 늘 측은하다. 그리고 지금은 이설되어 다니지 않지만 몇 년 전까지만 해도 기차를 볼 수 있었다. 길을 걷다가 기차를 만나면 나도 모르게 손을 흔들며 어린 날을 추억하기도 했었다.

다른 쪽 길은 사철 꽃을 볼 수 있는 길이다. 줄지은 주택가 담장 너머로 백목련을 선두로 갖가지 꽃들이 피어난다. 오월로 들어서면 담장마다 얹힌 넝쿨장미의 꽃무리들 하며, 수피아여고 정문 앞의 아카시아꽃 향기는 10m 전방에서도 느낄 수가 있다. 이런 꽃들이 다 져버린 요즘은 가끔씩 기둥을 휘감고 올라가 피는 능소화를 볼 수 있지만, 그보다는 장의사 사무실 뒤쪽의 꽃밭이 내 발목을 잡는다. 그곳은 어릴 적 앞마당의 남새밭 한 켠에 아버지께서 남겨 주시던 한 평 남짓한 우리 집 꽃밭을 보는 듯하기 때문이다.

언 땅이 풀리기가 바쁘게 봉지 봉지 받아 두었던 꽃씨를 심어 놓고 날마다 싹이 트기를 기다렸던 꽃밭, 심어놓은 꽃씨들은 거의 초여름이 되면서 꽃들을 피우기 시작한다. 색색의 봉숭아, 분꽃, 접시꽃, 백합, 울타리를 기어오르는 나팔꽃, 맨 뒤에 서서 해를 따라 돌기에 바쁜 해바라기, 키다리 노랑 국화까지, 조그만 꽃밭에 여러 가지 꽃들을 심다 보니 같은 종류의 꽃은 여러 포기를 심을 수가 없었다. 나와 동생은 다른 것에는 크게 욕심을 부린 기억이 없지만 처음 보는 꽃을 얻어 오는 데는 수단과 방법을 가리지 않을 정도로 극성을 부렸다. 그 덕분에 우리 주위에서 볼 수 있는 꽃들의 이름은 대부분 알고 있을 정도이다. 우리 자매가 결혼하면서 꽃밭에는 다년생 꽃들만 몇 종류 남아 있을 뿐 일년초들은 자취를 감추었다. 그 뒤 언제부터인가 어머니께서 집골목 양쪽에 과꽃이랑 봉숭아를 줄지어 심으셔서 친정에 가는 우리를 즐겁게 해 주셨다. 그러나 어머니 떠나신 후로는 그것마저 구경할 수가 없게 되었다. 요즘은 시골집 마당들도 쓰기에 편리하도록 콘크리트를 하기 때문에 집집마다 마당 한구석에 몇 포기씩이라도 심던 꽃들을 찾아 볼 수가 없다. 꽃밭을 기대하기 전에 산이나 논밭에 나가지 않으면 아예 흙을 밟아 볼 수도 없는 실정이다.

유난스레 꽃을 좋아하기에 나는 아파트에 살면서도 꽃을 가꿔왔다. 일 년 내내 꽃이 지지 않는 집안 분위기를 만들려고 철 따라 피는 꽃들과 연중 계속해서 피고 지는 제라늄 같은 종류들을 함께 길렀다. 새싹이 트는 거나 봉오리가 맺히는 것, 꽃이 피는 것들을 보며 즐거워할 아이들을 위해 정성을 들였지만, 정작 아이들은 꽃에 대한 관심이 없는 듯했다. 일부러 꽃이 핀 화분을 거실에 들여놓아도 별 반응이 없을 때는 "꽃 좀 봐라. 어쩌면 저렇게 예쁠까?"하고 유도해 보지만 그저 보는 둥 마는 둥이다. 학교생활에 찌들어 꽃의 아름다움을 느껴볼 여유조차 없는 아이들이 안쓰럽기도 했다. 이제 아이들이 다 성장하여 집을 떠난 지금 베란다에는 내가 자식들처럼 아끼는 몇 개의 화분만 있을 뿐이다. 20여 년 전 밤톨 만한 것을 심어 지금은 60cm 정도 자란 선인장, 막내가 초등학교 일학년 때 선물 받은 소철, 광주에 이사 온 후, 이층 새댁에게서 분양 받아 키운 관음죽, 군자란 등 모두가 10여년 이상 손길이 간 정든 것들이다.

세월은 나를 화초를 가꾸는 일조차 번거롭게 여기는 사람으로 만들어 버렸다. 그래서 요즘에는 새로 가꾸는 화분이 없다. 굳이 기르지 않아도 지천으로 볼 수 있는 꽃들이 많아서인지도 모르겠다. 그러나 그동안 아득하게 잊고 살았던 어릴 적 우리 꽃밭의 기억을 꽃들이 서 있었던 자리까지 선명하게 상기시켜주는 장의사 사무실 뒤의 꽃밭은 정말 아련한 정이 간다. 어렸을 적 우리 꽃밭보다 대여섯 배는 넘음직한 이곳에 채소를 심으면 아무리 대식구라 해도 넉넉히 먹고 남을 텐데 왜 꽃밭을 만들었을까? 이 도심의 비싼 땅에다 수입이 되지 않는 꽃들을 가꾸는 이는 누구일까? 아마도 내 또래쯤의 아줌마이거나 가족 모두가 고향을 떠나와 찾아갈 고향이 없는 사람들은 아닐까. 그래서 이곳에 추억의 꽃씨를 심고 있는지 모르겠다.

사람들은 누구나 마음속에 한 번쯤 아름다운 꽃밭을 가꾸던 때가 있을 것이다. 꽃밭이 아니면 한 포기의 꽃이라도 가꾸었을 것이다.

그러나 언제쯤부터인가 세상살이의 버거움이 느껴지면서 마음의 꽃밭에는 꽃 대신 잡초들이 자리하고 있다. 그렇지만 모두가 그렇다고 말할 수는 없을 게다. 도심의 비싼 땅에 경제적 가치도 관상의 가치도 크다고 할 수 없는 꽃들을 심고 가꾸는 이 꽃밭 주인 같은 사람들이 우리 주위에 있기 때문이다. 지난해 교회 다녀오는 길에 받아왔던 봉숭아랑 분꽃씨는 아직도 서랍 속에 그대로 잠자고 있는데, 그 꽃밭에는 올해도 봉숭아며 분꽃이 환하게 피어 있다. 그 꽃밭의 주인도 봉숭아나 분꽃처럼 수수한, 그러나 항상 밝은 미소로 주위 사람들을 즐겁게 하는 분일 거라 생각해 본다. 확실하게 심을 곳을 정하지는 않았지만 올해도 봉숭아씨가 까맣게 익어 벌어질 때쯤 또 꽃씨를 받을 것이다.

마애불의 미소

어쩌면 저렇게 꼭 닮았을까. 두어 살짜리 어린애가 아니면 볼 수 없을 거라고 생각했던 그 미소를 어른에게서 느낄 수 있다는 게 신기하고 기뻤다. 그리고 오랫동안 가슴이 쿵쿵거렸다. 나에게 이런 기분을 느끼게 한 주인공은 바로 반기문 신임 유엔사무총장이시다. 신문에서 취임 전 유엔 출입기자단 송년 만찬회에 참석한 반총장님의 모습을 보는 순간 언젠가 아이들과 함께 보고 온 충남 서산시의 마애삼존불[3]의 미소가 떠올랐다.

---

3) 국보 제84호 서산마애삼존 불상 : 충청남도 서산시 운산면 용현리 2구

아이들이 마애불상을 보러 가자고 했을 때 나는 별로 관심을 갖지 않았다. 국내 관광을 하다보면 사찰 한두 군데 쯤 들르는 게 예사이고, 그곳에 가면 으레 불상을 보게 된다. 입구에서 볼 수 있는 사천왕 이외의 불상들은 거의가 금빛으로 치장한 미소 띤 모습이다. 평소 그 금빛 불상에 친근한 느낌을 갖지 못한 나는 불상의 미소를 보러 가자는데 새삼스러운 생각이 들어 별로 내키지는 않았지만 동행을 했다. 산길을 따라 한참을 올라가니 널찍한 암벽에 조각 되어 있는 마애삼존불상을 만날 수 있었다. 국보 제84호인 이 마애불은 석가여래입상을 중심으로 좌측에 제화갈라보살, 우측에 미륵반가사유상이 있었다. 기왕 온 김에 불상 앞으로 좀 더 가까이 다가선 나는 나도 모르게 '와!' 하는 탄성을 지르고 말았다. 좌우 불상들의 미소도 내 마음을 끌었지만 가운데 본존불의 미소에 그만 매료되고 말았다.

불상을 보는 순간 갑자기 마음이 환해지는 것 같았다. 지금까지 보아온 불상에서는 느낄 수 없었던, 어쩌면 저리도 천진난만한 미소일까? 과연 우리나라 마애불 중 가장 뛰어난 작품으로 꼽힐 만하다 싶었다. 그리고 어디선가 많이 본 듯한 미소, 그렇지, 우리 두 살짜리 손녀의 티 하나 없는 해맑은 미소가 바로 바로 여기에 있다.

백제 후기의 불상이라 하니 나이로 치면 천 살이 넘겠지만 나는 이 마애불의 나이를 그냥 두 살로 생각하고 싶다. 신비한 미소로 유명한 그림 '모나리자'가 생각난다. 원래 그림에 대해서 아는 것이 없지만 그 모나리자의 미소를 보고 있노라면 나마저 어떤 생각의 깊은 늪에 빠져드는 느낌이 든다. 그러나 이 마애불의 미소는 보는 이로 하여금 저절로 미소 짓게 한다.

이 불상을 만든 석공은 대체 누구일까. 마치 그 석공의 맑은 심성을 보는 듯하다. 아마 마애불의 미소를 그대로 품고 있는 사람이 아닐까 싶다. 아니면 두 살짜리 아기의 아빠이던지…… 그렇지 않고서야 어떻게 암벽을 쪼아 저런 순진무구한 미소를 탄생시킬 수 있었을까. 마애불을 바라보고 있노라면 아기가 방글거리며 놀고 있는 석공의 방안 정경이 보이는 듯했다.

우리의 삶 속에서 미소의 의미는 어떤 가치를 가지는 것일까.

'말 한마디로 천 냥 빚을 갚는다'는 속담은 누구나 아는 말이다. 하지만 그 말 한마디보다 앞서야 하는 것은 미소일 것이다.

'웃는 얼굴에 침 못 뱉는다'는 말처럼, 사람의 마음을 풀어주는 미소, 초록 잎사귀에 감싸여 빨갛게 피는 해당화 같은 환한 미소, 하얀 함박꽃처럼 소담스러운 미소들.

사람들은 웃는 모습을 꽃에 잘 비유한다. 막 봉오리가 벙글어지는 순간부터 활짝 핀 꽃까지. 그 모습들은 우리들에게 한결 같은 행복감을 안겨 준다. 그리고 소리 없는 말이 된다. 굳이 말하지 않아도 그 표정으로 상대방의 마음을 읽을 수 있지 않은가. 설사 길에서 지나치는 낯선 사람일지라도, 가벼운 미소를 나눌 수 있다면 우리 사회는 훨씬 더 밝아질 텐데……

미소는 여러 가지로 우리에게 많은 유익함을 주는 것만은 사실인 듯하다. 오래전부터 TV에서는 사람들을 웃기는 개그 프로그램으로 시청자들을 즐겁게 하고 있다. 요즘은 건강한 삶을 위하여 웃는 방법을 가르치는 곳도 있고 웃음으로 병을 치료하기도 한다는 이야기도 더러 듣는다. '넘치는 것은 모자람만 못하다.'는 말도 있지만 웃음이 넘쳐 나쁠 거야 없지 않을까?

내가 살아오는 동안 항상 잊히지 않는 미소들이 있다.

생전에 웃음소리 한 번 들어 본 적 없는 친정아버지, 그러나 기분 좋은 일이 있으면 소리 없이 꾹 다문 입술이 귀 쪽까지 올라가던 아버지의 미소, 아버지는 결혼도 하기 전에 부모님이 다 돌아가셨다. 그래서 어린 세 동생의 뒷바라지를 해야 했다. 가정을 꾸리신 뒤에는 그런대로 평탄하였지만 유난히 영특했던 큰아들을 초등학교 일학년 때 익사사고로 잃고, 또 결혼할 나이의 큰딸을 6.25때 잃어야 했던 참척(慘慽)의 한을 가슴에 안고 계셨다.

살던 집이 빨치산들의 면 소재지 습격으로 불타고 새 삶을 시작해야 하는 등, 아버지의 삶은 마냥 즐겁게 웃을 수 있는 상황은 아니었다. 그래서인지 평소에 인자하던 모습과는 달리 웃을 일이 있어도 소리 내어 웃는 일이 거의 없었던 것 같다. 그래도 말년에 얻은 막내의 재롱을 보시며 하회탈처럼 웃으시던 아버지의 미소는 우리 곁을 떠난 지 50여년이 되어가는 지금까지도 또렷한 기억으로 남아 있다.

그리고, 20여 년 전 남편의 근무지인 나주 다시에서 만난 두 사람, 유난히 까다롭던 시어머니와 살면서 불평 한두 마디쯤 할 수도 있으련만 군소리 없이 항상 수줍은 듯 배시시 웃던 영실이 엄마의 청순한 미소.

또 한 사람, 언제 봐도 애잔한 정이 가는 정화엄마의 미소다. 아니 미소가 아니라 두 눈이 다 감기도록 껄껄거리는 웃음. 스물넷 청상에 남편과 사별하고 티 없이 두 딸을 곱게 길러 결혼시키기까지 숱한 유혹과 고난 속에서도 변함없었던 함박꽃같이 탐스럽던 그 웃음. 그녀의 웃음은 늘 주위 사람들을 즐겁고 기쁘게 하였다.

성경에서는 모든 사람들에게 각각 맡겨진 달란트가 있다고 한다. 그럼 나에겐 어떤 달란트가 맡겨진 것일까. 전도, 헌금, 봉사, 성도로서 지켜야 할 어느 한 가지도 제대로 하는 게 없는데 내게 맡겨진 달란트는 뭐란 말인가. 답답해질 때가 있다.

그러다가 얼핏 생각나는 게 있었다. 웃는 일이다. 웃는 일이라면 해 볼만 하지 않을까? 어린 시절 어른들을 만나면 부끄러워 인사도 못 하고 그냥 웃기만 했는데 "너는 웃는 게 인사냐"하고 꿀밤을 얻어맞았던 생각이 난다. 평상시 잘 웃는 편이어서 어른들에게 미움은 받지 않았던 것 같다.

이웃이나 친구, 처음 만나는 이들에게서 '편하게 느껴진다.'는 이야기를 더러 듣는다. 지금까지 좋은 기분으로 들어왔는데 요즘 들어 그게 정말일까 하는 의구심이 든다. 어쩌다 거울을 들여다보면 편하게 보이는 구석이라고는 없는 것 같다. 날로 늘어나는 주름살, 한둘씩 피어나는 검버섯, 어딘가 어설퍼 보이는 표정, 마음이 편치 않은데 표정이 밝아 보일 까닭이 없다. 오히려 밝아 보인다면 그것은 위선이 아닌가.

언젠가 나처럼 잘 웃는 친구에게 연하엽서를 띄우면서 "금년에는 얼굴에서만 웃지 말고 마음으로도 웃는 한 해가 되자"고 썼던 적이 있다. 그 친구는 지금까지 살아오면서 어려움이 많이 있었지만 늘 웃는 사람이어서 아무 걱정이 없는 것처럼 보인다. 모쪼록 그의 모든 일들이 잘 풀려서 마음까지 웃을 수 있다면 좋으련만 그 친구나 나나 아직까지도 그럴만한 여건이 못 된다. 그러나 설사 위선이라 해도 찡그린 표정보다야 웃는 얼굴이 더 낫지 않을까?

천 년이 가고 만 년이 가도 풍상에 마모되지만 않는다면 변하지 않을 마애불의 미소, 그러나, 이제 말을 배우고 철이 들어가면 그 성장의 속도에 따라 우리 두 살짜리 주영이의 미소는 바뀌어 갈 것이다. 또한 반기문 총장님의 오늘의 그 미소도 생각과 문화가 다양한

국가 간에 끊임없이 발생되는 분쟁과 풀어 가야 할 문제들로 조금은 달라지지 않을까? 하지만 처음 시작할 때의 미소와 유엔총장직을 퇴임하고 돌아오는 그날의 미소가 다르지 않기를 기원해 본다. 그리고 얼마 전에 만났던 영실이 엄마의 미소도, 정화엄마의 웃음도 세상여행을 마치는 그날까지 변함없기를 빌어본다.

그 거룩한 뜻을 되새기며

"말씀은 고맙지만 아무리 생각해도 어려울 것 같네요."

졸업을 앞두고 진학 상담 차 찾아오신 담임선생님께 아버지는 이렇게 말씀하셨다. 넉넉지 못한 우리 형편을 아신 선생님께서 나의 학비를 부담하겠으니 중학교에 보내주시라고 집에까지 찾아오신 것이다. 그렇지만 아버지는 남의 도움을 받으면서까지 객지의 학교에 보낼 수 없다는 결론을 내린 것이다. 아버지의 허락을 얻어내지 못한 선생님께선 안타까워하시며 돌아가셨다.

그동안 광주로 목포로 서너 군데 장학생 선발고사를 치르러 다녔다. 갑, 을, 병, 세 단계의 장학금을 주는 조대부중에서는 '을' 장학생에 합격을 했고, 단계를 나누지 않는 나머지 학교에서는 일반 시험

에만 합격을 했다. 학교에 보내주실 것도 아니면서 왜 시험은 치르러 다니게 하셨는지 궁금하지만 지금은 물어 볼 수도 없다.

졸업을 하고 가정 형편을 잘 헤아리는 착한 딸이었는지, 진학에 대한 큰 욕심이 없었는지, 부모님을 원망해 본 기억이 별로 없이 집안일을 도우며 그냥 집에 있었다.

그즈음 일제강점기 때의 학교 건물을 예배당으로 사용하던 나산교회가 예배당을 건축하게 되었다. 교인들이 냇가에서 모래를 채취해다 직접 벽돌을 찍어서 건물을 쌓기 시작하였다. 건축을 하는 동안 각 가정에서 한 사람씩 울력을 해야 했는데 우리 집에서는 내 차지가 되었다. 별로 다른 일에 구애받지 않는 나는 벽돌공 아저씨를 돕기로 했다. 집도하는 의사 손에 수술기구를 전하는 간호사처럼 벽돌을 한 장씩, 한 장씩 아저씨 손에 놓아드리는 일이다. 건물이 점차 올라가면서 비계(飛階)[4]가 설치되고 비계 위에서 하는 일이라 겁도 나고 위험했지만 맨 위의 마지막 십자가가 세워질 때까지 손가락의 지문이 다 닳아 쓰라리긴 했어도 사고 없이 나의 조수 일을 마칠 수 있었다.

미장일이 마무리되고 교회 헌당식까지 일 년이 걸렸다. 정말 순수한 마음으로 꼬박 일 년을 교회에서 산 셈이다. 만약 교회 건축이라

---

4) 비계(飛階): 높은 곳에서 공사를 할 수 있도록 임시로 설치한 가설물

는 일이 아니었더라면 나는 아마 그 시절에 여자아이들이 많이 가던 광주의 '전남방직'이나 '일신방직' 공장의 여공이 되어 집을 떠나 있을 수도 있었을 것이다. 그랬다면 지금의 나는 어떤 모습으로 나이가 들어 있을까?

어느 날 장에 다녀오신 어머니께서 재중당약방 대례오빠가 중학교를 세웠으니 학비 걱정은 말고 나에게 학교에 나오라고 하셨단다. 그런데 그때는 왜 그랬을까? 중학교에 간다는 것이 실감이 나지 않았다. 그도 그럴 것이 학교 건물이 세워진 것도 아니고 도대체 어디에서 공부를 한다는 것인지 어리둥절하기만 하였다. 특별히 좋다는 생각도 없이 초등학교에서 하는 입학식에 참석하였다.

나산 초등학교 교실을 빌려 입학식을 한 우리들은 학교터 입구의 무덤 사이에 천막을 치고 첫 수업을 시작하였다. 비가 오는 날은 공원의 정자에서 수업을 했지만 비바람이 치는 날은 그도 여의치 않아 어느 날은 우체국 창고를 치우고 수업을 했다. 수업을 하는 동안 쥐 이 때문에 모두들 가려운 몸을 긁어 대느라 정신이 없었는데, 수업이 끝나고 밖으로 나오니 사람들이 긴장된 표정으로 여기저기 모여 웅성거렸다. 계엄령이 내렸단다. 비상사태가 무엇인지 계엄령이 무엇인지 어리둥절하고 있는데 군사혁명이 일어났다는 것이다. 그러니까 박정희 장군이 군사혁명을 일으켜 온 나라가 발칵 뒤집힌 5월

16일 그날, 우리들은 비좁은 창고 속에서 쥐이 들과 한판 전쟁을 치르고 있었던 것이다.

아무튼 우리는 이렇게 나산중학교 1회생이 되었다. 초등학교를 졸업하고도 진학을 하지 못했던 서너 살 차이 나는 선후배들이 배움의 자리를 같이 하게 되었다. 얼마 후 황토벽으로 어설프게 지어진 두 칸의 가교사가 세워져서 불편하기는 했지만 책보자기를 들고 이리저리 옮겨 다니는 일은 면했다. 조선조 황희 정승께서는 비가 오면 방 가운데 그릇을 놓고 빗물을 받으셨다는데 우리는 빗물을 받을 수고는 없어졌다. 오히려 빗물이 황토벽에 그리는 벽화를 감상하며 학력을 쌓아갔다.

가난하기는 학교나 교장선생님 댁이나 마찬가지였다. 약방 한 칸, 방 한 칸, 식구는 교장 선생님 내외분, 김동균 이사장님과 동생, 그리고 돌아가신 큰 형님의 딸, 교장선생님의 아이들까지 여덟 식구. 한 상에 둘러앉아 식사하는 것은 생각조차 할 수 없었고, 방 하나에서 교장 선생님 가족이 자면 남은 가족들은 이 집 저 집 친구집을 전전하며 잠자리를 해결해야 했다. 대례 친구와 같이 등굣길에 들려보면 친구는 조카와 같이 부뚜막에서 식사를 하고 있었다.

만약 지금의 이사장님이나 대례친구의 형편이 어렵다면 우리 모두가 죄인이 되었을 것이다. 하지만 오늘의 실림학원이 있기까지 작고하신 형님을 대신해 온 힘을 기울이고 계시는 이사장님, 그리고 어려웠을 때 신세 진 친구나 이웃들에게 조그마한 감사 표시라도 하려고 애쓰는 대례친구, 그리고 조카의 삶이 우리네보다 풍요로워서 얼마나 다행인지 정말 너무나 고맙고 감사하다.

만약 그때 교장 선생님께서 '실림'이라는 보를 막아주지 않으셨다면, 그리고 우리를 불러주지 않으셨다면, 지금 우리는 어떻게 되어 있었을까? 또 그 열악한 환경에서 우리를 지도해 주신 선생님들이 안 계셨더라면…… 아찔해진다. 그 어려운 조건들 속에서 꿈을 키웠던 우리 1회 졸업생 47명. 졸업 후 여학생들은 그저 평범한 주부로 살아왔지만 남학생들은 너무 너무 자랑스럽고 대견하다. 만학의 자책감으로 어쩌면 진학을 포기할 수도 있었겠지만 실림의 물길을 따라 강으로 바다로 나가 굽힐 줄 모르는 기개(氣槪)로 꿈을 펼친 친구들에게 뜨거운 박수를 보낸다. 사회 곳곳에서 열심히 살아가면서 사회의 일꾼이 된 우리 동기들, 나산 지역민들에게 이들은 청출어람(靑出於藍)으로 비춰지는 제자들은 아닐까. 우리들의 자랑이요, 후배들에게 등대가 되어 준 30여 명 남자 동기생 전원에게, 먼저 이 세상을 떠난 친구들에게, 열심히 살아줘서 고맙고 항상 변함없이 지켜오는 우정을, 진심으로 감사하게 생각한다. 앞으로 남은 생도 더욱 보람 있고 아름답게 가꾸어 가리라 믿는다.

그러나 세상 끝날 때까지 결코 잊어서는 안될 일이 있다. 오늘 우리가 누리는 이 행복은 보은의 답례도 받지 못하시고 일찍 우리 곁을 떠나신 고(故) 김동식 교장선생님이 아니셨더라면 어찌 꿈이나 꾸었을까? 늦었지만 선생님께서 뿌리신 그 씨앗들이 큰 나무가 되어 꽃을 피우고 열매를 맺는 모습을 보여 드리고자, 생전의 모습을 흉상으로나마 피땀 흘려 세우신 이 교정에 세우게 되어 기쁘다. 그동안 마음으로만 간직해 오던 일을 나산중 1회 노병남, 이정재 두 추진위원장을 주축으로 김동균 이사장님을 비롯하여 많은 동문들이 한마음이 되어 아름다운 마무리를 할 수 있어서 더욱 감회가 깊다. 이 실림보의 수문을 거쳐 간 8,000여 동문들은 앞으로도 선생님의 거룩하신 뜻을 마음에 새겨 후배들을 사랑하는 마음으로 모교를 발전시켜 나가는데 한몫을 해야 하지 않을까. 이제 선배 동문들과 뒤따르는 후배들이 힘을 합하여 앞으로도 실림의 봇물이 도도하게 강을 따라 바다를 향해 나아갈 수 있도록 힘과 지혜를 모아야 할 때이지 싶다. 하늘나라에 계신 교장 선생님! 기쁘시지요. 저희들을 불러주셔서 사람답게 살 수 있도록 기회를 마련해 주신 그 은혜 결코 잊지 않겠습니다. 그 나라에서도 우리 동문들을 지켜 봐 주시고 모두들 사랑해 주세요. 감사합니다.

우리들의 당산나무

한참 아스라한 세월 앞에서 홍영(鴻影) 나광채 선생님을 만났다. 40여 년 전 중학교 진학을 하지 못한 우리들에게 고(故) 김동식 교장선생님께서 중학생 이름표를 달 수 있게 해 주셨다. 비가 오면 황토로 바른 임시 교사의 교실 벽에는 벽화가 그려지고, 신발에 묻혀 온 흙 때문에 교실 바닥은 엉두꺼비의 등이 되곤 했다. 비록 두 칸짜리 허름한 교실이었지만 그때까지 중학교에 진학하지 못한 3~4년 차이가 나는 초등학교 선.후배가 똑같이 나산중학교 제1회생이 되었다.

우리들은 마냥 희망에 부풀었고 운 좋게 홍영 선생님을 만나게 되었다. 당시만 해도 지방의 명문고로 통하던 학다리고등학교에서 국

148

어 선생님으로 실력을 인정받던 분이셨는데, 5.16 군사혁명 이후 병역미필의 신분 때문에 사표를 쓰시고 우리 학교에 오시게 된 것이다. 우리들에게는 행운이었지만 선생님은 어느 광고의 한 구절처럼 '불행 끝 행복 시작'이 아니라 '행복 끝 괴로움 시작'의 기분이셨으리라. 그 열악한 상황 속에서도 선생님 곁에는 항상 박학다식한 이야기가 있었다. 익살에 버무린 너털웃음, 음악이면 음악, 운동이면 운동, 우리들이 보기에는 불가능이란 없을 것 같았던 선생님이셨다. 거기에 학생들을 사랑하는 따뜻한 마음까지 각별하셨기에 우리들의 우상으로서 손색이 없는 분이다. 그러나 그 운 좋은 만남도 그리 길지는 못했다. 선생님은 병역의무 때문에 국토건설단에 일 년 동안 봉사하러 가시게 되어 몇 개월 후 우리와 헤어져야만 했다. 그때 참 많이 울었던 기억이 난다.

선생님이 안 계신 일 년 동안 교사가 신축되었고, 후배들도 맞았다. 국토건설단 봉사를 마치신 선생님은 3학년이 된 우리 곁으로 다시 돌아오셨다. 급여도 흡족하게 못 받으셨지만 우리들이 졸업할 때까지 계셨다. 그후 학교를 그만두시고 광주로 이사를 하셨다. 나는 졸업 후 학원에 다니면서 거의 일 년 동안 선생님 댁 신세를 진 일이 있다. 넉넉지 못한 살림에 부모님과 막 초등학교에 입학한 선초, 선미, 불청객인 나까지 낀 대식구였다.

그때까지도 사모님께서 생활을 책임지고 계셨다. 강한 사람에게

강하고 약한 사람들에게는 약하신 사모님의 활발하신 성격을 나는 참 좋아하고 존경한다. 그 후에도 선생님께선 오랫동안 집에 경제적인 도움을 주지 못하셨던 것으로 기억한다. 몇 번 사업을 시도하셨지만 번번이 좋은 결과가 없었던 것으로 안다. 천생(天生) 교육자이신 선생님께서 소화해 내기는 어려운 일이셨던 모양이다.

선생님 회갑연에 1회 졸업생 몇 명이 참석했었다. 그때 사위가 "장인어른은 마을 앞의 큰 당산나무 같으신 분"이라고 소개를 했다. 하객들도 공감하는 이야기였다. 내가 선생님 댁에 있던 그때도 늘 보살핌이 필요한 사람들이 주변에 있는 걸 보았다. 물질적인 도움이 필요한 사람들도 있었지만, 만나면 편안하고 넉넉한 인품을 좋아해서 찾는 것이었으리라.

결혼 후 선생님 댁과 소식이 끊겼다가 우연한 기회에 서울에 사신다는 소식을 듣게 되었다. 소식을 알고 지내던 중 남편과 같은 학교에 근무하시는 선생님 친구 분 편에 모친상을 당해 고향으로 반장(返葬) 하신다는 걸 알았다. 서둘러 고향 댁에 도착하였으나 발인예배를 드리고 있었다. 고인이 나가시던 성당에서 이미 장례미사를 드리고 왔지만 고향집에 살고 있는 동생 장로님의 뜻에 따라 다시 예배를 드리는 거였다. 발인예배가 끝나고 장지로 가는 운구 행렬의 뒤를 따랐다. 말씀이 없으셨지만 항상 잔잔히 웃으시던 할머니의 인자하신 생전 모습이 떠올랐다. 목사님께서 하관예배를 집례하시는 동안 한쪽에서는 선생님의 고모들이 열심히 묵주를 돌리며 고인의 명복을 빌고 계셨다. 하관예배가 다 끝나고 그제야 상주 되시는 선생님께서 준비해 온 제물을 차리고 제사를 드렸다. 어떻게 보면 혼란스런 장지의 모습이었다. 나는 그 장례식을 이상한 장례식이었다고 곧잘 이야기한다. 그러나 그때를 떠올릴 때마다 불쾌하고 언짢은 생각보다는 선생님과 동생의 우애를 생각하게 된다. 하찮은 일을 가지고도 상가에서 큰소리가 나는 일들을 종종 보았다. 선생님께서 16대 종손으로 제례를 중히 여기는 집안인 것을 감안한다면 그런 일들은 생각할 수조차 없을 것이다. 그러나 상주이신 선생님과 사모님의 배려로 좀처럼 보기 드문 장례식 풍경을 연출해 내신 것이다. 사위가 말했듯이 풍성한 녹음으로 더위에 지친 사람들이 쉬어갈 수 있는 마을 앞 당산나무 같은 선생님을 다시 한 번 느낄 수 있었다.

요 근래 잎이 진 가을나무를 유심히 보는 버릇이 생겼다. 앙상한 가지들만 남은 나목들의 가슴께쯤 얹힌 새둥지들을 보면 왠지 마음이 아려온다. 잎이 무성한 여름철엔 보이지 않던 새둥지처럼 사람들도 마음속에 아픈 상처들을 한두 개쯤 감추고 살고 있지 않을까. 많은 사람들에게 즐거움과 편안함을 느끼게 하는 선생님 가슴속에도 드러내고 싶지 않는 참척(慘慽)의 슬픔을 안고 사시는 걸 알면서도 짐짓 모른 체 하는 우리들. 벌써 십여 년 전 그 착한 아들이 직원들과 휴가 중에 심장마비로 익사했다는 소식을 듣고 앞이 캄캄했었다. 어려운 이웃들을 돕겠다고 동분서주하다 떠난 아들을 추모하는 사람들을 보면서 너무 짧은 삶이었지만 미워할 수 없노라 하시던 선생님, 졸지에 청상이 된 며느리와 네 살배기 손자를 지켜주어야 하기 때문에 더 오래 살아야겠다던 선생님.

비록 수익성 있는 유실수는 아니셨더라도 그 그늘을 즐겨 찾던 많은 과객들은 늘 푸른 당산나무의 고마움을 잊지 않으리라 생각한다. 그런데 당산나무에는 왜 큰 열매가 열리지 않을까 궁금할 때가 있다. 하지만 만약 당산나무에 큰 열매가 열린다면 그늘을 찾아 쉬는 사람들에게 떨어져 상처를 내는 일은 없었을까. 단맛 나는 열매들 때문에 벌레들이 모여들어 사람들이 쉴 수 없게는 하지 않았을까? 열매에 욕심을 품는 사람은 없었을까. 그래, 이런 저런 이유들 때문에 사람들은 일찌감치 잎만 무성한 나무를 당산나무로 심었으리라.

해마다 신록이 아름다운 오월이면 스승의 날이 온다. 아직까지 카네이션 한 송이 직접 달아드리지 못하고 전화 한 통화로 감사를 대신하는 배은망덕을 되풀이 하고 있다. 그럴지라도 선생님께선 늘 푸른 당산나무로, 그 옆에 사모님의 당산나무 또한 건재한 모습으로 항상 우리 곁에 계셔 주시기를 바라는 마음 간절하다. 가진 햇살을 남김

없이 다 나눠주고 빨갛게 달은 선명한 모습을 만인의 가슴에 각인하
며 지는 낙조처럼 아름다운 여생이 되시길 기도드린다.

2002년 5월 3일(음)

홍영 선생님의 고희를 축하드리며

나주호

호루루 호루루

호루라기 소리가 나면 재빨리 집안으로 숨어야 했다.

이윽고 뻥—뻥 하는 굉음과 동시에 흙먼지가 솟고 돌조각들이

마당에까지 떨어졌다.

그리고 40여 년이 지났다.

너는 지금 인간들의 뜻대로 얌전히 길들여져 있구나.

한 시간 정도만 줄기찬 비로 내리면 자폐증 환자처럼 아무 데나

부딪치고 휩쓸어 버리던 너의 횡포가 생각난다.

오랫동안 기세부리는 일은 없었지만 마치 자신의 영역을 확인하

려는 듯 한바탕씩 난동을 부린 후면 논밭은 느닷없는 자갈 무더기들

이 쌓였지.

마침내 사람들은 둑을 쌓아 너의 길을 막아 버렸다.

너는 진로를 차단당한 채 세력을 넓혀 가기 시작하였다.

그리고 너를 가두어 버린 인간들에게 눈물 한 보따리씩 안겨 쫓아
냈다.

보기 좋게 복수를 한 거지. 그리고 이곳에 너의 왕국을 세웠다.

나는 오늘 위엄마저 느껴지는 너의 왕국을 둘러보면서 조물주에게

도전하려는 인간들의 안간힘을 보았다.

난폭했던 너를 얌전하게 길들인 그들의 지혜도 보았다.

그리고 흙탕물로 덤벼드는 동생들을 품어 안고 다독이는 너의

체념도 보았다.

또 너 때문에 대대로 내려온 삶의 터전을 빼앗기고 떠났던

실향민들의 그리움의 눈물도……

이제 화해를 하면 어떨까?

마음껏 내달리지 못해 답답하기는 하겠지만 지금은 많은 사람들
이 한껏 의젓해진 너의 덕담들을 하지 않니?

그만 그들을 용서하고 어머니처럼 넉넉한 마음으로 빼앗아 버린
고향의 흔적들을 되돌려주는 추억의 도서관이 되었으면 좋겠다.

어느 때고 누구라도 찾고 싶어지는 도서관으로……

동심의 세상

'전파를 타고 들려오는 풀잎 같은 여린 목소리를 들으면, 순간 살갗에 새 피가 돋으면서 기쁨이 절정에 이르는 야리야리한 맛'을 느낀다고 했다. 정말 그랬다. 전화를 끊은 뒤에도 아름다운 플룻의 선율처럼 귓전에 맴도는 목소리 때문에 한참을 멍하니 서 있곤 하던 그때, 목소리라도 듣고 싶어 하루에 한 번쯤은 꼭 전화를 해야 했던 그리움에 목마르던 시절이 있었다.

계수나무 한 나무 토끼 한 마리

　　아이들 집에 잠깐 들리러 가는 길에 길 옆 공원에 있는 계수나무
를 찾았다. 1년 전 이곳에서 우연히 계수나무를 만난 후로는 이 길을
지날 때마다 한 번씩 어루만져 보고 가는 곳이다. 아직은 단풍이 들
지 않아서 달콤한 향은 없지만 반지르르 윤이 나는 하트모양의 동그
랗고 조그마한 잎들을 품었기에 그저 바라만 보아도 마음이 흐뭇해
지는 사랑스러운 나무이다.

　　♩♪ 푸른 하늘 은하수 하얀 쪽배에
　　　　계수나무 한 나무 토끼 한 마리……♫♫

저절로 〈반달동요〉가 흥얼거려진다. 계수나무 한 그루와 토끼 한 마리가 돛대도 없고 삿대도 없는 하얀 쪽배에 앉아 반짝거리는 은하수 위를 둥둥 떠가는 생각을 하다 보면 나도 어느새 그 쪽배의 손님이 된다.

계수나무를 어루만지고 있노라면 흔히들 '눈에 넣어도 아프지 않다.'는 손자 손녀들을 만나는 순간처럼 사랑스럽고 행복해진다. 게다가 가을이 되어 향기를 뿜어내기 시작하면 나무 곁을 떠나고 싶지 않을 정도로 멋진 나무다. 계수나무의 향은 아이들의 발길을 저절로 끌어모으는 솜사탕의 매혹적인 달콤함 그 자체이다. 이곳에 계수나무가 있다는 걸 몰랐을 때 이 길을 지나가면 달콤한 냄새 때문에 한참씩 걸음을 멈추고 주위에 제과점이 있나 하고 찾아볼 정도였다.

내가 이렇게 홍보대사로 나설 만큼 나를 사로잡은 계수나무를 처음 만난 것은, 둘째손녀가 유치원에서 관악수목원(서울대수목원)으로 현장학습을 갔을 때 일이다. 평소에 내가 식물들에 관심이 많은 줄 아시는 원장님께서 같이 가시지 않겠느냐 권해서 두말없이 따라나섰다. 그렇잖아도 꼭 한번 다녀오고 싶었는데 아주 좋은 기회였다.

수목원에 도착하여 해설사를 따라 숲을 돌아보았다. 꽃들이 한참 피어나는 때여서 갖가지 꽃들과 나무들이 아름다움을 한껏 뽐내고 있었다. 처음 보는 꽃들과 나무들도 많았다. 큰 나무 전체가 구름처럼 꽃으로 덮인 안개꽃나무, 하얀 별들이 내려와 작은 별나라가 된

듯한 산딸나무, 숲속으로 한참 들어가니 애국가의 영상에 나온다는 소나무도 있었다. 바로 그때쯤 해설사 선생님께서 어떤 나무 앞에 서시더니

"이 나무는 달나라에 있다는 계수나무입니다."하시는 게 아닌가. 계수나무가 동화 속의 나무가 아니고 실제로 있다는 말에 귀가 번쩍 띄어 얼른 나무 가까이 가보았다. 정말 동그랗고 예쁜 잎이 달린 나무가 계수나무 이름표를 붙이고 서 있었다.

'세상에! 정말로 계수나무가 있었구나.'

나무에 관심이 많았기에 새로운 나무를 볼 때마다 이름을 알아보려고 인터넷 검색도 해보고 주변의 식물원이나 수목원도 많이 찾아다녔다. 그런데 왜 계수나무에 대해서는 한 번도 알아보려고 하지 않았을까, 행여 계수나무는 동화 속 달나라에만 있는 나무로 착각하고 있었던 건 아닐까.

하지만 남들이 하는 어떤 특수한 일에 대한 전문지식이나 일들에 대한 것은 차치하고라도 우리가 모르거나 착각하고 있는 것이 어디 이 나무뿐이겠는가. 날마다 수많은 차량들이 뿜어내는 매연 속에서도 잎을 피우고 꽃을 피우는 가로수들과 무심히 길을 걷다 보면 발길에 밟혀지는 풀잎들. 그 나무나 풀들에게도 각기 이름이 있고 그 이름으로 불리어지게 된 아름답고 애달픈 사연들이 있지만 그걸 궁금해하는 이들이 얼마나 될까. 세상 사람들의 머릿속을 송두리째 차지

하고 있는 각박한 현실들이 그런 것들에 대한 관심을 발붙일 수 없게 하기 때문이리라. 아이들에게 달나라에 계수나무가 있었던 이야기를 들려주면서도 계수나무가 이 땅에 존재하는 나무라는 생각은 미처 하지 못했었다.

둘째손녀가 유치원을 졸업한 후 내가 동화구연을 배우고 있다는 걸 아시고 교육관이 남다른 이사장님께서 아이들에게 이야기를 들려주셨으면 좋겠다는 제안을 하셨다. 엄마들이나 선생님들이 들려주는 교육적인 동화가 아닌, 옛날 할머니의 이야기를 들려주고 싶다고 하셨다. 아이들이 옛이야기를 통해 마음껏 꿈나라를 경험할 수 있게 하고 싶다는 생각이셨다. 많이 부족하지만 그 뜻을 받아들여 2년 째 아이들에게 이야기를 들려주고 있다.

지난해 가을, 7세반 아이들의 졸업선물을 준비할 때였다.

뭐가 좋을까 생각하다가 수목원에 다녀온 후 까마득히 잊고 있던 계수나무 생각이 났다. 계수나무 잎을 말려 책갈피를 만들고, 축하카드와 함께 주면 좋겠다는 생각을 했다. 잎을 주우려면 관악수목원까지 가야 하는데 관람 시간을 맞춰 가려니 좀처럼 짬을 낼 수가 없었다. 그러다 선물 준비를 못하게 되나 걱정만 하고 있을 때였다, 어느 날 손녀를 데리러 학교에 가는 도중 길가에서 우연히 계수나무 잎을 닮은 낙엽을 주었다. 설마 하고 주웠는데 그게 정말 계수나무 잎이었다. 두리번두리번 주변을 둘러보니 놀랍게도 길가 공원 안에 세 그루의 계수나무가 서 있는 게 아닌가. 생각지도 못한 곳에서 발견하였기에 정말 뛸 듯이 기뻤다. 한달음에 뛰어가 아이를 학원버스에 태워 보낸 뒤 비닐주머니를 들고 나무 밑으로 달렸다. 수북이 떨어진 낙엽을 줍다가 이상한 느낌이 들어 낙엽을 코에 대 보았다.

'아! 이 냄새, 이곳을 지날 때마다 코를 벌름거리게 하고 발걸음을 멈추게 했던 그 달콤한 냄새가 바로 이 나뭇잎의 향이었구나.'

나는 놀라 노랗게 물든 나무를 다시 한 번 바라보았다. 단풍이 들기 전에는 없었던 향을 낙엽이 되어 뿜어내는 것이, 마치 어미나무에게 감사의 선물을 하는 것 같았다.

나뭇잎을 잘 말려 코팅을 해 책갈피를 만들고 '보은의 선물'이라는 간단한 동화를 써서 만든 카드와 함께 아이들에게 졸업선물로 전해 주었다.

이후로 계수나무는 나에게 정말 좋은 친구로 남게 되었다. 내가 계수나무를 좋아하는 이유는 낙엽 질 때 만들어 내는 귀한 향 때문이다. 그 향은 나뭇잎들이 엄마나무에게 드리는 감사의 선물이라는 생각이 들어, 더욱 좋아지고 사랑스러워 주위 사람들에게도 늘 자랑한다. 나에게 계수나무의 이야기를 듣는 사람들 거의가 나처럼 처음 듣는 이야기라며 놀라워하고 호기심을 갖는 걸 보면 그들의 마음속에도 달나라의 계수나무로만 알고 있었기 때문 아닐까.

계수나무는 이제 세상에 태어나 변함없는 우정을 이어오고 있는 나의 귀한 인연들과 자리를 함께 할 친구로 영원히 내 곁에 남을 것이다. 이제 단풍이 들어 낙엽이 지기 시작하면 낙엽들을 모아 잘 말려서 향낭을 만들 생각이다. 얼마나 만들 수 있을지는 모르겠지만 될 수 있으면 많이 만들어, 부모님에 대한 감사의 향을 가까이 지내는 지인들과 나누어 가지려 한다. 그래서 나무에게는 미안하지만 마음속으로 어서어서 낙엽이 지기를 기다리는 중이다.

보물 같은 이 친구를 만날 수 있게 큰 행운의 기회를 주신 유치원 원장님께 거듭 감사하고 싶다.

♩ ♪돛대도 아니 달고 삿대도 없이

가기도 잘도 간다. 서쪽나라로 ♬♬

지금 계수나무와 토끼 한 마리를 실은 쪽배는 어디쯤 가고 있을까?

오월의 신록과 아이들의 꿈

5월 초순 서울행 고속버스를 탔다. 버스를 타면 으레 창밖에 시선을 고정시키는 버릇이 있어서 창밖으로 눈을 돌린다.

아! 역시 그 곳엔 내 마음을 쿵쾅거리게 하는 신록들의 화려한 잔치가 열리고 있었다. 언제나 이맘때 고속도로를 지날 때마다 잠시도 눈을 돌릴 수 없게 하는 저 창밖의 거대한 풍경화…….

4월 중순을 지나 5월 한 달 가량 추운 겨울을 이겨낸 나목들이 봄볕을 받아 새 잎사귀를 피우기 시작할 즈음 산이 그려내는 봄 작품이다. 마치 발가벗은 가지가 부끄러운 듯 금방금방 이파리들로 가지를 덮어가는 저 나무들의 빛깔이 어쩌면 저렇게 아름다울 수가 있을까?

연두색, 연갈색, 유록색등 참으로 다양한 나무들의 모습…….

"새싹은 무슨 색일까?" 하고 물으면 아이들이나 어른들이나 아주 당연하다는 듯 연두색이라고 대답한다. 하지만 우리 앞에 그려내는 4월이나 5월의 풍경화를 보고도 그렇게 대답할 수 있을까. 연둣빛이라고 하지만 다 같다고 할 수 없는 저 신록의 차이들을 도무지 말과 글로는 표현할 수 없을 것 같다.

버스가 전라권을 벗어나 활엽수들이 많은 충청권 초입부터 수도권에 이르기까지의 산들은 그 작품들이 더욱 화려해진다. 온종일 이 길 위에 있으라 해도 싫증이 나지 않을 만큼 이즈음의 이 길은 매력 만점이다. 마치 거대한 한 폭의 산수화 속의 신선이라도 되는 양 행복해지는 순간이다.

봄을 준비하는 각기 다른 빛깔의 나무들을 보고 있노라면 마치 한창 자라나는 아이들을 보는 것 같아 생각이 깊어진다. 언제 보아도 귀엽고 사랑스러운 아이들의 꿈도 저 신록들처럼 상큼하고 다양하지 않을까.

그런데 이렇게 아름다운 봄의 풍경화에 심술을 부리는 심술쟁이가 있다. 햇볕이 뜨거워지면 그림 위에 덧칠을 시작하는 초록색이다. 그 기세는 대단해서 5월 말이 되면 벌써 그림 전체가 초록색으로 덮이고, 7월 말쯤이면 산 전체가 갈맷빛 세상이 되고 만다. 박완서 선생님은 이때의 초록색을 끝 간 초록이라 표현하신 것을 보았다. 더 이상의 짙은 초록빛은 존재하지 않다는 이야기이다. 처음 잎을 피울 때의 그 다양한 모습으로 여름을 맞고 가을을 맞는 산의 작품을 감상할 수 있다면 얼마나 좋을까 하는 아쉬움 때문에, 나는 그 시기의 초록색을 별로 좋아하지 않는다. 모든 나무들을 초록블랙홀로 빨아들이는 초록빛이 얄밉기까지 하다. 이유는 그 초록블랙홀이 마치 물질 만능의 세상에서 사리사욕에 눈이 어두워진 사람들이 순수한 많은 사람들의 손목을 잡아끄는 것처럼 느껴지기 때문이다.

그리고 궁금했다.

봄의 신록들처럼 각자 자기의 색깔을 가진 아이들은 어느 때부터 초록블랙홀의 유혹을 받게 되는지……. 아마 사회에 나가는 대학생이 될 때쯤이지 않을까 생각했었다. 하지만 그 시기가 아주 어려서부터 시작된다는 것을 알고 깜짝 놀란 일이 있었다.

둘째손녀가 초등학교 2학년 때 1~2학년 학교축제가 열렸었다.

〈우리가 별이다. 꿈 빛 축제〉라는 현수막을 내건 축제였는데 학급별, 학년별로 준비한 프로그램 중에 개인의 꿈을 발표하는 시간이 있었다.

나는 ○○○이 되겠습니다. 왜냐하면 ○○○하기 때문입니다.'라고 이야기하는 방법이었다.

1학년과 2학년 아이들이 모두들 자기들의 꿈을 발표하였는데. 아이들의 발표를 듣다가 깜짝 놀랐다. 의사가 되겠다는 아이, 과학자가 되겠다는 아이, 박지성 같은 축구선수가 되겠다는 아이, 각자의 꿈이 다 달랐다. 하지만 놀랍게도 왜냐하면? 에서는 대부분의 아이들이 돈을 많이 벌 수 있어서라고 말하는 것이었다. '어쩌면 저럴 수가…….' 정말 어이가 없었다. 그때 뒤 순서의 여자아이가 자기는 피아니스트가 되겠다고 하였다. 이 아이는 정말 피아노 연주가 좋아서라고 하겠지 하고 기대했다. 하지만 여자아이는 피아노를 치면 '스트레스가 풀리기 때문에.'라고 말했다. 갑자기 쇠망치로 뒤통수를 얻어맞은 것처럼 정신이 아찔하였다. 잠시 후 정신이 들자 이 나라의 장래가 염려스러워졌다.

돈을 많이 벌려는 의사, 과학자, 축구선수, 스트레스를 풀려는 피아니스가 주인이 되어 있는 나라를 생각해 본다면 누군들 염려가 되지 않겠는가. 저 4~5월의 신록처럼 자기만의 색깔로 반짝여야 할 아이들의 꿈이 벌써부터 물질의 풍요를 우선시하는 사람들이 몰려가는 초록블랙홀의 입구에서 서성이다니……. 더군다나 이 학교는 일반초등학교와는 달리 혁신적인 교육 방법으로 학생들을 지도하고 있는 혁신학교이다. 평소에 아이들의 말을 들어보면 학습 방법이나 학교 활동들이 확실히 다른 학교들과는 많이 다르다는 느낌을 받게 하는 학교였다. 그래서 일부러 전학 오는 애들도 많은 것으로 안다. 그럼에도 아이들의 장래 희망이 돈을 많이 벌기 위해서라니 뭐라 할 말이 없다. 누가 순수한 이 아이들의 꿈 위에 벌써부터 물질 추구의 초록물감을 덧칠하여 놓은 것인가? 두말할 것 없이 아이들 부모의 영향이 크겠지만 어른인 우리 모두의 책임이라는 생각도 든다.

눈만 뜨면 보이고 들리는 소리들이 눈을 감고, 귀를 막고 싶을 정도로 탐욕의 얼룩으로 지저분한 일들이 얼마나 많은가. 그런 일들이 유난히 영특한 요즘 아이들의 눈과 귀를 피해갈 수가 있을까? 지금 그런 일들을 저지르는 사람들은 대부분 우리 부모님 세대의 가르침을 받은 사람들이다. 그 시대의 어른들은 자식들이 당신들보다 편히 살기를 원했지만, 대부분 물질 우선보다는 정직과 겸손을 가르쳤고 사람들과의 좋은 관계를 가르쳤다. 그럼에도 불구하고 그들은 물질 만능의 시대에서 탐욕의 노예로 사는 것을 주저하지도 부끄러워하지도 않는 듯하다. 그런 상황인데 어려서부터 물질 추구를 부추긴다면, 그 애들이 어른이 되어 살아갈 세상은 어떤 세상이 될 지 암울한 생각을 떨쳐버릴 수가 없다.

하지만 자라고 있는 모든 아이들의 생각이 다 그렇다고 단정 지을 필요는 없을 것 같다. 그후 어느 유치원 7세반 아이들과 장래 희망에 대한 이야기를 나눈 적이 있었다. 소방관, 경찰관, 변호사가 되겠다는 아이들은 힘없고 약한 사람들을 돕고 싶다고 이야기하였다. 한 여자아이는 대통령이 되어서 사람들을 행복하게 해주고 싶다고 했고, 곤충들을 좋아해서 곤충학자가 되어 곤충들을 연구해 보고 싶다는 아이도 있었다. 어쩌면 이렇게 대견스러운 대답을 할 수 있을까 싶을 정도였다. 그렇지만 난 그 이유를 알 수 있을 것 같았다. 평소 이사장님이나 원장님이 유치원 운영 정신을 '참된 가치관'에 두고 있다는 것을 알기 때문이다. 이분들처럼 아이들의 인성교육을 위해 끊임없이 연구하고 애쓰는 기관뿐 아니라, 아이들에게 사라져가는 따뜻한 마음들을 심어주려고 노력하는 봉사자 어른들도 많은 활동들을 하고 계신다. 그러니 한숨 쉬며 염려하기보다는 아이들을 한 명 한 명 따뜻하게 보듬어주고 다독이며 자기만의 빛으로 반짝이는 별이 될 수 있도록 도와주는 것이 어른들의 소임이지 않을까 싶다.

태양이 작열하던 여름을 지나 가을이 오면 산은 또 아름다운 가을 작품을 발표한다. 폭염 속의 긴 초록터널을 빠져나온 나무들이 이제는 알록달록 고운 단풍의 모습으로 온 산천을 수놓는다. 단풍은 단풍으로 또 아름답다.

나무들처럼 사람들도 세월이 지나면 자기들이 살아 온 삶의 모습대로 물들어 있는 자신들을 되돌아보고 만족해하는 이도 있겠고, 후회하는 이도 있으리라. 그리고 까마득히 잊고 살았던 유년의 꿈들도 들추어보고 부모님들의 가르침도 되새겨 보며 노년을 맞이하게 되리라.

추운 겨울이 지나 봄이 오고 또 4~5월이 되면 고속도로 주변의 산들은 다시 내 마음을 쿵쾅거리게 하는 봄 작품을 발표할 것이고, 나는 또 고속버스를 타고 그 길을 달리며 행복한 신선놀음을 하면서, 신록을 닮은 순수한 아이들의 꿈을 생각하게 될 것이다.

미실령의 신부

오월의 어느 석양에
숨가쁘게 오른 미실령에서
참으로 아름다운 신부를 만났다

길게 늘어뜨린 초록색 드레스는
더 없이 화려하고
머리의 하얀 화관은 저녁 햇살에
그냥 보석이었다

한껏 멋을 부린 초여름의 신부는

의연한 자태로 서서
신랑을 기다리고 있었다

설악의 단풍이 한창이라며
서둘러 길 떠나는 앞집 부부를 보고
문득 미실령의 그 신부가 궁금해진다

지금쯤
곱게 물들인 드레스를 갈아입고
포근한 운해 한 가닥 어깨에 두르고
여전히 의연한 모습으로
마냥 늦어지는 신랑을 기다리고 있을
그 신부가 그리워진다

아! 소파선생님
─선생님의 동상을 뵙고 와서

　지난달 능동 어린이대공원에 가서 찍은 소파선생님 동상 사진을 보면서 '선생님은 저 어린이에게 지금 무슨 이야기를 들려주고 계실까' 궁금하다. 안고 계시는 아이와 선생님의 모습이 무척 정겨워 보인다.

　일본에게 나라를 빼앗기고, 글을 빼앗기고, 말마저 말살시키려는 상황에서 선생님께선 어린이들의 마음밭에 우리 이야기 씨앗 하나라도 더 심고 싶으셨을까? 화장실에 가는 시간까지도 아끼시며 몇 시간씩 서서 이야기를 들려주셨다고 하니 정말 놀랍기만 하다. 재미있는 이야기도 10여 분이 넘어가면 지루해하는 요즘 어린이들을 보면 이야기를 듣던 그 어린이들은 어떻게 그렇게 긴 시간을 참아 가면서 이야기를 들을 수 있었을까? 그저 놀라울 따름이다.

'소파 방정환'

어린이, 어린이 예찬, 색동회, 어린이날, 부끄럽지만 얼마 전까지 내가 알고 있었던 선생님에 대한 모든 것이었다.

2011년 7월, 색동회동화구연 아카데미에 등록하여 동화구연 3급. 2급. 1급 지도자과정 수료까지 7개월여의 교육과정에서 선생님의 다른 활동들을 많이 알게 되었다. 일생을 아이들을 위해 사셨던 선생님께서 마음에 품은 뜻도 다 펴지 못하고 서른 셋이란 젊은 나이에 가신 것은 너무나 애절하다.

〈제19회 전국 선생님동화대회〉에서 얼떨결에 분에 넘치게 '소파상' 수상을 하고, 3년의 봉사 기간을 거쳐 동화구연가 등단증을 받고 나니, 이젠 정말 이야기할머니가 됐구나 싶어 가슴이 뿌듯해 온다.

손녀들에게 좀 더 재미있게 동화책을 읽어주려고 시작했던 동화구연 공부를 계속하다 보니 이런 영광까지 얻게 되었다. 손녀들이 다녔던 유치원 이사장님께서 선생님이나 엄마가 아닌 할머니의 이야기를 들려주고 싶다는 부탁을 하셔서 지난해부터 유치원에서 이야기를 들려주고 있다. 호기심 어린 눈빛으로 이야기를 듣는 아이들을 보면 한없이 사랑스럽다. 갈수록 핵가족화로 조손간의 정을 느낄 기회가 점점 적어지는 어린이들에게 지혜와 재치가 녹아있는 옛이야기들을 한 자락이라도 더 들려주고 싶다는 욕심이 생긴다. 더군다나 청소년 문제들로 세상이 시끄러운 요즘엔 더욱 그런 생각이 들어 마음이 바빠진다. 지금의 내 마음이 이럴 진데 우리의 모든 것이 사라져갈 위기의 그 시대에 애국의 마음이 남달랐던 선생님 마음은 얼마나 안타까우셨을까? 이런저런 생각을 하다 보니 갑자기 소파선생님을 뵙고 싶다는 생각이 들었다. 선생님께서 살아계셨다면 당연히 찾아뵙고 인사드리지 않았을까 생각하니 더 지체할 수가 없었다. 선생님 동상이 있는 능동의 어린이대공원을 찾아 나섰다.

5. 7호선 어린이대공원역 1번 출구. 갑자기 눈앞에서 커다란 호랑이가 입을 쩌억 벌리고 달려든다. 그때 어린이 한 명과 엄마가 호랑이 입속으로 빨려 들어간다.

"아! 안 돼!"하마터면 소리칠 뻔하다가 씩 웃고 말았다. 공원 정문으로 통하는 계단에 호랑이 그림을 그려 놓은 것이다. 어린이대공원에 가려면 아무래도 호랑이 뱃속으로 들어가야 하나 보다. 할 수 없지. 나도 호랑이 입속으로 들어갔다. 뭔가 동화 같은 재미있는 일이 기다릴 것 같은 기대를 하면서……

정문에 들어가기 전부터 곱게 차린 해치들이 반긴다. 정문을 들어서니 어린이공원답게 예쁜 캐릭터들이 어린이들을 부른다. 날씨가 봄날처럼 포근해서인지 공원 안에는 부모들 손을 잡고 나들이 나온 어린이들과 사람들이 제법 많다. 안내 창구에서 선생님 동상 위치를 안내받고 찾아 나섰지만 쉽지 않았다. 길을 따라 노래비도 서 있고 캐릭터들도 있어서 거기 어디쯤에 있으려니 했는데 오르막을 다 오르도록 찾을 수가 없었다. 여기저기 숲속을 헤매다가 안내표지판을 확인해 보니 이름은 없었지만 몇 군데 동상이 서 있는 위치를 보고 다시 찾아보았다. 아마 공원 안에는 몇 분의 동상이 더 있는 것 같았다.

처음 찾은 것은 조만식 선생님 동상이었다. 지나는 분들에게 물어보았지만 소파선생님 동상 위치를 아는 사람이 없었다. 아이들과 함께 온 젊은 부모들도 마찬가지였다. 넓은 공원 숲속을 미로처럼 한 시간쯤 돌아다녔지만 찾을 수가 없었다.

다시 정문 쪽으로 가려다가 의자에 앉아계시는 분에게 물어보니 정확한 위치를 알려주셨다. 일러준 대로 찾아가니 바로 야외 공연장 위쪽에 어린이를 안고 계신 선생님이 계셨다. 너무 반가워서 눈물이 나오려고 했다. 어떤 아저씨 한 분이 동상 앞에 쓸쓸하게 앉아 있다가 선생님과 친척이 되느냐고 물어서 어린이들에게 이야기 들려주는 사람이라고 소개하고 주위에 새겨진 글들을 읽어보았다. 그 아저씨도 같이 다니면서 읽더니, 이곳에 산 지가 오래지만 이렇게 훌륭한 분의 동상인 줄 몰랐다고 했다. 아저씨와 함께 선생님 앞에 앉아서 이런저런 이야기를 하다가 가끔씩 와야겠다는 생각을 하며 돌아왔다.

돌아오면서 생각해 보니 뭔가 아쉽다는 생각이 든다. 여기는 어린이대공원이다. 평생을 어린이를 위해 살다 가신 업적까지는 아니더라도 '어린이', '어린이날'이 어떻게 만들어졌는지, 선생님의 어린이를 사랑했던 마음 정도는 어린이들에게 심어주어야 하는 게 아닌가 싶다. 그건 분명히 어른들이 해야 할 일이라는 생각이 든다. 교과서에서 한두 번 읽고 지나가는 것 정도로는 약하지 않을까. 다른 곳은 몰라도 어린이대공원만이라도 선생님의 이야기가 살아나야 하지 않을까. 공원 어디에도 동상 위치를 안내하는 곳이 없고 안내표지판조차 찾을 수가 없었다.

할 수만 있다면 정문 입구에 선생님을 모시면 참 좋겠다는 생각이 들었다. 선생님을 알리는 큰 표지판도 같이 세운다면 공원을 찾는 어린이들이나 어른들이 다시 한 번 선생님의 행적들을 돌아보는 계기가 될 것 같다. 욕심 같아서는 이곳을 찾으면 선생님의 모든 것을 만날 수 있는 곳으로 만들었으면, 그런 일들이 어렵다면 동상까지의 안내표시라도 찾기 쉽게 배치했으면 좋겠다. 그것도 아니면 이미 서 있는 표지판에 동상의 이름이라도 써넣으면 어떨까. 현대는 본인 홍보의 시대라고 하지 않는가. 그런 일들이 쉽게 시정될 수 없다면 색동회회원 모두의 뜻을 모아 보면 어떨까 하는 생각을 해본다.

선생님을 위해서 우리가 할 일은 없을까?

그 시대에 동화구연으로 어린이들에게 우리의 얼을 심으셨던 선생님의 그 교육 방법이 다시 요구되는 요즘이 아닌가 싶다. 학교폭력이 쟁점이 된 요즘, 학교폭력을 청소년들의 잘못으로 돌리기보다는 우리 어른들의 책임이 크다는 생각이 든다. 가정에서도 학교에서도 인성보다는 학력 우선의 교육을 시켜 온 것이 오늘의 결과를 가져온 것이 아닌가. 그러나 다행스럽게도 인성교육이 필요하다는 생각들을 하는 것 같다. 문화체육관광부와 국학진흥원에서 이야기 할머니를 양성하기 시작한 것도 동화를 통해 어린이들에게 바른 인성을 심어야 한다고 생각하기 때문일 것이다.

동화구연! 우리는 동화구연을 하는 사람들이니 선생님처럼은 못하더라도 한번 시작해 보면 어떨까. 어린이대공원에는 동물나라, 자연나라, 재미나라, 문화나라, 라는 네 개의 넓은 구역의 나눔 안에 각기 작은 특성을 살린 관람지역들이 있다. 그 중 자연나라 안에는 전래동화마을이 있고 그 안에는 인형들로 꾸민 열두 가지 우리 옛이야기의 마당도 있다. 4월부터 10월까지 운영되는 '동화랑 자연이랑'에서는 전래동화구연과 농가체험도 있다. 욕심 같아서는 색동회에서 그 이야기마당을 운영했으면 좋겠다는 생각까지 든다. 하지만 그게 어렵다면 혹시 그 속에 색동회의 동화구연이 접목될 수 있는 프로는 없을까. 열심히 두드리면 큰 문은 아니더라도 작은 문이라도 열릴 거라는 작은 소망도 생긴다. 나의 이런 생각과는 상관없이 일주일에 한 번쯤 선생님 동상 앞에서 엄마 손을 잡고 구수한 옛이야기를 들으려고 찾아오는 어린이들을 볼 수 있는 동화시간이 있다면, 그리고 동상 앞에 아이들이 들고 온 조그마한 꽃다발이 항상 놓여 있다면 얼마나 좋을까. 그러면 하늘에 계신 선생님께서도 무척 기뻐하시지 않을까 싶다.

선생님의 어린이 사랑하는 마음은 마지막 가실 때의 "어린이를 두고 가니 잘 부탁하오."하신 말씀에서도 잘 알 수 있을 것 같다.

꼭 선생님의 말씀이 아니더라도 어린이헌장의 내용처럼 내일을 이어나갈 새싹들의 인격은 당연히 존중되어야 하며, 바르고, 아름답고, 씩씩하게 자랄 수 있도록 지켜줘야 하는 것은 어른들의 의무이지 않은가.

비록 이제 동화구연가의 길에 첫발을 디뎠지만 선생님의 마지막 유언을 잊지 않을 것이다. 검은 흙을 마악 뚫고 나오는 귀여운 새싹들이 잘 자랄 수 있도록 좋은 자양분이 될 이야기를 재미있게 들려주는 할머니가 되리라 다짐해 본다.

이야기할머니 예뻐요

"얼굴에 웃음꽃이 활짝 핀 게, 무슨 좋은 일 있니?"

친구가 내 얼굴을 바라보며 물었다.

"그렇게 보여? 방금 전에 천사들을 만나고 와서 그런가?"

문득 친구와 만나기 바로 전 어린이집에서 있었던 일이 떠오른다.

"눈은 반짝 귀는 쫑긋 정말 좋아요.

하나 둘 셋 넷 다시 만나요. 빵빵!"

"배꼽 손 인사. 다음 시간에 또 만나요!"

인사가 끝나자 아이들이 우르르 내 앞으로 몰려들었다. 언제나 그
렇듯 "사랑한다."하면서 쫘악 벌린 두 팔로 아이들을 한꺼번에 안아

주었다. 아이들은 쉽게 흩어질 생각을 안했다.

"이야기할머니 가셔야지!"

지켜보던 선생님이 한 마디 하자 그제야 아이들은 마지못해 내 품을 떠나기 시작했다.

그런데 건우가 끝까지 남아 "할머니, 토닥토다악! 해줘야지."한다. "아유, 이 녀석" 건우의 등을 토닥토닥 다독여주었더니 그제야 배시시 웃으며 자리로 돌아간다. 교실을 나오면서 생각하니 저절로 웃음이 나왔다.

두 명뿐인 손녀들도 다 크고 멀리 있어서 안아 볼 기회가 없는데 이렇게 많은 남의 집 손자 손녀들을 날마다 안아 볼 수 있다는 게 얼마나 큰 축복인지 모르겠다.

아름다운 이야기할머니 활동을 하면서 '젊어 보인다. 행복해 보인다.' 라는 소리를 자주 듣는다.

도서관에서 동화구연강의가 끝난 후 '아름다운 이야기할머니' 공모가 있다는 강사님의 말에 귀가 번쩍 띄었다. 공모기관에 문의하니, 마감이 임박해서 급히 서류를 준비해 우편접수를 했다. 1차 서류심사를 거쳐 2차 면접 후 합격자를 발표한다는 말을 듣고, 차분하게 다시 사업내용을 살펴보았다. 꼭 합격이 되어 활동하고 싶다는 생각이 굳어졌다. 서류가 통과되고 서울의 '국립아동 청소년 도서관'에서 면접을 봤다.

발표를 기다리는 내내 안절부절못해 다른 일이 손에 잡히지 않았다. 합격이 되어 아이들에게 재미있게 이야기 들려주는 꿈을 꿀 때도 있었다.

30일 후, 합격자 명단을 아무리 훑어봐도 이름이 없었다. 그동안 나도 모르게 구름 위를 걷고 있었나보다. 온몸에 힘이 쫘아악 빠지는 느낌이었다.

공모기관에 응모자가 많았을 때의 마지막 선발기준이 무엇일까? 문의해 보았다. 답변은 '아이들을 대하는 마음가짐'과 '자원봉사자로서의 자세'라고 하였다. 그 당시 나도 유치원에서 이야기할머니 봉사를 하고 있었기 때문에 그건 자신이 있다고 생각했다.

'아름다운 이야기할머니' 처음부터 내 마음을 사로잡았던 이 낱말이 쉽게 포기되지 않아 응모 공지사항을 다시 살펴보았다. 그리고 필수조건보다는 우대조건 1번 '관련학과 전공자나 자격증 소지자'라는 항목을 보고 크게 실망하고 말았다.

그동안 태어난 시대와 자라 온 환경 때문에 다른 사람들처럼 마음껏 배우지 못해 안타까울 때도 있었고 자격지심에 스스로 움츠러들기도 했었다. 그러나 이 나이가 되고 보니, 고학력이 삶의 전부는 아니라고 의연해하며 살고 있었다. 그런데 이순 넘어 모처럼 가져보는 희망까지 옭아매려한다고 생각하니 학력 위주의 사회가 조금은 원망스럽기도 했다.

어릴 때 꾸었던 교사의 꿈은 이룰 수 없었지만 이야기할머니는 꼭 됐으면 하고 한껏 마음이 부풀었었는데…….

처음에는 손주들에게 재미있는 이야기를 들려주고 싶어 동화구연 강의를 들어왔지만 굳이 전문가가 되어야 할 필요성은 느끼지 않았었다. 그러나 이번 공모에 탈락하자 마음을 바꾸었다.

당장 동화구연지도자 아카데미에 등록을 했다. 꼭 동화구연가가 되어 남은 생을 이야기할머니로 활동하겠다는 오기도 생기고 욕망도 생겼다. 대체로 수강생들이 젊은이들이었지만 열심히 공부했다.

아카데미 전 과정이 끝날 무렵 '4기 이야기할머니 공모' 공고가 떴다. 어차피 학력이 걸림돌이 될 것 같아 망설이고 있는데, 친구인 3기 할머니가 그건 오해라며 꼭 응모를 하라고 권해서 한 번 더 도전하기로 했다.

서류 통과 후, 면접시간. 합격이 안 될지라도 준비한 대로 소신껏 답변을 했다. 합격만 한다면 정말 자신 있게 아이들에게 이야기를 들려줄 수 있을 것 같았다. 이 진심이 심사위원들에게 전해진 것일까.

드디어 4기 이야기할머니에 합격. 그때를 생각하면 지금도 가슴이 벅차오른다. 초심을 잃지 않고 열심히 활동을 시작한 지 수많은 세월이 흘렀다. 교육 때 받은 교재를 충실하게 외우고, 이야기와 관련된 상식이나 정보들도 미리미리 검색해 본다. 몰랐던 새로운 지식들도 알게 되고, 잡다한 삶의 걱정 근심이 끼어들 틈이 없다. 사랑스런 아이들에게 바른 인성의 씨앗을 심고 있다는 자긍심으로 저절로 힘이 솟는다.

만약 이야기할머니가 되지 않았더라면 지금 나는 무엇을 하고 있을까? 생각을 하면 4기 응모를 적극 권했던 친구가 정말 고맙다. 이 사업을 기획하고 주관하는 문화체육관광부와 한국국학진흥원이 한없이 감사하다. 또 할머니들의 활동을 돕기 위해 노심초사하는 이야기할머니사업단의 연구원님들에게도 늘 감사한 마음이다.

활동을 시작하면서부터 지금까지 나는 주마다 색깔이 다른 전통 한복차림으로 아이들에게 간다. 기관에 들어서면 멀리서부터 "이야기할머니!"부르며 아이들이 달려온다. 내 얼굴에는 해바라기 같은 웃음꽃이 저절로 피어난다.

황혼의 뜰에 선 나에게 가슴 벅찬 삶의 보람과 무한한 활력을 샘솟게 하는 영롱한 눈빛의 천사들! 나는 아이들에게 영원한 아름다운 이야기할머니의 모습으로 기억되고 싶다. 지금도 다음 시간에 입을 노란색치마와 연두색저고리의 한복을 곱게 손질하는 중이다.

"이야기할머니! 예뻐요!"

까르르 웃으며, 품안에 안겨 올 아이들의 모습이 벌써부터 아른아른 그리워진다.

유치원 원장선생님께서 주신 선물

　둘째손녀를 데리고 유치원 계단을 막 내려오는데, 누군가 뒤에서 다가왔다. 유치원 원장님이셨다. 원장님이 내 등 뒤에서 귓속말로 "한번 안아보고 싶었어요." 하시고는 날 꼭 껴안았다. 나는 갑자기 온몸에 힘이 쫙 빠지는 것 같은 느낌에 뒤도 돌아보지 못하고 아무 말도 못한 채 그대로 서 있었다. 눈시울이 뜨거워지고 가슴이 터질 것 같아 나를 안았던 손이 풀리자 묵례만 하고 계단을 내려왔다. 현관에 들어서는 순간까지도 마치 구름 위를 걷는 듯 정신이 몽롱했던 그 기억이 지나가는 유치원생들을 보면 가끔 떠오른다.

　평촌에 사는 큰딸네 집에 가서 손주들을 돌봐줄 때 이야기다.

아파트 단지 내에 있는 민백유치원은 큰손녀가 유치원에 다닐 때부터 선생님들과 얼굴을 익힌 터다. 둘째가 유치원에 다니면서 손녀들을 돌보며 쓴 〈체험유년기〉라는 글을 홈페이지에 올린 후로 원장님과의 마주치는 눈길에 더욱 정이 실려 있었다고 느꼈다. 원장 선생님은 내 글을 읽고 아이들을 돌봐주신 친정어머니 생각이 나서 눈시울을 적셨다고 했다. 하지만 그날 원장님의 포옹은 정말 뜻밖이었다. 젊은이가 나를 안아 주는데도 마치 따뜻한 어머니의 품 같은 느낌이 나를 울컥하게 했었다. 지금까지 누가 이렇듯 따뜻하게 나를 안아준 적이 있었을까? 가끔씩 오랜만에 만나는 친구들끼리 서로 껴안고 반가움을 나눈 일 말고는 특별히 기억되는 일이 없었다. 아버지까지는 기대하지 않더라도 어머니가 철이 든 나를 한 번이라도 안아 주신 일이 있었을까? 곰곰이 생각해 보니 그런 적이 한 번도 없었다. 마음으로야 자식들이 사랑스러우셨겠지만, 내 부모님들은 자식을 한 번 안아 볼 마음의 여유조차 없이 사셨다. 우리 또한 그것이 당연한 것처럼 무덤덤하게 살아왔었다. 그게 어찌 우리집뿐이겠는가. 어른들 앞에서 자식들을 토닥이고 귀여워하는 것은 생각조차 할 수 없었던 때였다. 더군다나 오늘날처럼 편리한 농기구도 없던 시절이었다. 많지 않은 전답을 가지고도 농사철이 되면 그야말로 눈코 뜰 새 없이 바쁘게 살아오셨기에 자식들을 안아주며 정을 나눌 틈이 없었을 것이다. 그렇다면 자식인 나는 어떻게 살아왔는가? 곰곰이

186

생각해 봤다. 나 또한 아버지나 어머니를 안아드리기는커녕 그 손을
잡아드리는 일조차 하지 못했다.

　그 분들과 헤어진 지 많은 세월이 흘러갔다. 두 분 모두 병환으로
일이 년 쯤 고생하다 가셨기에 그나마 병환 중에라도 수족을 만지고
수발을 할 수 있었던 것이 전부인 것 같다. 지금까지 부모님이 살아
계신다면 "고맙습니다. 사랑합니다."라고 등 뒤에서 나이 들어 시린
등을 감싸 안으며 정을 나눌 수도 있었을 텐데…….

　요즘 아이들처럼 아빠 엄마의 품에 안겨 재롱을 피우거나 아이들
을 껴안고 정을 나누는 일은 우리 또한 익숙하지 않은 세대다. 품을
떠난 자식들이 부모가 되었다. 나는 아이들을 안아 준 적이 언제였
을까? 아마 품안에 안고 젖을 물리던 그때가 마지막이었던 같다. 내
가 부모님의 품을 기억하지 못하는 것처럼 우리 아이들도 같은 생
각을 하는 것은 아닐까? 하는 생각을 해봤다. 아직은 어린 자기들
의 자식들 안아주느라고 바빠 그런 생각을 할 틈이 없겠지만, 아이
들이 성장하여 다 떠난 어느 날 문득 아빠 엄마의 품을 생각하지 않
을까? 철들어 안기어 본 기억 없는 부모의 품을 그리워하지는 않을
까? 그리고 섭섭해하지는 않을까? 아이들이 자라면서 힘들 때 스스
럼없이 파고들 수 있는 부모의 품이 필요하지 않았을까? 학업을 마
치고 집을 떠나 사회생활을 하는 동안 힘들고 어려운 일들이 왜 없었

을까? 그럴 때 엄마의 품이 열려 있었다면 그 속에 머리를 디밀고 맺힌 것들을 쉽게 풀 수도 있었을 텐데, 그 돌파구를 마련해 주지 못했던 것을 다 지난 지금에야 깨닫는다. 경험하지 못하고 오랫동안 굳어진 버릇 때문에 미처 생각해 보지 못한 일이었다. 그래 조금 늦은 감은 있지만 지금이라도 아이들을 안아 주자. 나보다야 훌쩍 큰 자식들, 품안에 꼭 안기엔 버거울 아이들을 한 번 안아 보아야겠다. 그리고 등을 다독여주어야겠다. 살아가면서 누군가에게 위로를 받고 싶을 때 지금은 비록 좁아진 부모의 품이지만 언제고 찾아와 안기라고……. 마음은 그리 생각하고 있지만 여태껏 하지 않았던 일을 느닷없이 하기가 어색도 하다.

어느 때 어떤 의미 부여를 해야 자연스럽게 아이들을 안아줄 수 있을까? 생각하다 설날이 떠올랐다. 복돈 대신 아이들을 안아주어야겠다고 생각하니 은근히 설날이 기다려졌다.

설날, 그동안 머릿속에 그려오던 일을 실천에 옮겨야겠는데 좀체 틈을 낼 수가 없었다. 삼 남매가 다 모여야 하는데 시댁에 간 큰애가 아직 도착하지 않았고, 새해 인사차 들린 형제들과 지내다 보니 저녁때가 되었다. 이튿날 아침 동생네와 경복궁엘 다녀오려고 막 나서는데, 큰애네 식구가 도착하였다. 우리가 돌아올 때쯤은 모두들 자기들 거처로 돌아가고 없을 텐데, 그러면 내가 지금까지 부푼 마음으로 그려온 '아이들 안아주기' 계획이 무산되어 버리고 말 것이다. 이때를 놓치면 안 되겠다 싶어 다시 들어가 큰애부터 막내, 사위까지 차례로 안아주면서 "사랑한다"고 귓가에 속삭였다. 조금은 어리둥절해하는 아이들을 안아주는데, 왜 그리 내 가슴이 두근거리는지 집을 나온 후 한참 동안 흥분이 가라앉지 않았다.

자녀들 안아주는 일은 누가 일러주지 않아도 잘하는 것 같다. 그러나 부모님을 안아드리는 일에는 많이 인색한 것이 아닌지. 아이들은 당연히 두 팔을 벌려 안아주겠지만 노부모님이 계신 분들이라면 늦기 전에 이미 어깨가 내려가고 굽은 등을 뒤에서 감싸 안으며 귓전에 대고 "아버지! 어머니!" 부르기만 해도 웃음꽃이 활짝 피어날 거라고 이야기해 주고 싶다.

요즘 전철을 타다 보면 서로 껴안는 장면을 흔히 본다. 아이들을 안아주는 아빠나 엄마들의 모습을 보면 마음이 흐뭇해진다. 나이 든 어르신들이 친구들을 껴안으며 반가워하는 모습을 보면 우리도 덩달아 반가운 마음이 든다. 정답게 껴안는 노부부의 모습은 많은 이들에게 선망의 대상이 되는 것 같다. 늙으신 부모님의 어깨를 껴안고 담소하는 자녀들을 보면 크게 박수를 쳐주고 싶다. 그리고 언제까지 행복하라고 축복해 주고 싶다. 서로 껴안는다는 것은 말로 하는 사랑의 표현보다 한 단계 더 업그레이드 된 사랑의 표현이라는 느낌이 든다. 몸이 밀착된 서로의 마음속에는 미움이나 시기가 끼어 들 자리가 없는 것은 물론이겠고, 우리네 삶 속에서 순간순간 고개를 쳐드는 가치관에 대한 갈등의 싹도 자랄 수 없지 않을까? 누가 나를 안아주기를 바라기보다는 누군가를 안아주고 싶은 마음이 있다면 그 마음은 이미 행복과 동행하는 삶이지 않을까. 원장님의 포옹은 지금 생각해도 가슴이 뜨거워진다.

상당히 늦은 감은 있지만 '껴안는다.'라는 말을 다시 생각해 보고, 그 작은 실천이 우리에게 얼마나 많은 것을 줄 수 있는지를 깨닫게 해준 원장님께 감사하다고 이야기해야겠다. 마음은 있으면서도 표현하지 못하는 구세대의 습관을 고쳐주신 원장 선생님의 작은 행동은 나에게 무엇보다 가장 값진 선물이 아닐까 하는 생각을 해본다.

시시하지 않은 어른

"앞으로 어떤 사람이 되고 싶어요."

"저는 시시하지 않은 어른이 되려고 합니다."

순간 하던 일을 멈추고 TV를 봤다. KBS1의 아침마당 화요초대석. 진행자의 물음에 초대 손님인 학생이 한 대답이다.

진행자가 조금은 의외라는 듯 왜 그런 생각을 했느냐고 묻는다.

"저는 아직 어리지만 어른이 됐을 때 결코 시시하지 않은 어른이 되려고 합니다." 학생은 똑같은 대답을 한다.

그 말을 듣는 순간 같은 어른이어도 부끄럽고 창피했던 어른들의 모습들이 스쳐 지나갔다.

'시시하다'를 사전에서는 '좀스럽고 쩨쩨하다.'라고 한다. 학생이 말하는 '시시한 어른'도 좀스럽고 쩨쩨한 어른을 말하는 걸까. 그 학생은 주변에서 너무 흔하게 만날 수 있는 이런 어른들과는 뭔가 다른 모습의 어른이 되고 싶은 모양이다.

항간에 넘쳐나는 시시한 어른들의 이야기는 그렇지 않은 어른들의 존재조차 가려 버리는 것 같다. 우리가 먹고 입고 살아가는 모든 일의 중심에는 어디에고 좀스럽고 쩨쩨한 어른들이 끼어 있다. 세상에 적당히 오염된 어른의 시선으로 봐도 역겨울 때가 많다. 그러니 아직 세상물이 들지 않은 학생의 눈에 그 모습들이 얼마나 실망스러울지 짐작이 간다.

돈이 많고 권력이 있어야 대접 받는 요즘 사회에서는 더불어 살아가는데 필요한 기본질서마저 무시되기 일쑤다. 절실한 도움이 필요한 이들을 상대로 사기행각을 벌이는 사람들을 본다. 또 본이 되어야 할 위치에 있는 분들의 울분이 솟게 하는 파렴치한 행위들이 청소년들의 눈에 어떤 모습으로 비춰질지……

요즘은 성폭행 문제, 학교폭력 문제들로 미성년 자녀를 둔 부모들을 불안에 떨게 한다. 성폭행 문제는 어른들이 더 문제가 된다고 치더라도 학교폭력은 아이들만의 잘못일까? 아이들의 잘못을 당당하게 지적하고 가르칠 수 있는 자격이 과연 어른들에게는 있는 것일까. 어쩌면 어른들이 지금까지 잘못된 행동들의 시범을 보여 오지 않았나 하는 자괴감마저 든다. 오늘의 청소년문제로부터 자유스러운 어른들은 얼마나 될까? 나 또한 자유스럽다고 자신 있게 말할 수 없을 것 같다.

요즘은 생활공간마다 대부분 CCTV가 설치되어 있어 개개인의 움직임이 촬영되고 저장된다. 그렇다면 움직이는 수백 수천 대의 CCTV 같은 아이들의 눈망울 속에는 어른들의 어떤 모습들이 찍혔을까. 별 생각 없이 한 시시한 말과 행동들도 그 속에 찍혀 저장된다고 생각하니 등골이 오싹해진다. 새삼 나이만을 내세울 게 아니라 항상 조심스럽게 행동해야겠구나 싶다.

그 학생이 생각하는 '시시하지 않은 어른'의 기준을 무어라고 정의를 내릴 수 있을까. 시시하지 않으면 멋있는 게 아닌가. 사전에는 '멋있다'를 '격에 맞고 운치가 있어 마음에 썩 들게 훌륭하다.'로 되어 있다.

청소년들이 시시한 어른들의 모습을 보고 실망했다면 '멋있는 어른'들을 많이 알게 하고 만날 수 있게 하면 되지 않겠는가.

초등학교에서 배운 아프리카의 '슈바이처' 박사님은 얼마나 '멋있는 어른'인가. 그 멋진 슈바이처 박사님 못지않은 우리나라 '슈바이처'들을 알고 있는 청소년들은 과연 얼마나 될까?

이미 고인이 되신 장기려 박사님, 이종욱 세계보건기구 사무총장님, 요셉병원의 선우경식 원장님, '울지마 톤즈'의 이태석 신부님은 그 이름 앞에 이미 '슈바이처'라는 대명사가 붙은 분들이다. 그 밖에도 수많은 '슈바이처'들이 오늘도 가난한 나라에서 의료봉사를 하고 있다. 한 분 한 분들의 이야기는 늘 우리 마음을 뜨겁게 달구는 너무나 '멋있는 어른'들이다. 이 분들을 '멋있는 분'들이라 한다면 보통 사람들이 '멋있는 어른'이 된다는 것은 그리도 어려운 일일까? 그렇지는 않을 것이다.

'멋있다'는 격에 맞고 운치가 있어 훌륭하다고 했다. 부모는 부모의 격에, 선생님은 선생님의 격에, 정치인은 정치인의 격에, 모든 어른들이 자신의 삶을 격에 맞춰 운치 있게 산다면 모두 '멋있는 어른'이 되는 것 아니겠는가. 조금만 귀 기울이면 우리 주변에는 나라 안팎에서 아름다운 삶을 실천하고 계시는 '멋있는 어른들'의 많은 이야기를 들을 수 있다.

TV에서는 오늘도 학교폭력근절의 방안에 대한 이야기가 계속되고, 많은 대안들이 접수되고 있다. 더 늦기 전에 '멋있는 어른 되기' 운동이라도 벌려보면 어떠냐고, 대안을 제시해 보고 싶다. 부정부패, 성폭행, 폭력과의 전쟁 같은 선포보다는 훨씬 많은 사람들의 공감을 이끌어 낼 수도 있지 않을까.

'시시하지 않은 어른이 되겠다.'고 TV에서 공언하는 학생에게, 어른들이 앞장서서 시시하지 않은 모습을 보인다면 총명한 우리 아이들은 스스로 학생의 격을 찾아갈 것이다. 그렇게만 된다면 그리 많은 시간을 소요하지 않고도 우리가 바라는 건강한 사회로 회복되리라는 희망을 꿈꾸어 본다. 이 세상의 모든 어른들이 언제나 정정당당하고 부끄럽지 않는 모습으로 CCTV 같은 아이들의 시선 속에 저장되었으면 좋겠다는 바람을 가져본다.

산다는 것은

해거름의 '아름다운 해넘이'가 되고 싶다는 욕심은 꼭
품어 보고 싶으며, 그 바람만은 쉽게 포기하고 싶지 않다.

고달픈 삶으로 힘들어 할 때 친구나 이웃들의 격려
한 마디, 부모와 선생님의 애정어린 한 마디가 나를 방황
의 늪에서 헤어 나올 수 있도록 힘을 실어준 훌륭한
추임새였음을 지금 와서야 깨닫는다.

가장 아름다운 태양의 모습

"지금 나는 온 천리를 신비로운 붉은 빛으로 물들이는 석양의 노을처럼 가장 아름다운 태양이고 싶다."

데뷔 50주년 기념, 전국 투어 공연을 준비 중인 가수 패티김의 기자 회견장 무대 뒤에 걸었던 현수막 내용이다. 신문을 읽다가 이 기사가 얼른 눈에 띄었다.

'가장 아름다운 석양의 모습'은 오래 전부터 나를 설레게 하는 풍경이었다. 노래 인생 50년의 기념공연을 앞두고 주저없이 만인 앞에 '지는 해 중 가장 아름다운 태양'이고 싶다는 자신의 속내를 드러내는 걸 보면 그만큼 본인의 지난 삶에 자신이 있다는 것이리라. 언젠가 TV에서 누구보다 자신을 사랑하고 자신에게 결코 함부로 대하지 않았었다고 이야기하는 걸 본 적이 있다. 아름다운 해넘이의 모습을 한 번이라도 본 사람이라면 패티김이 아닌 누구라도 이런 욕심을 부려보지 않을까.

아침부터 저녁까지 사람들이 활동하는 시간 내내 중천에 떠 있는 해님이 아름답다고 말하는 이들을 별로 본 적이 없는 것 같다. 쏟아내는 그 눈부심 때문에 쳐다볼 생각은커녕 오히려 모자나 양산을 쓰는 등 햇살을 피하려고 전전긍긍한다. 그러나 새해 첫날의 해돋이나 한 해를 보내는 마지막 날 해넘이가 아름답다는 곳에는 어김없이 많은 사람들이 북적된다. 사진작가들 역시 아름다운 그 순간들을 놓치지 않으려고 잠을 설쳐가며 조바심하는 모습들을 볼 수 있다. 그때까지만 해도 나는 사람들이 그 순간을 보기 위해 왜 그리 안달을 하는지 별 관심이 없었다. 그러나 어느 날 해거름에 글벗들과 함께 산등성이 뒤로 숨어들던 그 빨간 해님을 만난 후로 나는 단번에 석양의 포로가 되고 말았다.

서산에 뉘엿거리는 해, 색색으로 곱게 물들어 가는 가을의 낙엽, 언제부터인가 시작되는 시점보다는 기울어가는 끝머리 상황에 더 애잔한 정이 가는 것은, 나의 삶이 생의 끝점으로 향하여 가고 있음에 무게가 느껴지기 때문일까. 그날 이후부터 해넘이에 대한 생각으

풀꽃 아주 작은

199

로 머릿속이 가득해지기 시작했다. 지는 해가 아름다웠던 날은 아침의 해돋이도 아름다울까. 해넘이가 아름다운 곳에서 한 달, 아니면 단 일주일이라도 지켜보고 싶다. 그 생생한 모습들을 그대로 써 보고 싶다. 이런 생각들로 어느 사이 나에겐 해거름이 되면 일을 하다가도 다급하게 서쪽 하늘을 바라보는 버릇 하나가 더 늘었다. 이따금 깜짝 이벤트로 날 놀라게 하는 모습을 놓칠세라 안절부절할 때가 많지만, 몇 번 만났던 그 황홀한 순간들은 처음 사랑이라는 말에 눈떴을 때처럼 늘 내 마음을 울렁이게 한다.

유치원생에게 "해는 무슨 색이게?" 하고 물으면

"빨강색이예요."하고 서슴없이 대답한다. 어느 날 아침 손녀와 함께 유치원에 가는데 노란 해가 떠 있었다.

"지윤아, 해님이 무슨 색이야."

"할머니! 할머니! 해님이 노랑색이예요. 왜 그래요?"

"글쎄, 해님이 노랑 물감으로 세수를 했나."

아이에게 어벌쩡한 대답을 하고 나서 보니 하늘에 옅은 구름이 끼었던 듯하다. 아이들 뿐 아니라 어른들도 해는 빨갛다고 쉽게 대답하지만 아침의 해나, 한낮의 해나, 해거름의 지는 해까지 조금만 관심을 가지고 본다면 그렇게 쉽게 대답하지는 않았으리라. 우리가 볼 수 있는 해님은 빨갛다기보다는 달처럼 하얗거나 노랗게 보일 때가 더 많은 것 같다. 빨간 해님은 한낮보다는 해거름에 더 많이 만날 수 있는데, 그중에도 해거름에 만날 수 있는 해님의 다양한 변신들은 자연의 신비에 대해 함부로 말할 수 없게 한다. 하늘과 바다가 온통 붉은 노을로 채색된 채 해님은 하얀 공이 되거나, 더러는 노란 공이 되어, 산등성이 뒤로 뉘엿뉘엿 지기도 하고, 금빛 노을의 배웅을 받으며 수평선 너머로 빠져들기도 한다. 어떤 날은 불타는 노을 속에 노랑, 빨강 색동공이 되기도 하고, 금빛 테를 둘러 치장하기도 한다.

이렇듯 한낮의 해님과 달리 여러 모양의 해넘이들은 우리를 황홀한 몽환 속에 빠뜨리면서 그들의 모습을 숨김없이 보여 주는 게 늘 고맙다. 때로는 거의 마지막 순간까지 눈부신 햇살 때문에 몸체를 볼 수 없는 경우가 있는가 하면 짓궂은 구름들의 방해로 마지막 모습을 보지 못하는 날도 적지 않다. 이런 여러 모양의 해넘이 중에도 잊히지 않는 특별한 해넘이가 있다. 노을빛도 없이 맑은 하늘에 햇발을 좌우사방으로 쭉쭉 뻗히며 나아가는 해님이 등장한다. 그 해님은 조금씩 하강하다가 마지막 순간 햇발을 거두며 주변하늘에 빨간 노을을 활짝 펼치는 멋쟁이다. 이 눈부신 광경을 보면서 환호하지 않을 사람이 과연 얼마나 될까.

해넘이의 다양한 모습과 세상을 떠나는 사람들의 모습이 많이 닮아 보인다는 생각에 신문의 부고란을 눈여겨보게 되었다. 신문에 부음이 보도될 정도라면 보통 사람들과는 다른 삶을 살지 않았을까 싶어서다. 지는 해님의 모습들만큼이나 사람들의 마지막 모습도 참 다양하다. 연세가 많아서, 혹은 지병으로, 또는 뜻하지 않는 사고나 돌연사 등. 근래 유독 연만하신 애국지사들의 부음이 많이 눈에 띈다. 하기야 해방둥이인 내가 70대 중반을 넘어섰으니, 신문에서 애국지사들의 부음을 볼 수 있는 날도 그리 오래가지는 않을 듯싶다. 지난 한 해 동안에도 격변의 현대사에 뚜렷한 족적을 남기신 어르신들의 부음이 참 많았다. 부음소식을 접한 사람들이 그분들의 알려지지 않았던 생전의 모습과 남기신 공적들을 되새기며 애달파 하는 걸 보았다. 그런가 하면 외국의 어느 지도자는 국민들이 오히려 그의 사망을 축하하고 장례식에서조차 고인에게 저주를 퍼붓는 모습이 소개되기도 했다. 많은 애도 속에 떠나는 고인이 붉게 물든 노을 속으로 우리 마음에 또렷하게 각인되는 해넘이라면, 외국 지도자의 마지막 모습은 먹구름이 잔뜩 끼어 한줄기 햇빛조차 볼 수 없는 암울한 해거름의 풍경이 아닐까.

이렇게 많은 해넘이 중에 가끔 우리들의 심금을 울리는 부음이 있다.

'영등포 슈바이처 하늘로 왕진 가다.'라고 소개됐던 무료 자선병원 '요셉의원' 선우경식 원장님이 계신다. 대부분의 사람들이 가지고 싶어 아등바등 가지려하는 부와 영예를 멀리하고, 평생을 가난하고 어려운 이웃들의 친구로, 그들의 울타리가 되어 살다 가신 분이다.

또 사후에도 '한국의 슈바이처'로 많은 사람들에게 끊임없는 추앙을 받으시는 장기려 박사님. 두 분의 삶은 참 많이 닮은 것 같다. 어렵고 힘들 때 곁에 있어 위로가 되어 줄 가족마저 포기한 채 살신성인의 모습으로 살아오신 두 분. 이분들의 삶이야말로 마지막까지 눈부신 햇살에 감싸여지는 해넘이이거나 사방으로 햇발을 발산하던 그 황홀한 해넘이가 아닐까.

어렵고 힘든 이들을 위해 물질이나 시간을 흡족하게 나누어 본 일도 별로 없이 남도 아닌 자신의 손주들을 돌보면서도 때때로 "내 인생은 어디에 있느냐?"고 투정하는 나 자신이 퍽 부끄럽다. 그렇지만 나도 패티김 같은 욕심을 부려 보고 싶다. 지금까지 '가장'이나 '최고'라는 수식어가 붙은 것을 내 것이라고 생각은 못했지만, 마지막 모습이 '가장 아름다운 태양이고 싶다'는 욕심은 부려보고 싶다. 하지만 그 욕심이 내게는 행여 '언어도단'이거나 '언감생심'이지는 않을까. 설사 그렇더라도 해거름의 '아름다운 해넘이'가 되고 싶다는 욕심은 꼭 품어 보고 싶으며, 그 바람만은 쉽게 포기하고 싶지 않다.

과장법의 대가 大家

매월 셋째 주 화요일, 상록도서관에서는 우송교수님의 재능기부로 〈고문진보〉 강의가 있다. 나는 이 시간이 기다려진다. 되도록 참석하려고 하기에 달력에 빨간 동그라미를 그려 놓았다. 그런데 코로나로 인하여 동그라미를 치지 못해서 안타깝다.

손수 원고로 준비한 자료들을 복사해 나눠주시며 뭔가 하나라도 더 들려주려는 모습에 회원들은 항상 감사할 따름이다. 거기에 슬쩍 슬쩍 곁들여지는 교수님 자신의 삶과 주위의 이야기들은 이 시간이 아니면 들을 수 없는 참으로 귀한 보석과 같은 말씀이다.

사실 떠듬거리며 읽을 수 있는 생활한자 정도가 내 수준이고 보면 〈고문진보〉는 너무 어려운 강의내용이다. 하지만 하나하나 자세하

게 풀어주시기에 어렴풋하게나마 글의 뜻을 깨우칠 수 있는 기회가
된다.

그 중 평소 건성으로 들었던 도연명의 〈귀거래사〉 강의는 참으로
유익했다. 이제 누가 〈귀거래사〉 이야기를 하면 작가는 누구인지,
왜 그 글을 썼는지 정도는 이야기해 줄 만하니 나에겐 큰 발전이 아
니겠는가. 매회 다 참석하지는 못했지만, 그래도 참석할 때마다 새
로운 공부를 할 수 있어서 참 좋았다.

내가 들었던 강의 중에 이백(李白)의 시편이 있었다. 그 중 '추포
가'를 설명해 주시던 교수님 말씀은 지금 생각해도 웃음이 나온다.

秋浦歌(추포가)

白髮三千丈(백발삼천장) 길고 길어 삼천 장 흰 머리칼은

緣愁似箇長(연수사개장) 근심으로 올올이 길어졌구나.

不知明鏡裏(부지명경리) 알 수 없네. 거울 속 저 늙은이

何處得秋霜(하처득추상) 어디에서 가을 서리 얻어왔는지.

교수님은 첫 행의 '백발삼천장(白髮三千丈)'을 이야기하시면서 아
마 이백이 과장법의 원조일 거라고 하셨다. 백발과 삼천이라는 말은
별 문제가 되지 않는데 맨 끝의 장(丈)은 어른의 키 한 길을 말한다고

하셨다. 어른의 키를 대략 1m 70㎝로 잡는데, 삼천 장은 삼천 명의 길을 합한 것이니 그 길이가 도대체 얼마나 될까? 한 번 계산해 보았다. 끝의 70㎝는 떼버리고 1m만 합해도 3,000m이다. 길가의 전봇대 한 구간이 50m이다. 그러면 전봇대 60개가 늘어선 길이가 머리칼의 길이이다. 이 역시 시가 주는 묘미가 아닐까? 그런데 그 긴 머리카락을 가지고 길을 걷는다면 어떤 모습일까.

교수님께서 이백은 뺑쟁이 중의 뺑쟁이라고 할 수 있다는 말에 모두들 웃었는데, 하지만 다음 행의 설명을 들을 때는 모두가 숙연해질 수밖에 없었다. 그 흰 머리카락 올올이 근심으로 그렇게 길어졌다고 시인은 말한다. 살아서는 천재 시인이요, 죽은 후에는 시선이라 불렸다는 그에게 무슨 근심이 그토록 많았을까.

문득 이백이 어떤 사람 인 줄도 모르고 불렀던 어린 시절의 노래가 생각난다.

♩ ♪ 달아달아 밝은 달아 이태백이 놀던 달아
저기저기 저 달 속에 계수나무 박혔으니
은도끼로 찍어내고 금도끼로 다듬어서
양친부모 모셔다가 천 년 만 년 살고지고
천 년 만 년 살고지고. ♫ ♫

이 노랫말대로라면 이태백은 세상의 근심과는 거리가 먼 사람이지 않은가. 계수나무가 있는 달나라에서 술잔을 기울이며 시를 짓는 시인에게 근심이란 어울리지 않는 듯하다. 달과 노는 시인의 모습이 얼마나 좋아 보였으면, 그 곳에 있는 계수나무를 찍어내 집을 짓고, 양친부모 모셔다 천 년 만 년 살고 싶다고 노래했겠는가.

그런 시인이 근심으로 인해 자란 백발이 삼천 장이나 될 만큼 길게 느껴지고, 언제 그렇게 되었는지도 알 수 없다고 하니, 뭔가 사연이 있겠지 싶어 검색해 보았다.

이백은 701년 출생하여 762년 사망하였다. 이백은 젊은 날 입신출세의 큰 뜻을 펼치고자 부모 곁을 떠나, 당나라의 수도 장안으로 떠났다. 현종 때 장안에서 활약하였지만 자신의 큰 뜻에는 미치지 못했다. 게다가 정치적 회오리에 휘말려 귀양을 가게 되었다. 다행히 유배를 가는 도중 사면을 받아 안휘성의 의성에 있는 추포(秋浦)에서 지내게 되었다.

한때는 정치적 활약을 인생 최고의 목표로 삼았지만 그 뜻을 이루지 못하고 나그네로 살아가는 자신의 모습에 실망하며 힘들어하던 모습이 시 속에 고스란히 담겨있는 듯하다.

사람이 살다 보면 어찌 자기의 뜻을 다 이루며 살 것인가. 도저히 이루어 질 수 없는 뜻이라면 포기하거나 체념할 수도 있다. 하지만 이백에게는 그게 힘들었나보다.

'추포가'는 추포에 살면서 쓴 시 17편 중의 한 편인데, 이백의 힘들었던 마음을 가장 절실하게 담아낸 시가 아닐까 싶다.

두보와 함께 중국 최고의 고전시인으로 뽑히는 이백이 남긴 시는 1,000여편이 된다. 방랑 생활을 하며 자연을 소재로 한 시들을 많이 남겼으며, 여행, 이별, 음주, 달빛, 신선들을 주로 노래했다. 두보 시인은 경애하는 선배 시인을 "이백은 술을 마시면 시상이 샘물처럼 솟아올랐고, 늘 장안의 저잣거리 술집에서 취해있었다."고 이야기했다. 또 그 당시 원로시인 하지장(賀知章)은 "천상에서 추방당한 신선"이라 평했다.

시대를 뛰어넘어 많은 사람들의 사랑을 받는 시인의 삶을 좁은 소견으로 뭐라 이야기할 수는 없다. 하지만 시인은 죽는 순간까지도 젊은 시절의 한을 아주 떨쳐버리지 못했던 것은 아니었을까. 조심스럽게 생각해 본다.

우송선생님의 〈고문진보〉가 계속된다면 되도록 꼭 참석하려 한다. 어서 빨리 코로나가 종식되기를 바랄 뿐이다.

그 말 한 마디

KBS 1TV 〈아침마당〉의 목요 특강 시간이다. '사람을 살리는 말씨'라는 제목이 눈길을 끈다. 해야 할 일들을 제쳐두고 TV 앞에 앉았다.

강사는 평창 성 필립보 생태 마을 관장인 황창연 신부님이다.

말에는 등급이 있는 말씀, 말씨, 말투가 있는데, 말씀은 하시고, 말씨는 뿌리고, 말투는 던지는 것이라 한다. 말을 그냥 듣기 좋은 말이거나 듣기 싫은 말로 생각은 했지만 등급을 매겨 생각해 본 적은 없었는데, 나는 지금 어떤 등급의 말을 하며 살고 있을까? 생각해 본다.

말이 갖는 중요성에 대한 강의여서 공감이 되는 이야기들이 많았다. 한 마디 말의 영향력이 얼마나 놀라운가를 새삼 느끼게 하는 시간이다.

신부님은 그 첫 번째 사례로 강도치사 사건으로 수감 중 탈옥했지만 907일 만에 검거되어 수감생활을 하고 있는 신창원의 이야기를 했다. 이해인 수녀님과 많은 편지를 주고받았는데, 그 고백 중에 초등학교 5학년 때 "육성회비도 못 내는 놈이 학교는 무슨 학교냐?"라는 담임선생님 말을 듣는 순간부터 자기 마음에 악마가 자라났다고 고백했다 한다.

또 다른 사례는 5년 전 신부님이 뉴욕에서 강의를 하실 때 이야기다. 강의가 끝나고 CD와 책 사인을 거의 마칠 무렵 앞쪽에 앉아 있던 예쁜 아가씨가 다짜고짜 달려와 "신부님."하고 안겼다. 당황해서 누구냐고 물었더니 "저를 모르시겠어요."하더란다.

아가씨는 신부님이 철산성당 보좌신부로 계실 때, 초등학교 2학년 주일학생이었다. 신부님이 마당에서 놀고 있는 학생을 보고 "너는 여자애가 예쁘기도 하고 말도 잘하고 씩씩해서 이 다음에 보통사람은 아니고 똑똑한 변호사가 되겠다."라고 하셨다. 그후 아가씨 가족이 미국으로 이민을 갔는데, 부모님의 불행으로 오빠는 방황했지만, 자신은 신부님의 말씀이 늘 귀에 울림이 되어 열심히 공부해서 현재는 맨해튼에서 변호사로 활동하고 있다는 이야기였다.

3년 전 신부님이 LA에 가셨을 때 "신부님, 감사합니다."하고 인사하는 잘생긴 청년이 있었다. 이 청년은 신부님이 평택성당 신부님으로 계시던 때 초등학교 5학년이었다. 성당 마당에서 놀고 있을 때 신부님께서 "네 손은 손가락이 가늘고 섬세해서 이 다음에 죽어가는 사람을 살리는 수술외과의사가 되어 많은 사람들을 살릴 손이야."하셨단다. 그후로 자기의 손가락을 볼 때마다 신부님 말씀을 기억하고 열심히 공부해서 지금은 뉴욕에서 유명한 병원의 수술외과 집도의가 되었다고 하는 이야기.

본인들은 기억조차 못하고 있는 신창원 담임선생이나 황신부님이 하신 그 한 마디 말이 씨가 되어, 이렇게 극과 극의 결과를 가져오는 것을 보면 말은 정말 조심하고 또 조심해야겠다는 생각이다. 더욱 무서운 것은 그 한 마디의 말을 하는 사람이 앞에 말한 사례자에게만 그렇게 했을까 하는 것이다. 항상 축복의 말을 하는 사람은 이 사람들 말고도 많은 사람들에게 똑같이 축복의 말을 해서 희망과 행복을 안겨주었을 것이다. 하지만 부정적인 사람이 던지는 말은 사람들에게 어떤 상처들을 주었을까 생각하면 두려워진다.

이렇게 내 주위의 누구에겐가 들은 한 마디의 말이 한 사람을 헤아릴 수 없는 깊은 나락으로 떨어뜨리는가 하면, 어떤 사람에게는 삶의 목표가 되어 어렵고 힘든 상황도 거뜬히 이겨내고 큰 꿈을 이루게 하는 활력소가 되는 것을 본다.

신부님의 사례가 아니더라도 부모님, 이웃 어른이나 선생님, 친구들의 한 마디가 듣는 이의 마음에 감동을 준다면 그 사람이 생각지도 못했던 전혀 다른 삶을 살게 된다는 것을 잊어서는 안 될 것 같다.

그런데 뉴스를 듣다 보면 말 한 마디가 불씨가 되어 폭행사건이 일어나고, 살인사건이라는 끔찍한 상황에 이르기도 하는 것을 본다. 요즘 사람들의 마음이 그만큼 강팍해지고 다른 사람들의 말에 너무 부정적인 시선으로 반응하는 게 아닌가 싶다. 어떤 사건의 발단은 잘못된 행동을 지적하는 데서 시작되는 경우가 많다. 그 당시의 잘못을 지적하는 사람의 말투나 말씨가 그런 결과를 불러오지는 않았을까. 어떤 잘못을 지적하는 사람은 이미 그 기분이 격앙된 상태이니 좋은 말투가 아닐 테고, 지적 받은 사람은 그런저런 소양이 갖추어진 사람이 아니기에 부딪히면 당연히 좋은 결과를 기대할 상황은 아니리라. 아무래도 지적하려는 쪽에서 여유를 가져야 하지 않을까. 상대가 하는 일이 잘못이라는 걸 아는 사람이니, 그 상대가 지적을 받고도 기분 나쁘지 않을 부드러운 말투나 말씨를 사용해서 이야기한다면 좋은 마무리가 되지 않을까 싶다.

내가 살면서 실천하려고 애쓰는 게 있다. 어떤 상대의 잘못을 이야기해 줘야 할 경우나, 아이들의 잘못을 꾸중할 때, 내가 하는 말에 대한 반응이 메아리가 되어 돌아오지 않게 하는 것이다. 바르게 가르치려고 하는 것이지만 꾸중을 듣고 '아야!' 하는 아픔이 메아리가 되어 돌아온다면, 그 마음에는 이미 상처가 남는 것이기 때문이다. 그 가르침이 상대방에게 아픈 상처를 남기지 않고 조용히 이슬비처럼 스며들기만 할 정도여야 한다고 생각하는 편이다. 당장 잘못을 인정하는 대답을 들을 수 없더라도 스스로 인정하고 반성할 수 있도록 운만 띄워 준다면, 생채기가 난 후에 상처가 다 아물고 원점으로 돌아오는 속도보다 훨씬 더 회복이 빠르다고 믿기 때문이다.

오늘 강의를 듣다 보니, 문득 열 여덟 살 즈음 말에 대하여 특별한 의식을 심어준 친구 생각이 난다. 친구와 함께 마을길을 가는데 사내아이들이 서로 욕지거리를 하며 싸우고 있었다. 친구가 싸우는 아이들에게 성큼성큼 다가가더니 "이 녀석들 싸우면 안 돼! 친구들과 사이좋게 지내야지. 그리고 욕을 하려면 "에끼, 부자 될 놈! 에끼, 장로 될 놈! 이렇게 욕 해. 알았지?"하며 싸움을 말리지 않는가. 아이들은 친구의 말을 조용히 듣고 있었다. 평소 다소곳하고 얌전하기만 하던 친구가 아이들을 타이르는 모습을 보고 크게 감동을 받지 않을 수 없었다.

그후로 말을 할 때 상대방에게 상처를 주는 말보다는 위로가 되고 격려가 되는 축복의 말을 하는 게 좋겠다는 생각을 하게 된 듯하다. 그리고 남편과 아이들에게도 입에서 한 번 나 온 말은 씨앗과 같으니, 저주하는 막말은 하지 말라고 신신당부한다. 차마 입에 담기조차 거북한 말을 거침없이 하는 사람을 보면 온몸에 소름이 돋고 금방이라도 그 말 대로 될 것 같아 두려워질 때가 있다. 그래서 말을 생각해가면서 할 수 있도록 깨우침을 준 그 친구가 정말 고맙다. 하지만 지금까지 살면서 고의는 아니더라도 누군가에게 상처가 되는 말을 한 마디도 안 했노라고 장담하지는 못할 것 같다. 행여 그런 일이 있었다면 진심으로 용서를 빌고 싶다.

나에게 귀한 축복의 그 한 마디 말씨를 분양해 준 친구는 결혼도 않고, 시골 작은 교회의 전도사로 시무하다가 은퇴하여 지금은 교회 근처 마을에서 홀로 살고 있다. 그가 뿌린 축복의 말씨들은 아마 세상 곳곳에서 열 배, 삼십 배, 백배의 많은 싹을 틔우고, 또 다른 이들에게 축복의 말씨를 분양하고 있으리라 믿는다. 자주 만나지는 못하지만 아주 오랜만에 만나도 그를 보면 50여 년 전 그때 아이들을 타이르던 모습이 생각나 흐뭇해진다.

친구야! 고맙다. 그때의 네 모습을 만날 수 없었다면, 나 또한 기분 내키는 대로 험한 말들을 얼마나 많이 쏟아냈을지 알 수 없지. 내 삶에서 자네 같은 좋은 친구와 인연을 맺을 수 있었다는 게 얼마나 큰 행운이었는지 감사할 따름이야. 앞으로 남은 삶 동안 될 수 있으면 아름다운 말, 다른 사람들에게 기쁨이 되고 희망을 줄 수 있는 행복한 말의 씨앗들을 많이 파종하도록 더 노력하세. 나이 든 우리들이 암울한 이 사회의 분위기를 밝히는 데 조그마한 도움이라도 될 수 있다면 좋은 말씀을 하는 할머니로 앞장서야 하지 않겠나.

아자! 아자!

그분의 생각

빛고을노인건강타운 문학반에서 강의를 서둘러 끝낸 강사와 수강자들이 '헌법재판소의 탄핵심판선고' 중계방송에 집중하고 있다. 평소에는 강의 중에 더러 자기들끼리 이야기를 나누는 이들도 있었지만 이 순간은 모두들 숨을 죽이고 있다.

11시가 되자 이정미 재판관이 재판 진행 경과 설명을 하고, 드디어 '박근혜대통령 탄핵심판' 선고가 시작되었다.

한 마디 한 마디씩 정확하게 판결문을 낭독하는 이정미 재판관의 표정은 근엄했지만 누구라도 쉽게 이해할 수 있는 판결문 내용이었다.

'대통령의 최서원에 대한 국정 개입 허용과 권한 남용'

'기업의 재산권 침해와 기업경영의 자유 방해'

'직무상 비밀에 해당하는 많은 문건이 최서원에게 유출된 점은 국가비밀 엄수 위반'

'최서원의 사익 추구에 개입'

국정농단의 문제가 불거지면서 눈만 뜨면 보고 들어야 했던 사실들이 오늘 판결문을 통해 확인되면서 뭐라 할 말이 없다. 넘쳐나는 제보들이 그저 소문이지 않을까, 물론 그중에는 얼토당토않은 말들도 있었지만 대통령으로서 하지 않았어야 할 일들을 이렇게 스스럼없이 했었다고 생각하니 참으로 어처구니가 없다.

11시 21분이 되자 이정미 재판관의

"주문, 피청구인 대통령 박근혜를 탄핵한다."

숨죽이고 있던 사람들이 모두 "와아!" 환호를 하며 박수를 친다.

대통령이라도 잘못이 있으면 잘못했다고 해야 하는데, 헌재에서 과연 그렇게 할 수 있을까. 사실 대통령 탄핵이 인용 될 것인지 기각될 것인지 반신반의하는 사람들도 많았다. 하지만 결과는 탄핵 인용이다.

이정미 재판관은 탄핵을 판결한 맨 나중 이유 중에 그동안 피청구인이 검찰과 특검의 소환에 불응하는 등 헌법 수호 의지가 없고 법

위배행위가 헌법질서에 미치는 부정적 영향과 파급효과가 중대하므로 피청구인을 파면함으로써 얻는 헌법 수호이익이 압도적으로 크기 때문이라고 했다.

법을 잘 모르는 국민들은 교통신호법규만 어겨도 벌금을 내고, 음주운전에도 운전면허가 취소된다. 왜 그럴까? 그들이 다음에도 같은 행위를 해서 다른 사람에게 해를 끼칠 수 있기 때문 아니겠는가. 하물며 우리나라 대통령은 5천만 국민을 대표하는 사람이다.

'나라와 결혼한 사람'

'국민 행복'

'희망의 새 시대'를 열겠다고 약속했던 대통령의 탄핵으로 지금 이 나라는 '잘된 일이다', '잘못 되었다' 편 가르기의 대혼란에 빠져 있다. 앞으로 이 상황들이 어떻게 마무리 될 것인지 국민의 한 사람으로 심히 답답한 심정이다.

며칠 전, 음식물쓰레기를 버리러 갔다가 열심히 주위를 쓸고 있는 경비원 아저씨를 보았다.

"아저씨, 쉬엄쉬엄 하세요."

"감사합니다. 이렇게 치우니 깨끗하잖아요."

"그렇긴 한데 연세도 있으신데 피곤하시지요."

"나는 움직이는 게 좋아요. 내가 건강하니 주민들을 위해 할 일이 뭐가 있을까, 생각하고 그 일을 하고 나면 행복한 마음이 들어요."

그 경비원 아저씨의 말씀에 가슴이 뭉클해 왔다. 경비원들의 보수가 넉넉한 것도 아닐 텐데 불만은커녕 주민을 위해 뭔가 해주고 싶다는 마음이 아저씨의 삶을 행복하게 하는구나 싶다. 나를 잘 아는 분도 아니고, 특별히 잘 보여야 할 필요도 없는 사람에게 듣기 좋으라고 한 이야기는 아니라고 생각한다.

평소에 볼 수 있는 아저씨의 행동이 그대로 말해 준다. 위에서 내려다보면 아저씨는 늘 비를 들고 쓸고 계신다. 음식물수거통도 항상 깨끗하고 내용물도 넘쳐난 적이 없었다. 대개 명절 때가 되면 통에 음식물이 넘쳐나고 그러다 보면 주위가 지저분하고 악취가 풍기기 마련인데 아직까지 그런 적이 없었다. 마지 못해 하는 일이라면 그렇게 하지 못할 것이다. 그 아저씨는 뭔가 남을 즐겁고 편하게 하고 싶은 마음이 있기 때문에 궂은일도 힘들어하지 않고 하시리라 본다.

오늘 탄핵 되는 박근혜 전 대통령을 보면서 경비원 아저씨 생각을 했다. 선호하는 일이라고는 할 수 없는, 힘든 일을 하는 경비원 아저씨와 오천만 국민을 대표하는 대통령의 태도다. 국민을 행복하게 하는 일이 뭘까를 진심으로 고민해 본 적이 있는 대통령이라면 오늘 같은 일은 없지 않았을까? 국민 거의가 잘못했다고 해도 잘못을 인정

할 줄 모르는 대통령을 보면서 4년 전 이 나라가 정말 큰 잘못을 저질렀다는 생각이 든다. 지금이라도 잘못을 인정하고 국민에게 고개를 숙인다면 정 많은 이 민족은 그래도 모진 마음을 갖지는 않을 텐데……

탄핵 선고가 끝나자 이제는 다음 대통령을 선출하는 문제로 야단들이다. 이번에는 어떤 후보를 뽑아야 국민들이 정말 후회하지 않는 대통령을 선출 할 수 있을까? 나라와 국민을 위하겠다는 후보 시절의 공약보다는 당선 된 후에 그 공약을 지키려고 애쓰는 후보가 나왔으면 좋겠다.

열심히 노력해도 살기 어렵다는 이 시대의 젊은이들에게 희망을 주고 이 나라 국민으로 사는 것이 자랑스러운 나라로 이끌 수 있는 후보가 나타나, 주저 없이 한 표를 던질 수 있었으면 하는 간절한 마음이다.

풀꽃 아주 작은

219

기어드는 햇살 사이로

밝은 햇살이 유리창을 뚫고 조금씩 거실 바닥으로 기어든다.

"땀이 기어와요."

무더운 여름날 햇볕이 거실 안으로 조금씩 들어오는 것을 보고 네 살짜리 둘째손녀가 한 말이다. 말이 재미있어서 둘째를 보면 그때 이야기를 하곤 한다.

"할머니, 백 번째예요."

요즘도 그 이야기를 하면 녀석은 할미 입을 막으며 쑥스러워한다.

그때처럼 기어드는 햇살 사이로 깨알 만한 까만 점이 눈에 띈다. 다가가 보니 까만 실 보푸라기다. 순간 참 희한하다는 생각이 들었다. 불과 두 달 전만 해도 눈여겨보지도 신경 쓰지도 않았을 아주 작은 티끌이다. 그런데 왜 오늘은 저리 작은 티끌이 내 눈에 들어올까. 순간 '아, 그래 그런 거로구나.'하는 어떤 생각이 머리를 스친다.

그러니까 두 달 전까지 우리는 재개발사업이 확정된, 작은 아파트에서 살았다. 손녀들 돌보미를 끝내고 귀향하면서 정착할 거처를 마련할 동안 잠시 머문다는 게 만 2년을 살았다.

조성된 기간이 오래되어 큰 나무들도 많고, 교통이나 주변에 편리한 생활시설들이 많아 불편함이 없었다. 유난히 벚나무들이 많아 봄이 되면 벚꽃 터널 속에 사는 행복도 누렸다. 우리는 3층에 살았는데 앞 베란다에 서면 마치 숲속 별장에 온 느낌이 들었다. 7월이 되면 시작되는 매미들의 음악제, 아침저녁으로 지저귀는 새소리들. 매미 소리가 들리지 않는다 싶으면, 나무들이 갖가지 색으로 물들어 가고 있다. 밤이면 들려오는 귀뚜라미들의 울음소리가 어릴 적 고향의 가을 정취를 느끼게 하던 곳이었다.

하지만 그렇게 좋은 것들이 있었는가 하면 오래된 건물이라서 불편한 점도 많았다. 수납공간이 부족해 여기저기 물건들을 쌓아놓다 보니 다 버리라는 남편의 잔소리를 들어야 했다. 거기에 예고도 없이 출몰하는 벌레들, 구석구석에 숨어있는 먼지나 여기저기 눈에 띄는 옅은 얼룩들은 모른 척하기 일쑤다. 그러다 마지못해 일 주일에 한 번쯤 전체 청소를 하고 거실과 안방만 대강대강 치우며 살았다.

우리는 지금 새 아파트는 아니지만 도배도 장판도 새 것으로 바꾼 집으로 이사를 했다. 여기저기 수납공간도 잘 마련되어 있다. 전에 살던 집보다 작은 평수이지만 물건들을 다 정리할 수 있고 청소도 편하게 할 수 있다. 날마다 청소기를 돌리는데 부담이 없으니 구석에 먼지 쌓일 일도 없다. 평소에 깨끗이 닦다 보니 조그마한 물방울만 떨어져도 눈에 띄어 닦게 되고, 오늘처럼 작은 실 보푸라기도 쉽게 눈에 띄어 곧 치우게 된다.

생각해 보면 꼭 사는 공간이 좁아서만 그랬을까. 하는 생각도 든다. 좁은 공간이라서 그랬다면 60여 평의 아파트에서 아이들과 함께 살 때는 어땠었나, 돌아보게 된다. 그곳은 너무 넓어서 온종일 치운다 해도 구석구석 다 깨끗하게 치울 수가 없었다. 손이 덜 간 구석에는 먼지도 쌓여있고 얼룩도 남아있기 일쑤다. 그렇다고 날마다 청소에만 매달릴 수는 없었다.

지금 생각하니 깨끗한 환경을 유지하려면 자신의 힘으로 관리할 수 있는 적당한 공간이어야겠다 싶어진다. 그렇다면 무리하지 않고도 그때그때 눈에 거슬리는 것들을 쉽게 치울 수 있지 않겠는가.

우리의 삶도 평소 자신이 관리할 수 있을 만큼의 영역 안에서 살아왔다면 본인의 의지대로 관리할 수 있지 않았을까. 그래서 바른 삶을 꿈꾸어 온 사람이라면 무심코 저지른 작은 잘못이라도 금방 고칠 수 있지 않았을까 싶다.

요즘 우리는 참으로 억장이 무너지는 듯한 상황을 맞고 있다. '국정농단'이라는 한 마디 말 때문에 모두들 넋을 잃은 것 같다. 어떻게 이럴 수가 있을까, 생각하면 할수록 창피하고 말문이 막힌다. 우리의 삶이 좀 더 나아지기를 바라며 정성 들여 선출한 이 나라의 최고 지도자다. 그리고 모두 기대했다. 이전의 지도자들과는 뭔가 다른 모습을 볼 수 있을 거라고…… 그런데 '국정농단'이라니. 국민들은 차라리 이 상황이 꿈이었으면 하지 않을까.

우리 세대는 참 많은 일들을 겪으며 살아왔다. 모든 삶이 엉망이 되었던 '한국전쟁'을 겪었고 '군사혁명'도 겪었다. 그리고 도저히 용서가 되지 않는 '광주민주항쟁'의 쓰라림과 '환란'이라는 안타까움도 겪었다. 그도 부족한 듯 이제 '국정농단'이라는 새 단어가 나오게 되었다. 또 한 번 정치권뿐만 아니라 온 나라가 들끓겠구나 싶다.

이런 상황들을 겪을 때마다 원인 제공자들은 물론, 조금이라도 관계되는 사람들은 모두 법정에 세우고 범죄 유무를 가린다. 하지만 법정에서 취조를 받는 사람들은 한결같이 자신들의 잘못을 인정하지 않는다. 어쩌면 그 사람들은 좁은 공간의 집에서 생활할 때의 나처럼 쌓여있는 먼지나 얼룩에 별 관심을 두지 않고 살지 않았을까. 아니면 너무 넓은 공간 안에 살다 보니 어디에 먼지나 얼룩이 있는지조차 의식하지 않고 살았을 수도 있다. 그렇다보니 자신의 삶 가운데 먼지가 어디에 있는지 얼룩이 무엇인지조차 분간 못하는 게 아닌지……

대체로 보통 사람들은 큰 욕심들 없이 산다. 터무니없는 욕심을 부린다거나 큰 행운을 바라는 사람들도 드물다. 그저 자기들이 노력한 만큼의 결과를 기대하면서 큰 어려움만 없기를 바라며 열심히 살아간다. 이런 사람들은 지금의 현실을 어떻게 받아들일까.

부디 이번 특검에서는 온 국민들의 막힌 숨구멍이 탁 트일 판결이 나오기를 기대해 본다. 또한 이번 기회를 통해 많은 사람들이 사사로운 욕심과 권력을 탐하지 않는 순수한 위정자들을 선택할 수 있는 밝은 혜안을 길렀으면 좋겠다.

자랑스러운 나의 선조,
방촌 황희

어느 날 신문에 「억장이 무너져 내린다」는 머리기사와 90°로 허리 굽힌 대통령의 사진이 보도됐다.

전 의원인 친형의 구속과 친인척 및 측근 비리와 관련한 대통령의 대국민 사과 모습이다. 친인척 및 측근 비리에 관련해서는 두 번째이고 2008년 취임이후 다섯 번째의 사과라고 한다. 문득 몇 년 전 친인척 및 측근 비리 문제로 투신이라는 극단의 방법을 선택해야 했던 노무현 대통령 생각이 난다.

변호사 시절, 군사 독재 치하에서도 양심수, 노동자들의 인권옹호와 권익신장을 위해 헌신했고, 대통령이 된 후엔 이러한 사회적 약자들도 가진 자들과 더불어 잘살 수 있는 '모두가 잘 사는 나라'를 만들어보고 싶다고 했다. 그랬던 전 대통령도 친인척, 측근 비리로 재임 중 3번이나 사과를 했고, 퇴임 후에도 또 한 차례 사과를 했다. 그런 후에도 계속해서 친인척 수뢰혐의로 검찰의 수사를 받던 중 결국 투신이라는 마지막 길을 선택해 온 국민을 슬픔에 젖게 했던 일이 아직도 생생한 기억으로 남아있다.

지금 사과문을 낭독하는 대통령은 어떤 심정일까? 본인의 재임 기간에 본인과 똑같은 상황 때문에 세상을 하직한 전 대통령의 처지가 이해가 될까? 그 당시에는 대통령 자신이 같은 처지에 서게 되리라는 생각은 아마도 하지 않았으리라. 만약에 조금이라도 그런 염려가 되어 전 대통령의 상황을 타산지석(他山之石)의 교훈으로 받아들여서 친인척과 측근 관리를 철저히 했더라면 오늘 같은 사과는 하지 않아도 되지 않았을까?

친인척과 측근의 비리 문제에 연루된 대통령이 비단 이들 뿐이었을까? 건국 이래 우리나라 열 명의 역대 대통령 중 불행스럽게도 몇 분을 제외하고는 이 문제에서 자유롭지 못했던 것을 알 수 있다.

개인과 개인 사이에서도 사과하는 일은 가벼운 마음일 수가 없다. 피할 수만 있다면 피해가고 싶어 할 것이다. 근본적으로 사과할 일을 하지 않으면 되는 것이겠지만, 살다 보면 앞의 대통령들처럼 본인의 잘못이 아니더라도 그야말로 억장이 무너지는 심정으로 사과해야 할 입장에 설 때가 있다. 오죽하면 지긋지긋하다는 말이 나오겠는가. 자신의 삶에 흠집이 없어야 다른 사람의 잘못을 다스릴 수 있을 터인데, 마땅히 행사할 수 있는 힘을 가지고도 주위의 잘못 때문에 발목이 잡혀 그 힘을 행사할 수 없다면 얼마나 기가 막히겠는가.

한 국가의 수장인 대통령이 되는 것은 대단한 영광이다. 본인에게는 물론, 가문에, 그 밖에 조그마한 인연이라도 있는 모든 곳에는 영광의 기쁨이 전해진다. 그러나 그 영광의 기쁨에 합류했다고 좋아할 일만은 아닌 듯 싶다. 그 영광을 잘 지켜내기 위해서는 중심에 서 있는 본인 뿐 아니라 조그마한 인연으로라도 기뻐했던 모든 사람들의 몸가짐과 마음가짐이 중요하지 않을까? 그렇지 않으면 우리가 보아 온 대통령들처럼 그 영광은 오히려 폐가망신의 근원이 되고 모든 사람에게 욕과 부끄러움으로 되돌아 올 수도 있기 때문이다.

갖가지 이권을 얻고자 권력의 중심에 붙고자 하는 많은 유혹들을 단호히 물리칠 수 있는 친인척과 측근들의 철저한 준비가 되어 있지 않다면 그 영광은 지켜내기가 어려울 수밖에 없을 것이다. 국정을 책임져야 하는 대통령 입장에서 친인척과 측근들을 일일이 관리한다는 것은 녹록한 일이 아니리라. 그러나 그들이 잘못했을 때의 결과는 대통령이 직접 책임은 지지 않더라도 발목의 족쇄가 되는 것은 자명한 일이다. 그런데 그런 경우를 수없이 보아왔으면서도 사람들은 왜 계속해서 같은 잘못을 저지르는지 참 이해할 수가 없다.

물질의 유혹을 물리치지 못해 어렵게 오른 영광의 권좌에서 어이 없게 무너지는 많은 분들을 보면서, 초명은 수로, 자는 구부. 호는 방촌, 본관은 장수이시며 익성공 시호를 받으신 나의 18대 선조 '황희' 할아버지가 정말 자랑스럽다. 방촌 할아버지는 고려에서 태어나셨으나 고려의 멸망으로 조선조에서 활약을 하셨다. 태조 3년 세자의 우정자로 발탁되는 것을 시작으로 태조부터 정종, 태종, 세종 4대 임금님을 모시고 문종 2년 90세로 작고하셨다. 작고하실 때까지 세종 조에서 영의정 18년, 삼정승 통상 24년, 예조, 이조판서 3회, 형조판서 2회 등 주요 요직을 두루 지내셨다.

영의정으로 계실 때 한글제정 연구소를 설치하시고 연구도감으로 한글 창제에도 큰 공을 세우셨는가 하면 궁중사법, 조정사범, 목민의 법등을 제정하고 많은 저서들을 집필하여 백성들의 생활에 적용시키셨다. 나이가 많아 몇 번이나 사의를 표했지만 받아들여지지 않다가 세종 31년 87세 때 영의정으로 사퇴하셨다. 두문동에서 나와 33세에 조선조에 몸담은 지 53년, 고려까지 합하면 74년의 관직 생활에서 온전히 물러나게 되신 것이다.

벼슬에서 물러나 모처럼 한가로운 날을 보내셨으나 세종 32년 대왕께서 승하하시고 2년 후인 문종 2년 세종대왕을 따라가시듯 90세로 작고하셨다. 조정에서는 익선공이라는 시호를 내리고 평소에 가까이에 두고 아끼시던 세종대왕 묘에 배향되셨다. 방촌할아버지가 돌아가시자 온 백성들이 어버이를 잃은 듯 슬퍼했으며, 종자(從者)들도 부의금을 준비해 조문을 했다는 기록들이 있다.[5]

일인지하(一人之下) 만인지상(萬人之上)의 관직에 18년이나 봉직(奉職)한 할아버지께서 조선조 500년사에서 명재상을 꼽을 때 제일 명리로 꼽힐 수 있다는 것이 권력의 중심에 있어서였을까? 자기의 왕권을 지키기 위해 자식도 형제도 제거할 수 있는 그 시대에서, 왕족도 아니고 어떤 권세가의 뒷배가 있는 것도 아닌 할아버지께서 어떻게 관직에 계속 머무를 수 있었을까? 참으로 놀라지 않을 수가 없었다.

그래서 할아버지와 관련된 많은 일화들과 사료들을 찾아보면서 그 의문이 풀렸다. 그것은 한마디로 말한다면 철저한 관리의 결과라는 생각이 들었다. 본인의 관리, 가족의 관리였다. 기록에 보면 할아버지는 조정에 나아가 집무를 보실 때는 얼굴에 표정이 없으셨다고 한다. 기쁨도 노함도 얼굴에 쉽게 나타내시지 않으셨다고 하니, 말이나 행동은 두말할 필요가 없지 않겠는가. 오직 공직자로서의 윤리 도덕을 행동으로 실천하신 강직한 성품을 지니신 할아버지는 나라의 제물을 아끼는 데나 공무 처리. 공공성. 공익성. 사회성을 지니고 공

---

5) 『방촌황희선생문집』 방촌황희선생 문집 간행위원회

명정대하게 처리하는 자기 관리를 잘하셨던 것으로 안다.

두 번째는 가족 관리였다. 할아버지는 호조판서를 지낸 나의 17대 선조이신 큰아들 호안공(치신), 둘째아들 보신, 영의정을 지낸 셋째아들 열성공(수신), 넷째아들 직신. 아들 4형제와 딸 한 명을 두셨다. 지금의 대통령처럼 많은 측근들이 필요한 시대가 아니라서 가능했는지는 모르지만, 가족 관리만 제대로 하면 모든 부조리와는 엮이지 않을 수도 있었나보다. 아들들에 관한 전해진 일화들을 통해 알 수 있는 할아버지의 생활들은 정말 그랬을까 싶을 정도이나 여러 기록들로 남아 있는 걸 보면 사실인 것 같다.

방촌할아버지의 화려한 관직 생활 뒤에도 한때는 폐서인으로 유배 생활도 했었고, 헌부의 탄핵을 받아 좌의정에서 물러날 때도 있었으며, 여러 차례의 좌천도 있었다. 하지만 다시 재임용되어 지금까지 조선조의 제일 명리로 추앙되는 것은 참다운 인재를 알아보는 임금님이 계셨기에 가능했겠지만, 철저한 본인 관리와 가족 관리를 하시며 사셨기 때문에 오늘날까지도 청백리의 귀감이 되고 있다는 생각이다.

할아버지의 삶을 대할 때마다 이 시대를 지나 먼 후일이 되면 할아버지보다 더 훌륭한 지도자가 나와 할아버지의 서열이 저만큼 뒤쪽으로 물러 날 수도 있을까? 하는 생각을 해본다. 제발 그런 지도자를 한 분 만나 보았으면 좋겠다.

할아버지가 사셨던 시대에서 600여 년 후의 오늘에 사는 후손이지만 할아버지의 명예를 지켜드리기 위해선 우리 후손들이 항상 올바른 삶을 살아야겠다는 생각을 한다. 이미 50여 년 전 세상을 떠나신 내 아버님의 삶 속에서 방촌할아버지의 삶이 느껴지는 것은, 다행히 부모님이나 우리 형제들이 수뢰(受賂)유혹을 받을 만한 위치의 입장이 아니었기 때문일까? 아무튼 지금까지 나름대로 절약하며 남에게 손해를 끼치는 일 없이 살았으니 할아버지께 누를 끼치지는 않았다고 생각한다. 내 남은 생이 얼마일지는 모르겠지만 마지막 날까지 할아버지의 후손으로서 부끄럽지 않게 살아가리라, 다짐한다.

요즘 TV를 켜면 대통령 후보에 대한 이야기들이 많다. 이제는 유권자들이 크고 작은 인연의 고리에서 벗어나 대통령 후보 본인과 가족의 검정은 당연하지만 대통령이 된다면 그의 울타리가 되어 줄 측근들의 동향도 미리 냉정하게 파악해 보는 것은 어떨까? 그래서 대통령이 된 후엔 친인척 및 측근들의 비리에 발목 잡히는 일 없이 당당하게 소신껏 국정을 펼쳐나가는 모습을 볼 수 있다면 얼마나 좋을까? 그리고 대통령의 친인척이나 측근들도 대통령의 영광에 동참하는 자세로 대통령께서 국정을 잘 운영할 수 있도록 스스로 성숙한 의식들을 지녔으면 좋겠다. 그래서 나의 18대 선조 방촌 황희 정승과 같은 지도자의 모습을 다시 볼 수 있다면 수많은 사람들의 가슴속에 갈수록 힘들다는 세상살이의 푸념이 필요 없는 그야말로 살맛 나는 세상화를 한 폭씩 그릴 수 있지 않을까.

그 분이 오신다

20여 년 전, 부산에 살고 있는 남편 친구의 초청으로 부산에 다녀온 적이 있었다. 그날은 범어사를 둘러보고 내려오는 길이었다. 한참을 내려오다 어느 집 간판 앞에서 걸음을 멈추었다.

〈그 분이 오신다.〉

그리 크지 않은 한식집 간판이다.

〈그 분이 오신다.〉

다시 한 번 상호를 읽어본다. 순간 아주 오랜 친구를 만난 것처럼 반가운 마음이 들었다. 당장 들어가 보고 싶었지만 동행들이 있어서 그냥 지나칠 수밖에 없었다. 집에 돌아와서도 그 상호는 아름다운 시의 한 구절처럼 내내 잊히지 않았다. 음식점 안은 어떻게 꾸며졌을까. 주인은 어떤 모습일까. 많은 궁금증들이 오랫동안 그 상호를 잊을 수 없게 했다.

아마도 음식점 분위기는 많은 종업원들이 북적되지 않는 고즈넉한 분위기이지 않았을까. 단아한 한복차림의 주인은 미소 가득한 얼굴로 오실 그 분을 위해 정성껏 음식을 준비하고 있을 것 같았다. 그렇게 준비된 곳에서 식사를 하는 손님도 행복하지 않았을까.

요즘은 여전히 마음에 안 드는 외국어 간판들도 있지만 예쁜 우리말 간판들도 많이 눈에 띈다. 지금 내가 살고 있는 곳은 송화마을이다. 예쁜 마을 이름이다. 거기까진 마음에 드는데 아파트 이름은 휴먼시아다. 인류를 뜻하는 'Human'과 넓은 공간 대지를 말하는 'Sia'의 합성어로 주공의 비전, 이라고 한다. 좋은 뜻을 가지고 있긴 하지만 아파트 이름도 예쁜 마을 이름에 걸맞는 이름이었으면 참 좋았겠다는 아쉬움이 남는다.

요즘 한글날을 맞아 축하 행사를 하느라 떠들썩하다. 한글을 만들어주신 세종대왕께 감사하면서 다채로운 행사들을 펼치고 있다. 하지만 세종대왕께서는 지금의 우리들을 보시면서 무슨 생각을 하실까. 어려운 중국 문자 때문에 자기의 뜻을 펴지 못하는 백성들을 위하여, 수많은 반대와 어려움을 무릅쓰고 만드신 한글인데, 이렇게 함부로 사용하는 것을 보시며 통탄하고 계시지 않을까 마음이 아리다.

우리 한글은 훈민정음해례본이 1997년 이미 유네스코 세계기록유산에 등재 된 훌륭한 문자다. 지구촌의 많은 문자들 중에 문자를 만든 사람과 반포일을 알며 글자를 만든 원리까지를 알 수 있는 문자는 한글이 유일하다고 한다. 이렇게 훌륭한 우리글을 우리 스스로 홀대하고 있으니 참으로 한심할 때가 많다.

한글사전을 한 페이지씩 천천히 넘기다 보면 부드럽고 여유롭고 순한 느낌이 드는 예쁘고 아름다운 낱말들을 보면서 깜짝깜짝 놀랄 때가 많다. 우리는 왜 이렇게 아름다운 말들을 많이 사용하지 않을까. 가만히 생각해 보니 예쁘고 좋은 말들은 사전 속에서 깊이 잠들어 있고, 거칠고 험한 말들만 사용하고 있다는 생각이 든다. 그건 요즘 사람들의 삶이 가난했던 옛날보다 더 힘들어진 탓이 아닐까. 거기에 알아들을 수도 없는 외계인의 언어 같은 은어, 줄임말, 신조어를 즐겨 쓰는 요즘 아이들. 관공서에서 내거는 현수막 내용들은 전문가가 아닌 일반인이나 나이 든 사람들이 이해하기에는 너무 어려운 것들이 많다. 정말 이러다가 우리 말 우리 글이 사라져 버리는 것은 아닐까. 일제는 무력으로 우리에게서 말과 글을 없애려고 했는데, 지금 우리는 스스로 그것을 자초하고 있는 것은 아닌지 염려스럽다.

요즘 젊은 엄마들은 아직 우리말도 제대로 하지 못하는 아이들을 영어유치원이나 영어학원에 자랑스럽게 보낸다. 영어유치원에서는 모든 생활을 영어로 한다고 한다. 내 손녀가 다니던 유치원에 꽤 똑똑한 아이가 있었다. 그 아이가 유치원에서 보이지 않아 무슨 일인가 물어 보았더니 영어유치원으로 옮겼다고 했다. 두어 달 후 그 아이가 다시 유치원으로 돌아왔다. 의사인 그 아이 부모는 재력도 있겠다, 어려서부터 남다르게 키워보려고 했지만 아이는 거기에서 적응을 하지 못했던 모양이다. 지역마다 영어유치원이 있는 걸 보면 아이들을 잘 키워보겠다는 부모들이 많은 것 같다.

유치원생들은 예쁜 우리말을 또박또박 익히며, 따스한 정과 아름다운 우리의 정서를 익혀가야 할 나이이다. 그런 나이에 느닷없는 외국어를 배우게 하고, 발음을 잘 하게 하려고 혀 수술까지 감행한다는 극성 엄마들 이야기를 들으면 어안이 벙벙하다. 물론 그런 사람이 많지는 않겠지만 꼭 어릴 때부터 영어를 배워야 하는 것인지 안타까울 때가 있다.

「훈민정음 해례본」에는 '슬기로운 사람은 아침을 마치기 전에 깨칠 것이요. 어리석은 이라도 열흘이면 배울 수 있다.'고 말하고 있다. 훈민정음 창제의 주인공들 중 한 분인 정인지(鄭麟趾)는

"사용해 갖추지 못하는 바가 없고, 가 닿지 못하는 바가 없다."

"바람소리, 학의 울음소리, 닭의 울음소리, 개가 짖는 소리까지도

모두 써서 나타낼 수 있다."고 훈민정음 후서에 기록해 놓았다. 소리가 문자로 기록 된 것은 훈민정음이 처음이며, 세계에서 지금껏 그 유래를 찾아볼 수 없다고 한다. 우리는 이렇게 어떤 말도 다 적을 수 있는 훌륭한 글을 가진 민족이다.

한글날을 맞아 행사를 주관하는 기관에서 '한글 페스티벌'이라는 현수막을 걸어 놓은 것을 본 적이 있다. '한글 페스티벌'이 '한글 축제'라고 쓰는 것보다 격이 높아지는 것일까. 다른 말도 아니고 한글이라는 말 뒤에 어떤 마음으로 페스티벌이라는 말을 쓸 생각을 했을까 궁금해진다.

올해도 한글날을 맞아 많은 사람들에게 영향을 미치는 언론이나 지도층, 국가기관들이 솔선해서 아름다운 우리말을 더 많이 아끼고 사랑했으면 좋겠다. 그러면 한글을 만들어 선물해 주신 세종대왕께서도 "내가 한글 만들기를 참 잘했다."하시며 껄껄 웃으시지 않을까.

한글날을 기념하는 갖가지 축제의 소식들을 들으면서 부산 범어사 근처의 〈그 분이 오신다.〉 한식집은 지금도 여전히 자리를 지키고 있을까, 새삼 궁금해진다.

꿈마을 교구 하계 전도여행

소풍 전 날 밤 아이들처럼 밤새 뒤척이다 늦게 잠이 들었던지 5시라고 깨우는 소리에 놀라 일어났다. 6시까지 교회에 도착하려면 바삐 서둘러야 했다. 구역장 권사님 댁 차로 교회에 도착하니 담당 목사님과 전도사님께서 벌써 나오셔서 운영진들과 이것저것 챙기고 계셨다. 아파트 사이로 해가 뜨고 있는 걸 보니 오늘도 꽤 더울 것 같은 느낌이 든다.

출발 전 예배시간에 김목사님께서 〈그리스도의 향기를 대천에 가득히〉라는 주제로 말씀을 하신 뒤 6시 50분경 교구 식구들이 두 대의 버스로 교회를 출발하였다. 버스가 떠나기 전 본부장이신 강장로님께서 기도 중 낮에는 구름 기둥으로 인도하셔서 사역을 잘 할 수 있게 해달라는 기도도 곁들이셨다.

출발하여 중간에 서산휴게소에서 잠깐 쉬고 가는 길을 재촉하였다. 보통 하루 이틀 정도 숙박을 하는 전도 여행이었지만 금년에는 당일코스로 진행하려니 아무래도 시간을 아껴야만 한다. 초록색은 온 세상을 자기 색깔로 만들려는 듯 끊임없이 모든 식물들을 초록의 블랙홀로 빨아들이며 확장 중이다. 마치 '사마리아와 땅끝까지 복음을 전하라.'는 주님의 명령을 따르기 위해 가고 있는 우리들에게 시범이라도 보이려는 듯하다. 호국 보훈의 달 인 6월을 전후로 피어 절정을 이루는 개망초가 하얗게 무리지어 피어 있는 모습들이 더러 눈에 띌 뿐 그 초록 세상을 편 갈라놓은 듯 쭈욱 뻗은 길을 버스는 계속 달린다. 정체되는 구간 없이 그렇게 두 시간이 다 되어 갈 즈음 대천역사를 지나 몇 분쯤 더 가니 조그마한 2층짜리 목조건물의 한빛교회당에 8시 40분에 도착했다. 앞 차가 먼저 도착해 있었다. 두 시간이 다 소요되지는 않은 셈이다.

예배당은 아직 완공이 되지 않고 공사가 계속되고 있는 형편이었다. '공동체 나사로 목조교회건축'이 2008년 6월부터 시작하였지만 계약금도 준비되지 않은 상황에서 건축을 시작하였기에 하나님이 은혜로 물질을 공급해 주실 때마다 한 공정씩 끝내기 때문에 현재에도 건축이 계속 진행 중이라 하신다. 지역 아동들을 위한 '웃음소리 도서관'으로 꾸밀 예정인 1층엔 얼마간의 책들이 책꽂이에 꽂혀 있었지만 2층 예배실과 마찬가지로 아직 바닥도 안 돼 있었다. 오늘의 사역을 위해 이번 행사의 총괄팀장이신 조규성 집사님이 이끄는 선발대가 어제 내려와 오늘 행사에 차질이 없도록 바닥에 임시 깔개를 깔아서 약간 불편하기는 하지만 사역엔 지장이 없을 것 같다. 행사팀장인 이집사님의 사회로 간단하게 도착예배를 드리고 12시 30분 점심시간까지 곧 팀별로 사역을 시작하였다. 2층 예배실에서는 의료사역을, 예배당 입구 쪽에는 바자회, 그 안쪽에선 이.미용사역, 식사팀은 마을회관에서, 전도팀은 아파트별로 조를 나누었다. 영상팀 집사님은 전체 팀을 다 아울러야 하니 땀을 많이 흘리실 듯하다. 정해진 부서가 없는 나는 오전 동안 영상팀 집사님과 동행하였다.

먼저 주공아파트 전도팀과 동행하였다. 전도에 들어가기 전 경비실 아저씨께 한빛교회 전도팀이라고 이야기 드리니 흔쾌히 허락하셨다. 한빛교회 목사님께서 자주 들리신다고 하시면서 사람들이 많이 없을 거라는 이야기도 해주셨다. 정말 사람들 기척이 없다. 한 층에 10 가구씩, 15층에서 1층까지 내려오는 동안 문을 열어 준 가구가 10여 가구 정도가 아닌가 싶다. 두 번째로 동행한 조도 형편은 마찬가지였다. 벨을 누르면 대답을 한 집에서도 "한빛교회에서 왔습니다."하면 아예 문을 열어주지 않거나 열었다가도 닫아버리기 일쑤다. 보기에 딱한 지 영상팀 집사님께서 일단 "이웃집에서 전해 드릴

게 있어 왔습니다."라고 바꾸어 보라고 조언을 했다. 조언대로 하니 문이 열리기도 하였다. 일단 얼굴을 보면 준비한 선물을 건네주면서 단 몇 마디의 이야기라도 나눌 수가 있다.

그렇게라도 닫힌 문들이 열리는 걸 보고 다른 조를 만나러 갔다. 광명아파트 쪽 조에 전화를 하니 경비실에서 아예 접근을 못 하게 해서 밖에서 행인들을 상대로 전도를 한다는 답변이다. 건너편 현대아파트 조와 동행하였다. 여기도 예외는 아니었다. 그래도 이 조는 결실이 좀 있지 않을까 했었는데 우선 사람들이 없고 가끔씩 문을 열어주는 집들도 아이들이 대부분이라 한다. 급기야 돈을 벌려고 이렇게 해야 된다면 당장 그만두었을 거라는 푸념이 나온다. 한 영혼을 주님께 인도한다는 것이 얼마나 힘이 드는 일인지 전도 현장에서 부딪혀봐야 왜 주님께서 우리가 꼭 지켜야 할 사명이라고 부탁하셨는지 알 것 같다.

점심때가 되어 본부로 돌아왔다. 이.미용 팀들은 어르신들을 예쁘고 멋지게 머리를 만져드리면서 전도를 하느라고 연신 이마에 흐르는 땀을 닦아내고 한쪽에는 바자회를 위한 준비가 다 끝나 있었다. 2층 예배실에서는 의료 사역이 계속되고 있었다. 침을 꽂고 누워계시는 어르신들의 귀에 소곤소곤 그리스도를 전해드리는 모습들이 너무도 아름다웠다.

더운 날씨에 마을 회관 주방에서 애쓰시는 식사팀 덕분에 점심을 맛있게 먹은 후 장로님께서 손수 배달해 주신 꿀수박을 몇 조각 더 먹고 교회당 도서실에서 1시까지 휴식을 했다. 오전 내내 전도한 후 평들을 들어보니 입주자들이 대개 젊은 세대들이라 한다. 오늘이 노는 토요일인데다 대천 해수욕장 개장식과 마라톤 대회가 있어서인지 집에 있는 사람들이 별로 없었다고 한다. 어쩌다 집에 있는 사람들도 마음 문을 열려고 하지 않는 걸 보면 이미 여러 교회들의 방문이 있지 않았을까 하는 생각이다. 염려하는 것은 200여 명을 생각하고 음식을 준비해 왔는데 경로잔치의 자리를 다 채울 수 있을까 하는 점이다. 덧붙이면 해마다 전도여행을 다녀 봤지만 이런 지역은 처음이라고들 한다. 지역적인 특성 때문이 아니겠는가? 가 중론이었다.

식사가 끝난 전도팀에서는 조장들을 모아 오후 전도지침을 전달하고 곧바로 맡은 구역으로 향했다. 5시 30분에 경로잔치와 바자회가 열리니 3시 30분까지 본부로 집결해야 한다. 오후에는 구역장 권사님 팀과 동행하였다. 오후에도 별로 바뀌지 않은 상황이었지만 외출에서 돌아오는지 밖에서 사람들 만나기가 더 쉬웠다. 돌지 않았던 마지막 라인을 끝내고 행인들을 상대로 전도를 하였다. 대체로 밖에서 만난 사람들과는 이야기를 나누기가 더 수월하였다. 어쩌다 온화한 미소로 마주치는 사람들은 말할 것도 없이 믿음의 형제들이고, 아무리 새로운 각오로 마음을 다잡아도 전도하기는 결코 쉬운 일이 아니라는 생각이 든다.

잔치시간이 가까워 오자 머리 손질과 의료팀에서 치료가 끝난 어르신들이 도서실로 모이기 시작하셨다. 예정 인원이 다 오시면 원래 마을회관으로 계획되어 있었지만 많은 인원이 오시지 않을 것 같아서 도서실로 바꾼 것 같다. 시간이 되어 정성껏 준비한 음식으로 어르신들을 접대한 후 2층 예배실로 모시고 이집사님의 사회로 마을초청예배를 드렸다. 먼저 간단한 레크레이션과 대천3동 주민풍물패의 공연이 끝나고 이선교사님께서 찬양과 함께 간증을 하셨다. 이런 자리에 익숙하지 않아서인지 자꾸만 지루해하는 어르신들을 어르고 달래면서 주님을 만나게 된 동기와 그 후의 변화에 대해서 찬양을 곁들여 알기 쉽게 말씀하셨다.

이어서 담임목사님께서 예배에 참석하신 어른들과 주님 영접 선서와 축복기도를 하신 후 예배에 참석하신 분들께 준비한 선물을 나누어 드리고 집사님들께서 댁까지 모셔다 드렸다. 전도대상 세대는 거의 2천여 세대. 그러나 오늘 30여 명의 어르신들만 주님을 영접하셨다. 김목사님은 도착 예배 말씀에서 "살아있는 그리스도인이라면 감추어질 수없는 '웃음'과 '사랑하는 마음'과 '행복'의 향기를 이곳 사람들에게 맡게 해야 하며, 우리를 보면서 그리스도가 어떤 분인가를 알게 해야 한다."고 하셨다. 비록 예배에는 많은 분들이 참석하지 않았지만 우리 전도팀을 만났던 모든 사람들이 우리에게서 주님의 사랑을 느낄 수 있도록 성령 하나님께서 그들의 마음을 사로잡아 주시기를 바랄 뿐이다.

예배 후 평가회에서 강장로님께선 구름 기둥으로 응답해 주신 은혜에 전율을 느끼셨다고 하셨다. 그리고 동참한 모든 분들이 다 같이 수고하셨지만 유황 온천의 뜨거운 불가마 속 같은 주방에서 애쓴 식사팀에게 더욱 감사하다고 하셨다. 모든 끝마무리를 하고 새 중앙교회를 향해 출발하는 시각은 오후 8시 30분. 이제 이곳 한빛교회가 담임목사님의 '목적 있고 감동 있는 목회'로 아직 구원받지 못한 이 지역의 영혼들에게 큰 빛이 되며 주님께 사랑받는 교회로 자랄 수 있도록 주님이 지켜주시리라 믿는다. 붉게 떠오르는 일출을 보며 출발했던 새 중앙교회를 향해 떠나는 시간, 구름 기둥으로 덮어 주시던 하늘에 뜬 초승달처럼 우리 모두의 믿음이 달이 차오르듯 커가게 하옵소서. 오늘도 아침부터 저녁까지 함께 하여 주신 은혜에 감사드립니다. 아멘

덕혜옹주 德惠翁主의 부활

　권비영의 장편소설 『조선의 마지막 황녀 덕혜옹주』가 1월 셋째 주 베스트셀러 1위에 올랐다. 대한제국 고종황제의 외동딸로 태어났지만 보통 사람들보다도 더 기구한 삶을 살다 가신 비운의 황녀 '덕혜옹주'께서 1989년 4월 21일 향년 77세로 별세하셨다.

　KBS1의 '퀴즈 대한민국' 방영 시간에 출연자들에게 대한제국의 마지막 황녀인 고종황제의 딸이 누구냐? 는 문제가 주어졌다. 먼저 대답한 출연자는 틀리게 말하였고, 두 번째 출연자가 '덕혜공주'라고 했다. 오답으로 처리 됐다. 나머지 두 사람은 아예 대답을 하지 못했다. 어쩌면 정답을 알고 있었는지도 모르지만 '덕혜공주'가 틀렸다는 바람에 포기했을지도 모른다. 하지만 '공주'와 '옹주'에 대한 개념에 확신을 갖지 못했다는 결론이 나온다.

그럼 5,000만 우리 인구 중에 '덕혜옹주'를 알고 있는 사람은 얼마나 될까. 오래 전에 잊힌 인물이라기보다 아예 처음부터 알지 못했던 사람들이 대다수일 것 같다. 늦게나마 일본의 정신병원에 있던 덕혜옹주의 환국을 허락한 박정희 대통령도 처음 '덕혜옹주'이야기를 듣고 "그가 누구냐?"고 물었다고 한다.

몇몇 특별한 관계에 있는 사람들 외엔 그녀의 존재조차 알지 못했던 그 이름이 갑자기 수천 수만 사람들의 기억 속에서 되살아나고 있다. 일찍이 덕혜옹주의 가련한 생에 대해 관심을 갖기 시작한 권비영님이 비운의 황녀를 이 땅에 새로이 탄생시키고 있는 것이다. 더군다나 '경술국치' 100년이 되는 해와 맞물려 회자되는 대한제국의 이야기도 이 일에 한몫을 더하는 것 같다.

내가 덕혜옹주에 관심을 갖게 된 것은 지난 해부터였다. 창덕궁 관람을 갔다가 인정전 용머리에 새겨진 오얏꽃이 대한제국의 대표문양이었다는 것을 알고 오얏의 흔적을 찾다가 '우리황실사랑회'라는 다음(daum)의 카페를 알게 되었다. 왜곡된 대한제국의 역사를 재조명하고 고종황제나 순종황제, 의친왕 등의 그간 드러나지 않은 황실 가족들의 독립활동들을 재평가하여 대한제국 황실의 본 모습을 알려야 한다는, 황실 종친회와는 전혀 무관한 젊은이들의 모임이었다.

직장 일과 아직 자녀들이 어려서 가정에도 협조해야 할 일이 많을 텐데도 묻혀진 정보들을 찾아내고 아직 발굴되지 않은 유산들을 찾아 답사하는 등 애를 쓰는 모습들이 듬직했다. 다달이 유적답사도 있고 종묘대제나 사직대제 등에 참관하는 일과 의친왕 숭모회와 함께 주관하여 8월 15일의 의친왕 제향을 모시는 일, 4월에는 황실 종친들이나 전주이씨 대동종약원에서조차 챙기지 않았던 덕혜옹주의 제향을 모셔오고 있었다. 물론 한 푼 두 푼 주머니 추렴으로 모시는 제향이라서 제물은 옹주가 받아야 할 제향의 격식에 미치지 못할 정도로 초라했지만 그들의 정성만큼은 어느 자손들이 드리는 것보다 더하면 더 했지 덜 하지는 않을 거라는 생각을 한다. 2008년 첫 제향에 이어 2009년 두 번째 제향을 모셨다. 두 번째 제향에 참반하면서 덕혜옹주의 삶을 돌아보기 시작하였다.

덕혜옹주는 고종황제께서 상궁 양씨에게서 환갑의 나이에 얻은 고명딸이다. 일본의 억압으로 황위에서 물러나 경운궁(덕수궁)에 은거하시던 고종황제에게 유일한 낙을 주는 옹주였다. 침전 옆 준명당에 유치원을 설립하여 귀족자녀 몇 명과 함께 신교육을 받게 할 정도로 총애하셨다고 한다. 그러나 왕조가 존재하고 있기는 하나 이미 조선총독부가 실권을 장악하고 있었다. 조선총독부의 인정이 없으면 왕자 왕녀도 황적에 입적이 안 되는 때여서 덕혜옹주도 여섯 살이 되어서야 그것도 고종황제의 기지로 황적에 이름을 올릴 수 가 있었다.

일본은 열한 살의 영친왕을 고종황제의 반대에도 불구하고 이미 볼모로 데려갔다. 고종황제는 일본이 언제 또 옹주를 데려갈 지 몰라 시종의 조카와 약혼을 하려고 했으나 이왕직의 방해로 뜻을 이루지 못했다. 그렇듯 옹주를 아끼시던 고종황제께서 갑자기 승하하시니 옹주의 나이 일곱 살 때이다. 어린 옹주에게는 너무나 큰 충격이었다. 그 후 이왕직에서는 일출소학교에 다니던 옹주를 '황족은 일본에서 교육을 받아야 한다.'는 명분으로 1925년 4월 30일 일본으로 보내니 옹주의 나이 겨우 열세 살이었다.

일본으로 끌려간 옹주는 일본의 황족과 귀족들의 자녀들이 다니는 학습원에 다녔다. 영친왕이 자기 집에 같이 있게 해달라고 일본 정부에 청원했으나 거절하고 일본인 시녀의 시중을 받으며 지내게 하였다. 그동안 고국에서는 아버지처럼 옹주를 귀여워하시던 순종황제가 승하하시고 생모 양귀인도 세상을 떴다. 거듭되는 슬픔과 생활 속에서 받는 스트레스 때문에 극도로 쇠약해진 옹주는, 열여덟 꽃다운 나이에 조발성치매증이라는 어처구니없는 진단을 받았다. 그러나 일 년 후 병세가 조금 좋아지자 이왕직 장관 한창수는 일본에 아첨하여 대마도 반주의 아들 소 다케유키(宗武志) 백작과의 강제

결혼을 앞장서서 성사시켰다. 병이 완전하게 회복도 덜 된 상태에서 강제로 한 결혼생활이 좋을 리 없었다. 그런 중에 딸 정혜(正惠 :마사에)를 낳았다. 어린 딸을 키우면서 건강이 좋아지는 듯 했지만 결국에는 정신병원에 입원을 할 정도로 악화 되기에 이르렀다. 그 당시는 영친왕 역시 형편이 어려웠지만 옹주의 병원비를 담당했다. 사실상 그때부터 남편과는 남남이나 마찬가지였지만 일본 황실 법전에는 황족과 귀족은 이혼을 할 수 없게 돼 있어서 해방이 된 후에야 법적으로 이혼이 되었다. 일본 남자와 결혼해서 일본 국적을 얻은 탓에 이혼한 후에도 재일 한국인의 신분으로 복원 될 수 없었다. 해방이 되었지만 자유당 정부에서는 볼모로 잡혀간 황족들의 환국은커녕 국적도 회복해 주지 않았다.

해방이 되자 영친왕 부부도 왕족으로서의 권한이 없어지고 재일 한국인으로 등록을 해야 하는 상황이었다. 결국 덕혜옹주는 어머니의 성씨를 써서 양덕혜로 호적을 만들었다. 국내에서도 해방 이후 몇 안 되는 의친왕 자손들은 여기저기 일반 국민으로 호적을 만들다 보니 그 내용이 엉망이었다. 영친왕 가(家)는 그나마의 호적도 없어서 덕혜옹주도 1962년 환국하였으나 20년이 지난 1982년에야 겨우 호적을 만들 수 있었으니, 그동안 많은 곤욕을 치러야 했다.

1925년 일본으로 끌려가 1962년 병든 몸으로 환국할 때까지 볼모로 살아야 했던 37년 간의 지난(至難)했던 일본 생활이었다. 그렇게 그리워하던 고국에 돌아왔지만 낙선재 안의 수강재에서 병석에 누워 말 한 마디 못하고 1989년 4월 21일 77세로 세상과의 인연을 마감했다. 돌아가신 후에는 금곡 홍유릉의 경내에 안장되었다.

고종황제의 총애를 받던 7세 이전 황녀의 삶은 일본으로 끌려간 13세 이후 너무나 굴곡진 삶을 살아왔으니 가녀린 덕혜옹주에겐 너무 힘겨웠으리라.

대한민국 정부가 수립된 후 자유당 정권은 궁내에 기거하던 황실 가족들을 아무 대책 없이 궁에서 내쫓았다. 구중궁궐 깊은 곳에서만 살아온 이들에게 아무런 보호 장비도 없이 거친 파도가 포효하는 세상의 바다로 거침없이 밀어냈다. 아니 그 책임은 어쩌면 망국의 한을 몽땅 그들의 탓으로 돌리고 싶은 무책임한 국민들이었을지 모른다. 누구 하나 두남두는 이 없이 그렇게 떠날 수밖에 없었던 그분들에게 60여 년의 세월은 지금 어떤 변화를 가져왔을까.

너무나 가련하고 애달픈 생을 살다 가신 비운의 황녀 '덕혜옹주'가 많은 사람들에게 회자되듯 가려진 황실가의 진실들에도 한 번쯤 관심을 가져보는 것은 어떨는지……

"늦었지만, 많이 늦었지만 옹주님 이제라도 편히 쉬세요. 이렇게 많은 대한민국의 백성들이 옹주님을 사랑한답니다."

추임새

　라디오에서 흘러나오는 이야기를 무심히 듣던 중 박세리 선수의 우승 소식에 귀가 번쩍 뜨여 볼륨을 높이고 다음 이야기를 기다렸다. 분명히 박 선수가 2001년 LPGA 개막전에서 역전승을 했다는 것이다. 어제 아침 뉴스에 30위를 하고 있다는 보도를 듣고 이번에도 우승이 힘드나 보다 하고 별로 관심을 갖지 않았었다. 그런데 역전승이라니, 지난 일 년 동안 한 번도 우승하지 못하는 걸 보고 안타까웠었는데, 올해 들어 개막전에서 역전승을 한 것이다. 정말 아낌없는 박수를 보내고 싶다.

　박선수를 두고 인간미가 없다고 말하는 이들도 있다. 그러나 나는 그런 이야기들을 들을 때 먼저 IMF 위기로 앞뒤가 캄캄한 우리 국민들에게 한 가닥 희망의 돌파구를 열어주었던 박선수의 일을 떠올린다. 한 개인도 부도를 맞게 되면 재기(再起)하기 어려운 나락으로 떨어지게 마련이다. 하물며 재난, 나라가 파산지경이라니, 외침(外侵)으로 나라를 송두리째 빼앗긴 일 말고 이보다 더 기막힌 일이 또 있겠는가. 암울한 앞날에 대한 좌절감으로 실의에 빠져 있는 국민들에게 박세리 선수의 우승과 박찬호 선수의 승전고가 얼마나 큰 위로와 희망이 되었었는지 잊지 못할 것 같다. 계속되는 박세리 선수의 우승, 새벽부터 이를 중계하는 화면에서 한 장면이라도 놓칠세라 눈을 떼지 못했었다. 그때 생소하던 골프 용어들이 하나둘 익혀지고, 대단한 분들이 폼나게 하는 운동으로만 알았던 골프에 대해서 다소 다른 시각을 갖게 되었다. 어느 순간에 무명인에서 유명인으로 신분이 격상되는 힘을 가지고 있음도 이때 알았다.

　IMF 위기를 넘겨야 한다고 전국적으로 시작된 '금 모으기 운동'이 새삼 다시 생각난다. 장롱 속 깊이 간직했던 패물이 다 쏟아져 나와 세계인들을 놀라게 했던 일이다. 취임식도 하기 전에 어려운 나라 살림을 떠맡게 된 김대중 대통령은 잘못된 경제체계를 바꿔야 한다고 개혁을 시작하였다. 든든한 기업이라 믿었던 재벌 그룹들이 쓰러지고 철옹성처럼 느껴졌던 금융기관들이 기우뚱거렸다. 중소기업 사장 가족이 살던 집에서 쫓겨나고 사업보증을 서준 다른 형제들이 줄지어 파산을 했다. 구조조정이라는 명분 아래 한 번 대기업에 취업을 하면 여생을 걱정하지 않아도 된다던 평생 직장의 개념이 사라졌다. 그리고 집안의 기둥이었던 가장들이 직장에서 대책없이 무더기로 해고되었다. 갑작스런 충격에 목숨을 끊는 사람, 남아서 고생스러울 가족들과 아예 동반자살을 기도하는 가장 등 비참한 일들을 많이 보아야 했다. 하루 벌어 하루 사는 이웃, 적은 월급을 쪼개어 보다 나은 내일을 위해 저축하며 소박한 꿈을 키워오던 착실한 사람들의 한숨 소리가 골목을 메웠다.

다행히 정부의 지원으로 벤처산업이 활발해지고 나라 경기도 점차 나아진다고 하였다. 생각보다 빨리 IMF를 극복하고 있다는 다른 나라들의 격려도 받았다. 그러나 벤처산업들의 문제점이 하나, 둘 나타나고 작년 말 또 다시 금융 대란 설과 IMF때보다 경제가 더욱 힘들어질 거라는 이야기가 나돌았다. 그후 재래시장이나 도심 상가 모두 장사가 안된다고 울상들이다.

IMF가 처음 왔을 때 귀향하는 자식들을 기꺼이 맞아주던 농촌도 이번에는 예외가 아니다. 싼값에 수입되는 농산물 때문에 농촌은 총체적으로 어려움을 겪게 되었다. 대출금의 상환 기일을 넘길 수밖에 없는 처지에 놓인 농민들은 고속도로에 농산물을 쌓아놓고 시위를 하는 등 극한적인 상황을 맞고 있다. 이처럼 어려움 속에서 박세리 선수는 통쾌한 역전승으로 또 다시 우리에게 기쁨을 주었다. 그녀의 우승은 맨 처음에도 그랬고 오늘도 그렇듯 숨이 넘어갈 것 같은 우리 모두에게 너무나 반가운 추임새였다. 긴 시간 동안 무대에 서서 소리해야 하는 소리꾼에게 힘을 실어주는 고수의 추임새처럼 우리들에게 힘과 희망을 안겨 주었다.

지난 여름 문예회관에서 열린 시민 예술대학에서 강의를 들은 적이 있다. 그때 국악시간에 '발림', '아니리', '추임새'에 대한 강의를 들었다. 그중 추임새에 대한 이야기가 내 생각 속에 뙈리 되어 남았다. 소리꾼이 무대에 설 때 호흡이 잘 맞는 고수를 만나 때에 맞춰 추임새로 힘을 주어야 완창을 할 수 있다고 한다. 더러 판소리 공연장에 갈 기회가 있을 때 한복 두루마기를 단정히 입고 앉아 북을 두드리며 '얼씨구', '좋고'하는 말로 추임새를 하는 고수의 모습을 무심히 보아왔는데, 강의를 듣고서야 소리꾼에게 추임새가 큰 힘이 된다는 것을 알았다. 그리고 추임새가 우리들의 삶 속에서도 중요한 활력소가 되겠구나 싶은 생각이 들었다.

고달픈 삶으로 힘들어 할 때 친구나 이웃들의 격려 한 마디, 부모와 선생님의 애정어린 한 마디가 나를 방황의 늪에서 헤어 나올 수 있도록 힘을 실어준 훌륭한 추임새였음을 지금 와서야 깨닫는다. 그런데 나의 위로와 격려가 필요했던 형제나 이웃들에게 나는 어떤 추임새를 해주었을까? 내 딴에는 다른 사람들을 배려하는 마음으로 살려고 애써왔지만 그들이 나로 인하여 얼마만큼 위로와 용기를 얻을 수 있었는지는 알 수가 없다.

지금까지 그들이 힘들어할 때 아무런 도움을 줄 수 없었다면 이제부터라도 따뜻한 마음으로 다가서도록 노력해야 하지 않을까. 나의 능력이 태양처럼 자연의 생태를 좌우지하는 힘이 있는 것은 물론 아니다. 하지만 별마저 성근 밤하늘을 지키며, 어떤 날에는 낮에도 흐릿한 모습으로 해의 뒤편에 떠서 우리에게 정겨움으로 다가오던 달처럼 다가가고 싶다. 가벼운 마음으로 정을 나누고 싶은 이들 곁으로……

환승역

　"승객 여러분, 사월역에서 출발한 본 푸른관광 열차는 곧 시월역에 도착합니다. 혼잡한 일반 좌석에서 많이들 불편하셨지요.

　도착되는 시월역에는 여러분을 목적지까지 편하게 모실 각기 다른 빛깔로 단장한 1인 1실의 열차가 대기하고 있습니다. 이 열차가 완전하게 정차하면 잊으신 물건 없이 잘 챙기시고 본인이 타고 싶은 열차에 환승하시기 바랍니다. 그리고 평생에 단 한 번 뿐인 여행을 고운 객실의 빛깔처럼 아름답고 멋지게 물들여 보세요. 단, 푸른 열차를 계속 이용하실 승객은 환승을 하지 않으셔도 됩니다. 아무쪼록 목적지까지 안녕히 가십시요."

용띠들의 동남아 여행

샤워를 하고 창가의 의자에 앉아 오늘 하루의 일정을
정리해본다. 싱가폴에서 말레이시아, 다시 싱가폴로 돌아와
주롱새공원 관광, 그리고 인도네시아까지 3국을 넘나
들었다. 바다 건너편 희미하게 반짝이는 불빛들이 싱가폴
부두 불빛들이다.

6월 30일 광주공항

6월 30일 오전 7시 30분.

문평에서 올라오는 일행들과 만나기로 한 시간이다. 30분쯤 먼저 도착해서 기다리니 버스가 도착했다. 공항이 떠들썩하다. 열아홉 부부와 부인과 동행하지 못한 계원 3명. 그리고 우리와 동행하게 된 한 부부와 나주 여행사 김 사장님, 모두 44명의 적잖은 인원이다. 이른바 경진생 용띠들의 회갑기념여행이다. 남편들의 회갑을 위해 지난 7년 동안 부인들이 한 달에 만원씩 모아 적금을 부어 온 것이 오늘 여행을 하게 된 비용의 출처이자 동기다. 그 동안 이 일을 위해 안차임, 나덕님 두 분의 수고가 많았다.

목적지는 태국, 싱가폴, 말레이시아, 인도네시아, 동남아 4개국이다. 모처럼 떠나는 여행이라서 소풍가는 아이들 마냥 들뜬 기분도 있겠지만 한 지역에서 죽마고우로 시작해 60회갑을 맞이한 나이인지라, 논둑에서 소리의 고저에 상관없이 이야기하던 대로 떠들어댔다.

어떤 계원이 '마누라들 덕분에 회갑 한 번 멋지게 센다'며 고마워하신다.

"살강 밑의 숟가락 주운 건데요"

"숟가락 주어다 엿 바꿔 먹었으면 뭐 할 말 있겠느냐"는 말에 그렇기도 하겠다며 모두들 즐거운 마음으로 서울행 아시아나 항공기에 탑승하였다.

9시 30분에 광주공항을 이륙 10시 10분 서울 공항에 도착하여 곧바로 국제선 제2청사로 이동하였다.

김사장님이 여권과 비행기 표를 나누어 주었다. 그런데 한사람이 아직 도착하지 않았다고 야단이다. 국내선 청사에서 전화하러 간 사이 일행들이 인솔자를 따라 셔틀버스를 타는 바람에 혼자 떨어지게 된 모양이다. 모두 걱정이 돼서 한마디씩 하는데 국내선 쪽에서 연락이 왔다. 인원이 많아 까딱 잘못하면 이런 일이 다른 곳에서도 있지 않을까 염려된다. 조금 후에 문제의 일행이 도착했다. 서울공항이라 다행이다 싶고 오히려 좋은 교훈이 된 것 같다.

출국수속을 마치고 12시 25분 싱가폴 항공기에 탑승하여 김포공항을 이륙하였다.

장마가 시작된지라 회색 구름이 잔뜩 끼어 아무것도 보이지 않았다. 얼마쯤 지났을까? 회색 구름은 간 데 없고 하얀 융단을 깔아 놓은 듯 잔잔한 구름 바다위로 비행기가 난다. 갑자기 잠자는 듯 조용하던 구름들이 뭉게뭉게 일어나 갖가지의 묘기를 부린다. 나는 잠시 여의봉을 들고 종횡무진 요괴들을 무찌르는 손오공이 되어 본다. 한바탕 신바람 나게 구름 위를 누비다가 다시 내 자리로 돌아온다. 요괴 잡는 손오공처럼 이 사회의 잘못된 것들 중 한 가지라도 내 힘으로 막을 수 있다면 얼마나 좋을까?

점심 식사가 나왔다. 먹을 만하다. 김사장님이 비행기 탑승하기 전 세계에서 가장 좋은 비행기를 탄다고 하더니, 개인 좌석 앞에 모니터가 부착되어 있어서 탑승자가 취향대로 채널을 선택해 볼 수 있었다.

그렇지만 내게는 창 앞의 구름 쇼가 훨씬 더 매력적이다. 광주~서울간 항공기내에서야 우리 스튜어디스들이 안내하니 괜찮았지만, 알록달록 무늬의 긴 드레스를 입은 스튜어디스들이 자기네 언어로 안내하는 말들을 알아들을 수 없는 걸로 벌써부터 내 나라를 떠난 낯설음이 시작된다.

밖의 아름다운 풍경들을 하나라도 놓칠세라 식사 후에도 계속 창에 눈을 대고 오는데, 새벽부터 서둔 탓인지 저절로 눈꺼풀이 감긴다. 졸다가 깨다 가를 얼마나 했을까? 육지가 보이기 시작하였다.

한 시간쯤 더 지난 다음 방콕의 돈므앙 국제공항에 도착하였다. 5시 40분 아마 여섯 시간쯤 비행기를 탄 것 같다. 우리가 탄 비행기는 이곳에서 1시간 정체 한 다음 싱가폴로 간다고 한다. 방콕은 우리나라와 −2시간의 시차가 있기 때문에 이 곳 시간은 3시 40분이다. 입국 수속을 마치고 나오니 태국가이드가 나와 있었다. 2층 버스에 나누어 타고 첫 번째 관광지인 파타야로 향했다.

버스에는 가이드와 보조가이드(정부지원을 받는 대학생으로 실업구제차원에서 의무적으로 승차한다) 아래층에 기사와 보조기사, 2층은 손님들의 좌석이 있고, 맨 뒤에 화장실이 있는 관광버스였다. 차가 달리는 방향도 왼쪽이고 승하차도 왼쪽 문이다.

우리 부부가 탄 버스는 1호차였다. 우리 차 가이드는 윤성창이며 경북 포항이 고향이고 파평 윤씨로 남편의 증손 뻘이었다.

가이드의 안내에 의하면 태국은 '타일랜드' 또는 '타이'라고도 불리는데 '타이'는 자유의 나라라는 뜻이며, 화교들은 클 태(太)를 써서 태국이라 부르기도 한다.

'불교의 나라', '미소의 나라'로 알려져 있는 이 나라는 타이족이 81.5% 화교 13.1% 말레이아인 2.9% 기타 2.5%의 인구분포이다. 몇 차례의 침략을 막아내어 식민지의 경험이 없는 나라로 자존심이 매우 강한 민족이다. 태국은 1932년 절대 군주제에서 입헌 군주제 국가로 바뀌었으며 현재의 국왕은 라마 9세인 푸미폰 아둔야데이다. 방콕왕조는 1782년부터 현재까지 이르렀고, 국왕은 군림은 하되 통치는 안 하지만 '왕의 지존은 침해받지 않는다', ' 왕에게 잘못이 있을지라도 고소당하지 않는다' 등 법으로 그 지존을 보호하고 있다.

국왕 푸미폰은 1927년 메사츄세츠 켐브리지에서 출생하였다. 1928년 아버지의 의학박사 취득과 함께 귀국하였으나 만 2세가 채 안되었을 때에 아버지가 돌아가셨다. 그 후 방콕에서 초등학교를 잠시 다니다가 6세 때 전 가족이 스위스로 이주하여 대학교육까지 그곳에서 받았다. 1946년 형 라마8세가 암살당한 뒤 왕위를 계승하여 현재까지 가장 오래 국왕의 자리를 지켜오고 있다. 일 년에 7개월 이상을 수도에서 벗어나 일반 국민들, 특히 농촌지역이나 빈곤지역의 국민들과 직접적인 접촉을 통해 그들에게 필요한 것이 무엇인가를 알아볼 정도로 국민의 복지에 깊은 관심을 가지고 있다.

1973년 학생들과 정부군간의 대치 상황이 내란으로 이어질 위기가 있었으나, 국왕의 중재로 유혈상황을 피할 수 있었다. 1992년 5월에도 국왕의 중재로 또 한 차례의 위기를 넘길 수 있을 정도로 국민들로부터 존경과 사랑을 받는다.

왕과 왕비의 생일을 국경일로 하며 강제성이 없어 시키지 않는데도, 방콕 시가지의 건물 외벽에 간간이 붙어 있는 국왕의 사진을 보면 국민들의 왕가 사랑의 정도를 알 것 같다.

태국의 국왕들은 국회를 통하여 입법권을, 총리가 이끄는 내각을 통하여 행정권을, 사법부를 통한 사법권을 행사해 오고 있다. 다수당의 당수가 총리를 맡고 있는 의회는 상하 양원제로써 상의원은 290명 임기가 6년이며 하의원은 460명 임기는 4년이다.

국민투표로 선출하지만 정치적 능력이 떨어지는 의원이 많아 상의원은 총리제청으로 국왕이 직접 임명하는데, 대부분 군인, 관리, 경찰출신 고위 간부로 55%가 전 현직 군부 인사다. 그러나 헌법 개정으로 2000년부터는 보통 선거에 의해 직선 할 예정이다.

공용어는 태국어인데 우리 한글보다 100여년 정도 더 먼저 만들어졌다고 하며, 그 밖에 화교는 중국어, 말레이어인은 말레이어를 쓴다.

종교는 4,900만 명(95%)이 불교를 믿으며, 이슬람교 신자는 237만 명(4.5%) 기독교, 기타 종교가 43만 명(0.3%)정도이다. 전국에 불교사원이 30,000여개 있으며 방콕에 500여 개가 있다.

태국의 불교는 소승불교로써 전국에 18만 이상 되는 승려들은 중생을 목적으로 하는 대승불교인 우리나라 승려들과는 달리 자기 성불을 목적으로 한다. 승려들은 계율을 중요시하기 때문에 여자들과는 옷깃을 스쳐서도 안 되며, 직접 이야기해서도 안 된다. 시주를 받기 위해 돌아다니는 일도 없으며 오히려 신도들이 시주할 것들을 가지고 문밖에 나와 승려들이 지나가기를 기다린다. 승려들은 정오부터 다음날 아침까지 금식하며 사원에서는 밥을 지어먹을 수 없기 때문에 두 끼의 식사는 사먹는다. 길거리에서 노란색 법복을 입은 승려들을 볼 수가 있었다.

사원은 누구라도 쉽게 알아볼 수 있는 건축형식이며 화려한 금빛 치장이 많았다. 그리고 사원마다 큰 굴뚝이 하나씩 서 있는데, 이는 화장터의 굴뚝이다. 이 나라에서는 사람이 죽으면 5일장이나 7일장 후에 화장을 하는 생화장과 100일제를 지낸 후나 그 이상 오랜 기간 시체를 보관해 두었다가 화장을 하는 건화장이 있다. 시신을 상가에 그대로 모셔 두기도 하고, 절에 모셔 보관료를 내기도 하나 화장터는 사원 경내에 위치하고 시청과 군청에서 관리한다.

또 이 나라에서는 남자가 20세 이상이 되면 대체로 일시 출가하여 수도생활을 하는데, 대개 우기 3개월 동안에 가장 많이 출가하나 장례식이 끝난 후 바로 출가하는 경우도 있다. 그것은 부모나 가까운 친척 사망 시 지옥에 떨어질 것이 염려되어 자식으로서 또는 혈육으로서 불문에 입문하면 망인에 대한 구제가 가능하고 승천하게 할 수 있다고 믿는데서 유래한 것이다.

태국은 동남아에서 손꼽히는 곡창지대인데, 버마와 국경이 닿은 북부는 해발 1,500m 이상의 산들이 이어지는 산악지대로 열대 수림이 무성한 정글지대다. 여기서 흘러내리는 메남강은 타이만에 이르러 메남델타란 넓은 충적평야를 이룬다. 동북구는 해발 100~200m

의 고원지대로, 남부는 해안을 따라 넓은 평야가 펼쳐지면서 말레이시아와 접하고 있다. 이 나라 전체면적의 70%를 차지하는 평야는 우리나라와 대조가 된다. 평야의 50%가 경작지와 주거지이며, 나머지 50%는 사용할 수 없는 늪지대다. 67%의 농사 중에는 논농사가 80%를 차지하고 1년에 3~4회 수확을 하며, 1년 수출량이 670만t이나 된다. 우리가 알고 있는 안남미가 생산되는 곳이다. 그러나 태국관광 4일 동안 야자나무나 바나나 외에 경작되고 있는 벼 한 포기도 구경할 수 없었던 것은 우리가 늪지대가 많은 곳을 지나쳤던 것 같다. 경작되는 곡식을 보지 못한 것은 관광을 마치고 난 후에도 내내 아쉬움으로 남았다.

이 나라에서 생산되는 쌀은 찰기가 없어서 우리나라 밥의 배정도를 먹어도 소화가 빨라 금방 시장기를 느낀다며, 식사 때마다 밥을 많이 먹으라고 가이드가 챙길 정도이다. 동남아 쪽 대통령이나 귀족들이 우리나라에 올 때는 이 지역에서 생산되는 쌀로 밥을 지어 대접해야 할 정도로 이 사람들은 우리 쌀로 지은 밥을 소화시키지 못한다.

태국의 땅을 구분하는 단위는 '라이'라고 하는데, 1라이는 우리나라의 508평에 해당된다. 토지는 아무나 취득할 수가 없다. 태국에서는 왕족, 귀족, 평민, 노예의 4계급이 있었는데, 1937년에 노예제도는 폐지되었다.

귀족계급에도 1급에서 7급까지의 차등이 있는데, 급의 차등에 따라 국왕으로부터 1만~4만 라이를 받는다. 하사 받은 토지는 상속세 없이 자손들에게 승계가 된다. 평민들은 대개 토지를 구입할만한 경제력이 없으며, 외국인들은 돈이 있어도 토지를 구입할 수가 없고 50%의 지분을 가진 태국사람과 함께 나머지 지분을 취득하는 방법이 있다.

　　이 나라에는 개인 부자는 많지만 정부는 가난하고, 부익부 빈익빈의 차별이 심한데도 사회보장제도는 아직 시행되고 있지 않아, 가난한 사람들은 자기의 능력에 맞춰 살 수밖에 없다. IMF 이전의 국민소득은 약 300불로 우리나라 84~5년의 임금 수준이긴 하나 일찍이 영국과 문호개방을 해서 문화적 수준은 높다. 사람들은 우리나라보다 약간 왜소하게 느껴지고 피부색이 좀 더 짙을 뿐 우리와 별 차이가 없는 것 같다.

　　사람들의 평균 수명은 55세이고, 대개 막내딸들이 부모를 봉양하며 부양가족이 없는 사람은 늙으면 절에서 기거한다. 대체로 살기가 힘들어 저축 개념이 없고 그 날 그 날의 생계를 유지해 간다.

　　태국의 기후는 6월~11월까지 우기 철, 3월~5월까지 여름, 12월~2월까지 겨울철로 나뉘지만 연중기온은 28도로 항상 더운 나라로도 불리는데, 우기 철에는 하루에 한번 정도 비가 내린다. 12월에서 2월까지의 겨울철에도 평균기온이 18도이나 한낮의 기온은 38도로 일교차가 심하고, 지난해 겨울엔 영상 11도의 기온에서 5명의 동사자가 나올 정도로 고온에 익숙한 나라인 것 같다.

태국 관광의 첫 코스 파타야

　태국 관광의 첫 코스인 '별이 쏟아진다.'는 뜻을 가진 해변 휴양도시 파타야는 태국 유일의 직할시다. 별이 쏟아지는 도시라는 이름과는 달리 파타야에서 별을 볼 수 있다면 큰 행운이라고 말할 정도로 맑은 하늘을 볼 수 없다. 이 도시는 방콕에서 스쿰비 하이웨이 동쪽으로 154km, 버스로는 3시간쯤 걸린다. 인구는 20만 정도이고 '동양 최고 휴양지'라고 선전되는 세계적인 관광지인데, 20년 전만 해도 왕실의 요트클럽이 있었을 뿐 조용한 어촌이었다.

　베트남 전쟁이 격화되면서 파타야 남쪽 50km지점 사다힙 미 공군기지의 미군과 타이군의 휴가병들이 찾아오게 되자, 점차 오락시설이 늘어나면서 형성된 도시다. 파타야로 가는 고속도로 좌우로는 끝없는 지평선으로 마을을 찾아 볼 수가 없다. 태국 인구의 90%가 도시에 집중되어 있고, 방콕 돈므앙 공항의 사방 200km내의 지점은 평지다.

야자나무나 종려나무, 이름을 알 수 없는 나무들로 끝없이 펼쳐지는 초록색 중간 중간에 반반하게 물이 차 있는 곳이 눈에 띄는데, 이곳은 새우 양식장이다. 대하를 양식하여 일본에 대량 수출하고 우리나라에도 수출하는데 냉동된 대하는 태국산이라 생각하면 정답이 될 거란다. 새우 양식은 우기 철을 이용하고, 건기가 되면 염전으로 바꿔 소금을 생산하기 때문에 이곳에서는 천일염의 값이 싸다.

태국은 천연자원이 풍부해서 자연에서 생산되는 것은 싸고, 가공된 제품들은 값이 비싸다. 가이드가 가리키는 차창 밖 수로의 물은 홍수 뒤의 흙탕물처럼 거무죽죽하였는데, 가이드의 설명으로는 오염된 물이 아니고 물밑이 원래 진흙이기 때문이라 한다. 물이 맑지는 않지만 고기들이 많이 살고 사람들은 그 물에서 고기도 잡고 목욕을 하는 등 일상생활을 하는데 불편이 없는 살아 있는 물이라고 강조한다. 이 나라 사람들에게 오염되지 않은 우리나라 계곡의 청새 알 같은 물을 보여 준다면 어떤 표정을 할까?

태국에서는 함부로 물을 마실 수가 없다. 수로가 발달되어 도심에서도 배가 교통의 한 수단이 될 정도로 물이 흔한 곳이지만, 물속에 석회질과 유황성분이 많아 빗물을 받아 식수로 마시거나 수입한

물을 마신다. 이곳은 기름 값보다 물 값이 비싸지만 호텔방 냉장고의 물과 식당에서 주는 물은 안심하고 마셔도 된다. 기름 값이 1L에 500원 정도 한다고 하니 우리나라의 물 값과 기름 값을 반대로 계산하면 되겠다.

날이 저물어 가는 시간에 별로 인가가 없는 외딴 길가에 한인이 경영하는 식당 '아리랑'에서 저녁을 먹었다. 돼지 불고기에, 김치에, 아침을 서두르고 점심을 기내식으로 때운 터라 모두들 정신없이 먹었다. 이곳 쌀에 찹쌀을 섞어 지었다는 밥은 옛날 구호미로 왔던 안남미에서 나던 역겨운 냄새는 나지 않았고 고소하고 맛이 좋았다. 주인이 양푼 채 내어다 주는 밥을 모두들 더 퍼다 먹었다. 공기 밥값을 일일이 계산하는 우리나라 식당에 비하면 인심이 후했다. 일 년에 20~30만 명의 우리나라 관광객이 다녀간다고 하니 거의 매일 고국 사람들을 만날 터이지만, 아마도 고향을 그리는 마음 때문에 항상 반가운 모양이다. 식사를 마치고 나오니 밖에는 제법 어스름이 깔려 있었다.

모두들 피곤해 보이는데 식사를 마친 김 사장, 가이드, 집행진이 무언가 이야기를 나누고 있었다. 호텔로 들어가기 전에 한번쯤 관람해 볼만하다며 성인 쇼 장으로 안내했다. 과히 내키지는 않았지만 전체가 하는 일이라 같이 들어갔다. 나이가 많아야 13~4세에서 한

두어 살 더 될까 말까 우리가 보기엔 아직 소녀티가 그대로 남아있는 유난이 눈이 동그란 여자애들이 실오라기 하나 걸치지 않고 무표정한 얼굴로 그러나 태연하게 묘기를 보였다. 묘기라는 게 발가벗은 몸으로 성기를 이용해 병뚜껑을 딴다든가 남녀가 정말 사랑스러운 마음으로 같이하는 잠자리의 모습을 직접 실행해 보이는 등 옆 사람의 시선이 부끄러워 차마 볼 수 없는 그런 것들이었다. 끝나면 더러 박수를 치는 사람들도 있지만 도대체 어떤 때 박수를 쳐야 하는지도 애매하다. 그렇지만 박수를 받지 못하고 퇴장하는 애들을 보면 측은한 생각이 들어 끝날 때마다 나도 의미 없는 박수를 쳐주었다. 우리가 볼 때 이런 곳에서 일하는 이들이 안쓰럽고 안됐다 싶지만, 본인들은 오히려 부끄러움 없이 하나의 직업인으로 당당하게 일한다고 한다. 그들을 바라보는 가족들의 시선 또한 우리와는 다른 것 같다. 보통 출근 할 때나 퇴근할 때 애인들이나 남편들이 데려다 주고 데려가고 한다니, 돈벌이를 위해선 수치심이나 자존심은 마음 쓰지 않겠다는 듯한 남편들의 얄미움을 보는 것도 같다.

또 이런 관광 상품까지 내세워 외화수입을 하는 태국정부의 대담함을 어떻게 이해해야 할까? 쇼 관람이 끝나고 도착한 호텔은 '엠버서더 좀티엔'이라고 제법 규모가 큰 호텔이었다. 1204호 키를 받아들고 방문을 여니 습도가 높은 곳이라 그런지 지하 다방에 들어갈 때 나던 퀴퀴하고 눅눅한 냄새가 에어컨의 찬 공기와 함께 밀려온다.

우선 커튼을 젖히니 앞으로 바다가 한눈에 들어온다. 일찍만 일어나면 방안에 앉아서도 일출을 보겠구나 싶어 기대를 해본다. 가방을 정리하고 샤워를 하고 나니 저절로 눈이 감긴다. 새벽 5시에 일어나 밤 12시에 호텔에 도착했으니, 19시간을 비행기에서, 버스에서 보낸 셈이다. 서울에서 광주까지 4시간 정도 고속버스를 타도 우리 나이에는 벅찬 일정이었다. 너무 늦어서 어머니께 전화도 드리지 못하고 잠자리에 들었다.

7월 1일 체험코스

6시 기상을 했다. 구름이 잔뜩 낀 하늘이 아무래도 일출을 안보여 줄 것 같다. 바닷가 산책이나 나가볼까 했지만 산책길을 익혀두지 않은데다 어제 가이드의 여권을 잘 간수하라던 말이 생각나서 산책은 포기하고 아침 식사를 했다. 쌀을 재료로 한 요리들이 제법 많은 뷔페식 식사였다. 밑반찬이 없어도 먹을 만했지만 계원들이 준비해온 밑반찬을 곁들이니 더욱 좋았다. 몇 년 전 대만에 갔을 때 한국음식이라고 안내 받은 곳에서 마저 온통 음식들이 기름에 지지고 볶은 것들이어서 가지고 간 밑반찬으로 겨우겨우 먹었던 기억이 난다.

식사를 막 마치고 일어서는데 누군가가 박승만씨 댁에서 여권을 분실했다고 한다. 온 몸에 힘이 쭉 빠지는 것 같다. 기어이 올 것이

오고야 말았구나 싶었다. 어제 가이드가 몇 번이고 여권을 잘 간수하라고 강조하던 마음을 알 것 같다. 빨리 수속을 한다 해도 한 달이 걸린다느니, 두 사람은 함께 갈 수 없다느니 야단들이다. 설사 두 분을 남겨두고 남은 일정을 진행한다 해도 무슨 기분으로 여행을 할 것인가? 아무래도 이번 여행은 즐거운 여행이 될 수 없을 것 같다.

암담한 기분으로 여기저기 모여 있는데 승만씨 내외가 내려왔다. 잘 간수한다고 여권 넣은 작은 가방을 안쪽에 밀어 넣고 큰 가방으로 가려 놓았는데 작은 가방이 깊이 들어가 보이지 않았다는 것이다. 어쨌든 금방까지 시무룩해 있던 계원들의 얼굴이 환하게 밝아졌다.

8시30분. 산호섬에 가기 위해 버스를 탔다. 오늘은 비디오 촬영을 한다고 한다. 바닷가에 도착해 구명조끼를 입고 쾌속선에 탔다. 바다 가운데에는 1인당 10달러의 개인 부담으로 낙하선 타는 곳이 있었다. 남편은 고소공포증 때문에 포기하고 내가 제일먼저 신청을 했다. 막상 타려고 하니 겁이 났지만 얼떨결에 출발하고 나니 무섭지는 않았다. 내 몸에 묶인 낙하산 줄을 배 한 척이 속력을 내어 끌고 가니 낙하산이 펴지면서 몸은 허공에 둥 떠올랐다. 땅위에 서 있는 눈높이에서 보던 주위의 경관과 공중에 높이 올라 내려다보는 경관과는 많은 차이가 있다. 우선 같이 있던 사람들의 모습이 실제보다 훨씬 작아 보이는 대신 다른 많은 것들이 시야에 들어왔다. 그래서 사람들은 높아지기를 원하는가 보다. 좁게만 느껴지던 시야에 새로운 많은 것들이 보이는 것이 신기하고 동등한 위치에서 보던 것들을 내려다보는 기분도 다른 느낌으로 볼 수 있으니까? 오직 나만의 생각일까? 배가 끄는 대로 주위를 한 바퀴 돌고 무사히 착지를 했다.

　일행들의 낙하산 타기가 끝나고 다시 배에 올라 산호섬으로 향했다. 큰 배로 가면 1시간 정도 걸리는 곳이지만 쾌속선으로는 20분이면 갈 수가 있다. 섬에 도착하니 어제 보던 강물과는 딴판으로 바닷물은 맑고 바닷가의 모래는 하얀 떡 가루를 빻아 놓은 듯 부드러웠다. 모두들 수영복으로 갈아입은 뒤 물속으로 들어가고 몇 사람만 남아서 소지품을 지켰다. 상인들이 여러 가지 물건을 가지고 와서 사라고 조르지만 우리가 알아들을 수 있는 말은 화폐단위뿐이다. 그네들도 거래에 꼭 필요한 우리말 두어 마디쯤은 알고 있었다. 가죽지갑, 벨트, 부채, 가방 등 사려는 사람이 없자 물건 값은 처음보다 많이 내려갔지만 가이드의 귀 뜸도 있고 해서 사지 않았다.

　한 계원이 야자열매를 샀다. 상인은 야자열매의 꼭지 부분을 자르고 빨대를 끼워 주었다. 야자수의 맛은 그저 밍밍하였다. 열매 먹는 야자나무를 코코넛 팜이라 부르며 전쟁 때는 야자 액을 링거주사 대신 사용하기도 했다고 한다. 야자열매에 주사기를 꽂고 군인들 팔에 주사기를 꽂아 주사한다고 한다. 야자 액을 마시고 나면 열매 안쪽에 부드러운 육질이 있는데, 이걸 먹어보니 약간 코코아의 맛이 나는 듯 했다. 이것이 코코아의 재료다. 야자열매 껍질은 말려서 숯으로 쓰고, 잎은 지붕을 덮을 때 쓰며, 줄기는 바닷물에서 잘 썩지 않기 때문에 배를 매어 두는 기둥으로 쓰는 등 버릴 것이 하나도 없다. 야자나무는 키가 크고 높은 곳에 열매가 열리기 때문에 사람들이 따는 경우도 있지만, 원숭이들을 2~3개월 훈련시킨 뒤 야자열매도 따게 하고 농사일도 시킨다. 1시간정도 해수욕을 하고 되돌아 왔다. 처음 산호섬 관광을 한다는 말을 듣고 TV에서보던 아름다운 산호초의 군락지를 볼 수 있겠구나 잔뜩 기대를 하고 갔었는데, 산호초의 그림자도 못보고 돌아오자니 너무나 실망스러웠다. 밑바닥이 유리로 된 배를 타고 산호 구경을 한다는 사실을 나중에야 알았다.

7월 1일 농눅빌리지 민속촌

동경식당에서 한식으로 점심을 먹었다. 1시 호텔에 도착 휴식을 한 다음 2시에 농눅 빌리지 민속촌으로 출발하기로 했는데 한 분이 늦어서 3시에 출발하였다. 민속촌에 도착하여 잘 다듬어진 나무들과 꽃들을 배경으로 사진 촬영을 하고, 민속춤과 코끼리 쇼를 구경하였다. 코끼리 들은 큰 덩치에 어울리지 않게 재롱을 피웠다.

다른 코끼리는 농구골대에 공을 골인 시켜 박수갈채를 받는데, 자기는 실패하자 미안한 몸짓을 하고는 다시 공을 던져 골인하자 뻐기는 몸짓을 해서 구경꾼들의 웃음을 자아내게 하였다. 구경꾼들이 주는 바나나를 코로 말아 쥐고는 고맙다고 절을 하더니, 퇴장하는 척 하다가 다시 나와서 구경꾼 옆 의자에 놓여 있는 바나나까지 긴 코로 빼앗아 달아난다. 익살맞은 동네 아저씨 같은 짓을 하는 코끼리, 재미있는 코끼리 쇼였다.

쇼가 끝나고 가이드가 모이라고 일러준 곳으로 돌아오는데 남편이 뛰어 오더니 무작정 끌고 간다. 영문도 모른 채 가보니 승만씨가 핏기 없는 고통스러운 얼굴로 나무 앞에 앉아 있었다. 가지고 간 사혈 침을 꺼내어 사혈을 시켰지만 피는 별로 나오지 않고 다시 시도를 해보았지만 침 끝이 자꾸 휘어졌다. 원래 운동을 하신 분이라 손끝이 굳어져서 그렇다고 한다. 그 때 누군가가 등을 두드리자 구토를 하더니 조금 진정이 되는 것 같다며 한참 쉬고 있으니 혈색이 돌아 왔다. 오늘 아침부터 박승만씨 덕에 자주 놀래는 것 같다. 잊어버릴 뻔 한 여권을 찾아서 그 땜을 하는 모양이다.

다시 코끼리 농장으로 가기 위해 버스에 올랐는데 이번에는 착실한 나승언씨가 타지 않았다. 가이드와 김사장이 내려서 찾아보았지만 찾을 수가 없어 처음 주차했던 곳으로 갔다. 거기에도 계시지 않아 몇 분이 안에 들어가 찾아보려는데, 약간 화가 난 승언씨가 저쪽에서 오고 계셨다. 일행들을 찾다가 이곳에 왔지만 버스가 없어서 다시 들어갔다 온다고 하였다.

조금 우선한 승만씨네를 호텔에 내려 드리고 코끼리 농장으로 향

했다. 가는 도중 가이드로부터 야생 코끼리를 잡아다 훈련시키는 이
야기를 들었다. 코끼리들을 끌어 들이기 위해 코끼리들이 살고 있
는 곳에 먼저 빙 둘러 울을 막고 입구만 남겨 둔 뒤에 코끼리를 울안
으로 몰아넣는다. 문을 막고 코끼리를 굶긴다. 짜증이 난 코끼리들
이 울에 머리를 마구 찧는데, 이 때 나무창을 가지고 코끼리를 찌른
다. 마지막엔 코끼리들이 도망갈 수 없음을 알고 체념을 한다. 이 때
잘 훈련된 코끼리 두 마리를 데리고 가서 중앙에 사로잡은 코끼리를
세우고 발에 쇠사슬을 채워 데리고 온다. 데려온 코끼리들을 기둥에
발을 메어 놓고 굶긴다. 여기서도 코끼리들은 도망갈 수 없음을 알
고 체념을 한다. 그러면 다리를 풀어주고 훈련 잘된 코끼리를 옆에
데려다 놓고 훈련을 시킨다.

영리한 코끼리는 금방 따라 하는데 이때 머리가 좀 나쁜 코끼리들
은 산악지방으로 보내 나무 나르는 일등 힘든 일을 시키지만 잘 순
종한다. 그러나 점점 힘이 없어지면 마약을 먹여 일을 시키는데, 결
국은 병이 들어 죽게 된다. 그래서 요 근래에는 코끼리를 자연으로
돌려보내자는 운동이 시작되어 첫해 두 마리를 시작해 지난해는 국
왕의 나이만큼 돌려보냈다. 농장에 도착하여 한 가족씩 코끼리를 탔
다. 코끼리는 오래 살기 때문에 나이들이 많은 편인데 걸을 때마다
귀를 펄럭거리기 때문에 귀 뒤쪽의 피부색을 보아 나이를 알 수가 있
다. 보통 코끼리를 관리하는 사람은 나이를 알고 있다고 하는데, 우

리 코끼리를 모는 사람은 도저히 말이 통하지 않아 알아볼 수가 없었다. 귀 뒤가 거의 하얀색인걸 보면 나이가 상당히 많을 것 같다. 가면서 팁을 1불 주었더니 좋아했다. 그래서인지 울퉁불퉁한 들길을 더 돌아가는 바람에 내리는 장면이 비디오에서 빠지기는 했지만 괜찮았다. 코끼리 등에서 아리랑을 부르자 같이 따라서 부르던 코끼리 아저씨 파이팅!

저녁을 한인식당에서 먹고 밤에는 안마를 받으러 갔다. 두 번째 이 곳 관광을 하시는 부 면장님과 김 의원님의 말씀에 의하면 안마를 안 하고 가면 평생 후회 할 거란다. 대개 2시간에 20달러(20만원)씩 하는데 1시간에 10달러로 흥정을 하고 전체가 받기로 했다. 가이드가 안내하는 곳으로 가니 많은 아가씨들이 대기하고 있었다. 한사람 누울 키만 큼의 길이에 옆으로 폭이 넓은 방에 각각 휘장을 칠 수 있게 시설이 되어 있었다. 여자들만 한방으로 들어가고 남자들은 다른 방으로 안내되었다. 우리나라에서는 시각 장애인들이 하는 일로 알고 있었는데, 이 나라에는 학교에 안마를 가르치는 과가 있다고 한다. 난생 처음 받아보는 안마다. 아침부터 돌아다니고 씻지도 못한 발을 맡기려니 미안하기도 하고 다른 사람이 내 몸을 만지는 일에도 익숙하지 않아 어색했다. 우리말을 몇 마디 하는 아가씨도 있었다. 안마하는 아가씨들의 공통점은 조혼한 이혼녀들이다. 학력은 국민학교 중퇴에서 고졸까지이며, 월 20만 원 정도의 월급과 팁을 합하면 대졸 취업자 초봉정도의 비교적 좋은 수입을 얻을 수 있는 직업이다. 안마를 마치고 호텔로 돌아오니 파타야에서 마지막 밤이다.

7월 2일 방콕

　가방을 챙기고 아침은 죽으로 때웠다. 배가 살살 아파 준비해온 정로환을 먹었지만 아무래도 조심스럽다. 어제 박승만씨 상황에 신경이 쓰인다. 다행히 오늘은 승만씨의 장난기가 동하는 걸 보니 많이 좋아진 모양이다. 일정이 빠듯하다며 8시에 출발하였다.

　가는 도중 코브라 농장이라는 곳에 들렀다. 월남전 상이 용사인 주인은 화순이 고향이고, 64년 12명이 태국에 정착하여 36년째 거주하고 있고, 코브라농장을 운영한지는 21년째다.

　태국은 불교국가로 살생을 금하지만 뱀에게 물려 희생되는 사람이 1년이면2,000~3,000명에 이르자 국가차원에서 뱀을 수거하고, 수거한 뱀들은 농장에서 처리가 된다. 뱀의 가죽과 쓸개와 유랑(코브라 몸속의 기름덩어리)을 채취한다.

뱀들 중에서도 코브라의 맹독성은 이미 들어 아는 터이지만, 머리에 휘장이 그려져 있는 게 특징인 '씨암 코브라'는 교과서에 게재된 종류다. 코브라의 척추는 104마디의 척추로 되어 있다는 것, 몸속에 유랑이 저장되어 있기 때문에 한 달 정도는 굶고도 살수 있다는 것을 처음 알았다. 이 나라 뱀들은 겨울이 없기 때문에 동면을 않는 대신 우기 철이면 산으로 올라오는데 이때를 이용하여 잡는다. 코브라 쓸개와 유랑의 약효에 대한 주인아저씨의 찬사가 끝나고 아줌마의 고향이 나주 남평이라며 일행들에게 쓸개를 하나씩 나누어주고 남자분들께 탕도 대접했다. 기관지 천식에 효과가 있다고 하여 유랑을 2개월분 샀다.

코브라 농장을 나와 악어 농장으로 향했다.

태국에는 악어농장이 수십 곳 있는데 보통 한 농장에서 6만 마리 정도 사육한다. 악어는 땅을 파고 한번에 40개 정도의 알을 낳아 묻어둔다. 71일 후에 부화가 되는데 흥미로운 것은 이 때 밖의 온도가 33도 이상이면 수컷이 되고 30도 이하이면 암컷이 된다.

새끼가 부화 될 때 조심해야 하는 것은 개미다. 이 쪼그만 개미 때문에 악어 새끼 50% 정도가 희생된다고 하니 "약육강식"이라는 먹이 사슬이 다 맞는 것도 아닌가 보다. 그래서 사람들이 악어가 낳은 알을 안전한 곳으로 옮겨 부화시키는데 알을 옮길 때도 놓여 진 그 상태대로 옮겨야 부화가 된다. 10시에 악어 쇼를 구경하고 농장 안 여기저기 나이별로 구분되어 있는 악어들을 둘러보았다. 가죽을 가공하는 악어는 대개 1~2년생들이고 나이든 악어들은 번식에 필요한 숫자만 유지시킨다. 악어 농장을 거쳐 수백 년 동안 그 모양이 만들어 졌다는 아름다운 수석공원에 들려 수석을 배경으로 사진촬영을 하였다.

다시 버스에 올라 '팜파'라 불리는 태국 국화가 환영하는 듯 노랗게 피어있는 고속도로를 타고 방콕으로 향했다.

버스에서 가이드의 이야기가 계속된다. 거주하는 한인 30,000여 명 그 중 6,000여 명이 방콕에 살고 있다. 아직 태국 국적을 취득한 사람은 없고, 1년마다 갱신하는 '일할 수 있는 허가증'을 소지하고 있다고 한다. 관광가이드들은 3개월마다 갱신한다. 시가지가 가까워지는 듯 빨간 지붕의 집들이 모여 있는 마을들이 보인다. 이런 집들을 빌라라고 하는데 8천만 원에서 1억 정도의 시가이며(대개) 상류층 사람들이 산다. 2층으로 된 건물들인데 이 집들은 1층은 비워두거나 집에서 부리는 사람(가정부, 식모, 찬모)들이 사용하고 주인은 2층에서 생활한다. 집을 받치고 있는 기둥들은 모두 사각형이며 전봇대도 사각형인데 태풍의 염려가 없기 때문이기도 하지만 뱀이 올라갈 수 없도록 하기 위해서다. 각이 지면 뱀이 못 올라간다. 가끔씩 아파트 단지들도 볼 수 있었는데, 아파트에는 주방시설은 되어 있지만 밥을 지어먹을 수가 없다. 대개의 태국사람들은 식사를 사 먹는데, 밥과 쌀로 만든 국수, 죽 등이 주 메뉴이고, 특별한 끼니 없이 배고플 때 사 먹는다. 한 끼 식사비는 1000원~1500원 정도. 수입에 비하면 식사비가 비싼 것 같다. 태국은 과일의 천국이라 불릴 정도로 많은 종류의 과일이 있는데, 작년 방콕 과일 품평회에서 놀랍게도 우리나라의 나주 신고배가 최우수상, 사과 부사가 1등을 했다. 과일의 종류가 많기는 하지만 사계절이 확실한 우리나라의 과일 맛을 따라올 수는 없는 모양이다.

위대한 천사의 도시(쿵템)라고 스스로 즐겨 부른다는 방콕, 서울시 2배정도 면적에 전체 국민의 10분의 1이상인 약 850만 명이 산다. 첫째 날 몇 시간을 달려도 마을을 구경하기 힘들었던 것과는 달리 방콕시내에는 높은 빌딩들이 많다. 그 높이가 305m 면적이 잠실운동장의 30배가 된다는 98층짜리 바이욕 타워는 그 높이가 세계에서 7위이다. 제일 위층에 자리한 식당은 '세계에서 가장 높은 곳에 있는 식당'으로 기네스북에 올랐다. 이 빌딩의 기초공사와 엘리베이터를 LG에서 시공했다고 한다. 태국에는 지하문화가 없다. 지반이 약해서 지하에 건설을 하려면 많은 경비가 소요되기 때문에 아예 시작을 않는다. 서울의 지하철 정도는 상상할 수가 없는 대신 세계에서 제일 길다는 지상 3층의 고가도로가 있다. 요금이 버스의 10배가 되는 스카이 열차는 작년(1999년 12월)에 개통했는데, 3량 밖에 안 되는 열차를 이용하는 사람이 적어 운영비가 적자다. 택시는 '메타택시'라는 표시를 단 택시와 일반 택시가 있는데, 메타택시는 대우에서 생산한 차로 92년부터 영업을 시작했다. 시내버스는 에어컨 버스와 일반버스가 있다. 항상 창문이 닫혀 있는 버스는 요금이 더 비싼 에어컨 버스이고, 일반버스는 창문이 열려 있다.

빨간색 조끼를 입은 기사들의 오토바이 택시도 있다. 방콕은 차들의 정체 정도가 심하기 때문에 러시아워엔 오토바이를 이용하는 사람들도 많다. 시내 곳곳에 수로가 나 있어서 택시 배나 나룻배를 이용한 교통수단도 공존하고 있었다.

시내에 도착하여 일요일에만 일반인들의 쇼핑이 허용된다는 55층 빌딩의 보석도매상가 비엠젬에 들렀다. 출입부터 엄한 규제를 하는 곳이었다. 출입구에서 가이드가 연락을 하고 6층까지 엘리베이터를 탄 다음, 출입증을 받아 가슴에 달고 경비원들의 허락을 받아 다시 엘리베이터를 바꿔 탔다. 우리나라 사람들이 있는 코너로 안내되어 쥬스를 대접받고, 우리나라에서 파견 나와 있는 책임자의 보석에 대한 설명을 들은 뒤 쇼핑을 했다. 혼수용이나 선물용으로 보석들을 구입했다. 주로 진주들을 많이 샀다.

쇼핑이 끝나고 한식으로 점심을 먹고 차이나타운에 있는 한의원에 들렀다. 화교 한의에게 진맥을 받고 한국인 한의에게서 처방전에 대한 설명을 들었다. 여러 가지 약들도 구입하고 진맥 처방하는 시간이 많이 소요되어 땅 어스름이 깔릴 때쯤 미니시암에 도착하였다. 태국의 문화적 유산과 역사물을 소형모델(1/25)로 제작하여 전시하고, 세계 각국의 유명한 건축물도 함께 전시하는 곳인데, 우리나라 남대문은 금년에 세워졌다. 어둠 속에서 대강 대강 관람을 마치고 태국의 전통요리를 먹었다. 우리나라에서 먹던 샤브샤브와 비슷한 요리였다. 식사도중에는 파타야에서 촬영한 비디오를 보았다. 식사 후 호텔에 도착하였다. 파타야의 호텔과는 격이 틀려 보이는 근사한 호텔은 방안 공기부터 상쾌하였다. 커튼을 젖히니 높은 빌딩들의 불빛이 별처럼 반짝인다. 내일은 왕궁관광을 할 예정이니 정장차림(샌들과 반팔 달린 옷 정도)을 하라는 가이드의 말을 생각하면서 잠자리에 든다.

7월 3일 왕궁

    왕궁관광의 예의에 어긋나지 않는 차림으로 호텔에서 이른 아침을 먹고 곧 출발하였다.

    왕궁안내는 태국가이드가 맡았다. 외국인은 왕궁안내를 할 수 없다. 에메랄드 사원의 본당은 1780년 라마 1세에 의해 세워졌으며, 이 사원은 왕궁의 수호사원이다. 웅장한 건축형식이나 화려한 색상들이 관광객들을 압도하는 곳이다. 라마 5세−라마 8세까지 기거했던 왕궁은 지금은 왕실예식장이나 연회장(외국귀빈접대)등 영빈관으로 사용하며, 다른 나라의 왕이나 대통령들의 방문 시 숙소로 이용한다.

    박정희 대통령과 노태우 대통령도 이곳에 다녀갔다고 했다. 라마

9세인 현 푸미폰국왕의 집무실은 별궁에 있다. 1년에 1000만 명 정도의 관광객이 다녀간다고 하니, 하루에 3만 명 정도의 관광객이 이곳을 찾는다는 이야기가 된다. 그래서인지 이른 아침부터 많은 관광객들로 붐볐다. 왕궁진입로에는 복권만을 전문으로 파는 가게들이 줄지어 있었는데 1주일에 한 번씩 추첨한다. 복권 당첨금이 얼마쯤 되는지는 물어 보지 못했다. 왕궁관광을 마치고 수상시장으로 향했다.

왕궁에서 별로 멀지 않은 곳에 태국의 어머니 강이라는 차오프라야(귀족 1급 칭호)강이 흐른다.

이 강은 방콕을 가로질러 남쪽의 태국 만까지 흐르며, 세계 곡창지대와 과일 산지 중 한 곳인 중부평야의 많은 과수원과 정원을 관개하는 복잡한 수로 망을 형성하고 있다. 강의 길이는 325m 깊이는 20m쯤 되는 강은 온통 흙탕물이다. 강바닥이 진흙이기 때문이다. 배를 타고 한참 가니 건너편에 높은 탑이 보인다. 왓 아룬 사원의 탑인데 1842년 공사를 시작하여 라마 5세말 1909년에 완성된 사원의 탑이다. 중국의 도자기를 수입하여 벽면에 붙였으며 75m의 탑 안에는 부처의 탄생, 깨달음, 초전법륜 열반의 4개 불상이 수장되어 있다. 특히 아침 태양이 떠오를 때 탑에서 반사되는 아름다움 때문에 새벽사원이라 부르기도 한다.

이 강가에는 물고기 사원이 있다. 물 반, 물고기 반이라 할 만큼 물고기가 많다는 가이드의 말을 반신반의 하였는데, 배가 속력을 늦

추니 길이가 30cm이상 될 듯한 물메기들이 징그러울 정도로 우글 거렸다. 배 안에서 파는 식빵을 사서 물에 조금씩 던지니 고기들이 머리를 쳐들고 달려들지만 손으로 잡을 수는 없었다. 이 고기들은 불교 신도들이 방생한 것들이며, 잡는 것을 금하기 때문에 이렇게 많다고 한다.

강 위에는 수상 버스라고 하는 배가 사람들을 실어 나르는데 15분 간격으로 다닌다. 또 나룻배에 자동차 엔진을 부착한 택시배도 있었는데, 이 배들은 강을 왕복하는데 1바트의 요금을 받는다. 조금 더 가니 왼쪽 편에 해군본부 건물도 보이고, 국왕의 어머니가 운영한다는 왕족 병원 건물도 볼 수 있었다. 방콕시내에서 병원을 볼 수 없었던 게 이상해서 가이드에게 물어보았더니, 병원이 없고 병이 나면 한방치료를 하거나 민간요법으로 치료를 한다. 평균수명이 55세인 원인을 알 수 있을 것 같다. 강변엔 수상가옥들이 죽 늘어서 있고 어떤 집에는 화분도 진열돼 있었다.

점심 후에 차이나타운에 들려 쇼핑을 하기로 했지만 싱가폴행 비행기시간이 조급해 그냥 지나쳤다. 주로 건축 자재상들이 많다는 이 지역은 이곳에서 돈이 안 풀리면 태국 경제가 마비될 정도로 돈 많은 화교들이 살고 있다. 이들은 현금을 주로 금으로 바꿔 가지고 있는데, 이곳에서 통용되는 금의 순도는 22%다.

차이나타운을 마지막으로 태국 관광을 마치고 돈므앙 공항으로 가는 도중 가이드가 웅담 채취하는 방법을 이야기해 주었다. 곰에게 먹이를 준 뒤 잡으면 음식물을 소화시키기 위해 쓸개즙을 많이 배출하므로 쓸개가 작아진다. 그래서 곰에게 먹이를 주지 않고 물에 빠트리면 숨쉬기가 귀찮아 숨을 안 쉬기 때문에 쓸개가 크다고 한다.

버스가 지나는 길 양쪽으로 많은 음식점들이 줄지어 있었는데 그 중 '제비집요리'라는 간판을 가리키며 보라고 하였다. 바다제비가 산란기가 되면 많은 해초류를 먹고, 인가(人家)로 찾아들어 지붕 안쪽 제일 깊숙한 곳에 먹었던 음식을 토해 집을 짓는다. 이때의 집 색깔은 순백색인데 사람들이 제비가 없는 틈을 타서 집을 떼어낸다. 제비가 산란을 하려고 돌아와 보니 집이 없기 때문에 다시 집을 짓는데, 이때는 토하는 음식물에 피가 섞여 집 색깔이 분홍색이 된다. 사람들은 이 집도 떼어낸다. 제비가 알을 낳으려고 돌아와 보니 집이 또 없어진걸 알고 너무 급하나 저장된 것이 별로 없기 때문에 엄청난 피를 토하여 집을 짓기 때문에 세 번째의 집은 빨간색이 된다. 사람들은 무자비하게 세 번째의 집도 떼어내어 요리를 만드는데, 제비는 더 이상 집을 지을 힘이 없기 때문에 죽고 만다. 제비집 요리는 1kg에 120만 원 정도 하는데, 강장제로 인기가 높아 찾는 사람들이 많지만, 희생되는 제비의 숫자가 날로 늘어 앞으로 얼마나 제비집 요리가 존재할지 모를 일이다.

그 밖에도 태국에서 재배하는 양귀비꽃 꿀 이야기, 태국의 승려들이 먹지 않는다는 3부 정육(1.내가 먹으려고 잡은 고기, 2.내가 잡는 광경을 본 고기, 3.내가 잡으라고 시킨 고기)에 대한 이야기들을 해 주었다. 4시 공항에 도착하여 출국수속을 마치기까지 우리를 안내했던 가이드 윤성찬씨에게 감사한다. 다 방면에 아는 것이 많아 우리의 질문에 막힘없이 대답해 줄 수 있는 가이드를 만날 수 있었던 것은 우리의 행운인 것 같다. 5시 30분 비행기 탑승이 시작되어 6시 15분 돈므앙 공항을 이륙하므로 4박 5일의 태국 관광을 마치고 처음 태국에 올 때 탔던 싱가폴 비행기로 다음 목적적인 싱가폴로 향했다.

7월 3일 싱가폴 창이공항

    태국의 돈므앙 국제공항을 6시 15분 출발해서 싱가폴의 창이공항(가장 높이 올라간 나무)에 7시 45분 도착하여 가이드 정진희씨의 안내로 전용버스를 타고 호텔로 향하였다. 싱가폴이라는 이름은 14세기 수마트라의 왕자가 이곳을 찾았다가 낯선 동물을 사자로 잘못보아 이곳을 싱가(사자)푸라(도시)라 부르게 된데 유래한다. 1819년 영국의 스탬포드 래플스가 네덜란드의 동인도 회사를 견제하기 위해 싱가폴을 사들여 이곳에 자유 무역항을 건설했다. 이로써 조그마한 어촌인 싱가폴은 동서양을 가로지르는 무역항으로 성장하게 되었다. 그러나 2차 대전 중 일본이 싱가폴을 점령하여 3만 명의 싱가폴인들을 살상하는 비극도 겪었다. 이 후 여러 곡절 끝에 1965년 연방

국가로 독립하여 이관요(Lee Kuan Yew)의 지도아래 오늘날과 같은 발전을 이루어 냈다.

싱가폴은 동서가 44km 남북이 24km인 본섬과 58개의 부속섬으로 이루어졌으며, 국토면적은 646㎢로 서울(627㎢)보다 조금 크며 인구는 서울인구의 1/4인 약 350만 명이다. 국민은 중국계(77%), 말레이계(14%), 인도계(7.6%), 기타 소수계(1.4%)로 구성된 다인종 사회이다. 이에 따라 언어도 영어, 중국어, 말레이어, 타밀어 등을 쓰며, 타밀어는 공용어로 영어는 행정어로 쓴다. 적은 인구이지만 대개 8개정도의 방언이 있어 언어 통일의 문제가 있으며 이 때문에 앞으로 북경어를 제 2필수어로 가르친다고 한다. 종교는 도교(29%), 불교(27%), 이슬람교(16%), 기독교(10%), 힌두교(4%)다. 기후는 우기와 건기의 구별이 뚜렷하지 않고 기온의 변화도 뚜렷하지 않다. 하루 3~4회 15분~20분 정도 비가 내리는데, 이상기온으로 하루 종일 내릴 때도 있다. 가끔씩 먹구름이 몰려오면서 하늘에 구령이 뚫린 듯 천둥 번개를 동반한 소나기가 쏟아지기도 하는데, 이것을 '스콜'이라 부른다. 1인당 GNP=24,000불이며 통화는 싱가폴 달러(S$)를 쓰는데 1달러는 우리 돈 600원이다. 토산품으로는 주석공예품, 보석, 각국의 면세품들이다. 우리나라와 −1시간의 시차가 있으며 도로는 일방통행이 많고 횡단보도에는 신호등이 없으며 언제나 보행자 우선이다. 차가 달리는 방향은 태국처럼 우리나라와 반대방향이다. 싱가폴 사람들은 시력이 안 좋기 때문에 밤나들이는 삼가는 것이 좋다. 1998년 영국 경제 연구소가 세계에서 제일 깨끗한 나라로 발표할 만큼 싱가폴의 시내는 잘 정리된 도시다. 차 속에서 느끼는 도시의 풍경은 시내 곳곳의 공간들이 푸른 잔디로 깔끔하게 정돈되어 있다는 것 외에 별로 특별하다는 느낌은 없었다. 이곳에 오기 전부터 깨끗한 나라라는 소문을 많이 들었기 때문인지도 모르겠다. 사실 서울에도 아름답게 가꾸어진 거리들이 많다. 싱가폴엔 우선 도시 경관을 더럽힐 염려가 있는 행동들에 대한 규제가 엄격하다. 외국인이 법규를 위반하여 벌금을 못 낼 경우 3일 동안 잡일을 시킨다. 규제하는 것들의 예를 들면 금연지역(지붕이 있는 곳)에서 담배 피우는 일, 길거리에 담배꽁초를 버리는 일, 껌을 씹거나 침을 뱉는 일 등 예전에는 본국인은 벌금으로 징수했지만, 지금은 본국인에게도 벌금에 해당하는 시간만큼 일을 시킨다. 아쉽게도 촉박한 관광 일정에 맞추다 보니, 매너 있는 시민, 안전한 거리, 편리한 교통, 깨끗한 환경, 친절한 안내 등 여러 나라 사람들이 칭찬하는 싱가폴의 자랑을 직접 체험해 볼 만 한 기회는 얻지 못했다.

싱가폴은 자유중계 무역국가로 관광 목적인 경우 보통 30일간의 무비자 체류가 허용되고, 무역업자들에게는 23일간 무료로 창고를 사용하게 하며 선박은 70일간 무료 정박할 수 있다. 유럽 등 여러 나라에서 원자재를 들여와 이곳에서 가공 포장하여 60%는 재수출하고 아시아에서 40%를 사용한다. 인도네시아의 많은 섬들이 둘러 있어서 천재지변이 없는 편이다. 1972년에 조성된 하버선박장은 중계무역항으로 2~3분 간격으로 선박의 입출항이 계속되며 하루에 800여 척의 선박이 이용된다. 또한 싱가폴은 면세 국가다. 그러나 술, 담배, 껌 등은 반입을 금하고 있다. 이것을 어겼을 때는, 수입인지가 붙지 않은 2홉들이 소주는 우리 돈 1,000만원, 담배 한 갑 이상 소유 시 250만원, 껌은 무조건 500만원의 벌금을 물린다.

싱가폴 국민의 88%는 정부아파트에서 산다. 결혼한 후 혼인신고를 마치면 방 3~6개짜리 아파트를 신청할 수 있다. 방 5개에 1억원, 방 6개에는 2억 정도를 주면 구입할 수 있는데, 5년 후에는 매매할 수 있는 권리가 주어지고 50%이상 값을 더 받을 수가 있다. 그래서 위장결혼을 하여 집을 신청하는 사람들이 있다. 이런 일을 없애기 위해 1차 분양 후 10년 이내에는 추가 신청할 수 없도록 하였다. 분양 받은 주택은 개인의 능력에 따라 부금을 배당하고 40~50년 동안 부금을 부으면 개인 소유가 된다. 개인 아파트는 보통 10억 정도이고, 월세 500만 원 정도의 고급아파트는 경비원이 직접 문을 열어준다. 아파트들은 1층은 비워 두고 예식장이나 장례식장으로 이용하며 이곳은 건축을 하기 전에 나무를 먼저 심는다.

싱가폴은 자기 보장제도가 잘 되어 있는 나라다. 기본 월급이 100만 원 일 때 본인 월급에서 20%, 고용주에게서 20%를 정부 은행이

떼어간다. 그 대신 서민들은 연금 개시 전에도 병원에 갈 때는 무료이다. 그러나 돈이 많은 사람들은 본인부담으로 종합병원에서 최고급시설을 이용 할 수 있으며, 최고 의료진의 진료를 받을 수 있다. 이 나라는 정부에서 경마와 복권을 권장하는데 1주일에 2회씩 추첨을 하지만 도박을 하는 사람은 없다. 그러나 자기보장제도가 잘 되어 있는 이 나라에서 실로 놀라운 일을 볼 수 있었다. 그것은 '아이 더 낳기 장려 운동'인데, 86년에는 한 가정에 1~2명이던 것을 89년 부터는 3명 이상 자녀를 출산하면, 장학금을 주고 좋은 학교에 우선 입학, 병원비 무료 등의 혜택을 부여한다. 하지만 누구에게나 허용되는 제도는 아니고 고등교육 이상의 중국인 가정에 한해서이다. 그러나 우리나라라면 이와 같은 일이 가능했을까? 아무리 생각해도 이해되지 않는 이야기지만 싱가폴에는 존재하는 현실이다. 적어도 이런 불공평한 일이 없는 대한민국의 국민임을 감사해야 할 것 같다.

7월 4일 주롱새 공원

    이른 아침 출발하여 말레이시아의 조호바루 관광을 마치고 20헥
타르의 광대한 공원에 동남아시아의 갖가지 새들을 볼 수 있는 주
롱새 공원으로 향했다. 새로선 가장 큰 타조를 비롯하여 600여종의
8,000마리 새들이 있는 곳이다. 11시에 시작되는 버드 쇼를 보기 위
해 바삐 서둘렀다. 쇼가 시작되기 바로 전에 입장하였다. 홍학들의
춤, 앵무새의 자전거 경주, 구관조의 말하기 등 30여분 동안 새들의
묘기가 끝나고, 마지막 순서로 앵무새가 해피 버스 데이를 불러 오
늘 생일을 맞은 관광객들의 박수갈채를 받았다. 쇼가 끝나 다음 모
노레일을 타고 공원 내를 돌았는데, 공원과 새들의 소개를 우리말로
들을 수 있도록 장치가 되어 있었지만, 조작을 잘못한 탓인지 우리말

통역이 되지 않아 숲과 새들을 보는 것으로 만족해야 했다. 말을 알아들을 수 없다는 것이 얼마나 답답한 것인지 평생을 그렇게 살아야 하는 청각장애인들의 불편함을 조금이나마 알 수 있을 것 같았다.

새 공원에서 시간이 지체되어 예약된 점심시간보다 1시간 늦은 점심을 먹게 되어 바틱 수공예 공장에 들려 쇼핑을 했다. 계원들은 선물할 애들 옷이랑 남방들을 샀다. 우리 교민이 운영하는 조그마한 식당에서 점심을 먹었다. 식당이 작기 때문에 미리 예약을 하는 모양이다. 식사 후 엔더슨 강어귀에 있는 멀 라이언 공원에서 잠깐 쉬기로 했다. 1901년에 만들어졌다는 엔더슨브리지가 있는 이 공원은 상체는 사자이고, 하체는 물고기인 사자의 도시 테마석인 멀라이언 상이 호수 안에 서 있는 곳이다. 또 주위에 58층의 정부청사, 쌍용건설이 지었다는 73층의 세계에서 제일 높은 호텔 등 모양이 각기 다른 기능가의 빌딩들을 한눈에 볼 수 있었다. 이곳은 건축 허가를 낼 때 기존의 건물과 같은 모양을 가지고는 허가를 받을 수 없다. 높은 빌딩들이 줄지어 있지만 길거리에 차들이 주차되어 있는 것을 볼 수 없었는데, 그 이유인즉, 이곳에서는 어느 건물이나 지하 8층까지가 주차장이기 때문이다.

주위의 빌딩들을 배경으로 사진촬영을 하고 인도네시아의 바탐으로 가기 위해 하버 선박장으로 향했다. 부두로 가는 도로 옆에 말레이시아가 운영을 맡고 있다는 철도청 건물이 보였고, 싱가폴 국립대학도 있었다. 골프장을 가지고 있다는 국립대학은 미국의 유명교수들을 초빙한 훌륭한 교수진으로도 유명하다. 의대와 법대는 외국인의 입학을 허가하지 않았으나, 2000년부터는 입학이 허용되어 한국 교민의 자녀 3~4명도 지원준비를 하고 있다. 이곳 대졸자의 초봉은 150만 원 정도이나 실력위주인 이곳에선 월수 600만원을 받는 사람도 있다. 싱가폴 학생들은 중학교부터는 본인의 실력제이나 초등학교는 부모 배경으로 좋은 학교에 갈 수 있다. 2년 전 까지만 해도 발전기금을 내면 원하는 학교에 입학시킬 수 있었으나, 지금은 입학시키기 2년 전부터 부모가 자원봉사를 신청하여 1주일에 한 번씩 봉사단으로 활동을 해야 한다. 그러나 외국인들은 지금도 발전기금을 내야 원하는 학교에 갈 수가 있다.

7월 4일 말레이시아 조호바루

　싱가폴 호텔에서 아침식사를 하고 싱가폴에서 북쪽으로 1시간
쯤 걸린다는 말레이시아 남단 조호바루로 향했다. 이곳은 싱가폴과
1km정도의 바다 위에 다리를 놓아 버스로 오갈 수 있는 곳이다. 말
레이시아의 수도에서 4-5시간이 걸리는 이곳은 싱가폴에서 1인당
70불 정도의 비용을 가지고 갈 수 있기 때문에 싱가폴에 오는 관광
객들이 거의 다녀가는 곳이다. 싱가폴보다 물건 값이 싸기 때문에
바겐세일 기간을 맞춰 쇼핑을 가는 코스다. 하루에 1,000여명 정도
의 관광객이 다녀가며 7월말에서 8월초까지는 한국 관광객이 많이
온다. 짧은 거리이지만 국경을 넘기 때문에 성수기 때면 여권 심사
를 하는 시간이 너무 많이 소요된다. 더군다나 말레이시아인들은 서

두르는 게 없어 일처리 능력이 느리기 때문에, 여권에 도장을 받기 좋게 입출국 증을 끼워 넣으라고 가이드가 힌트를 줄 정도다. 버스에서 내려 여권 심사를 마치고, 다시 전용버스를 타고 싱가폴과 말레이시아를 잇는 다리를 건너 조호바루에 도착했다. 말레이시아의 노동자들은 이 다리를 건너 싱가폴로 출퇴근한다. 싱가폴 가이드가 동행하였지만 칼림이라는 약간 서툴지만 우리말을 할 줄 아는 가이드가 나와 있었다.

말레이시아는 13개의 주가 있으며 9주에 술탄(일정지역의 군주)이 있어 돌아가면서 왕으로 선출된다. 조호바루는 말레이시아 최남단 조호주의 중심지이며 1855년 술탄 아부바카르에 의해 도시의 기초가 세워졌다. 조호바루주에 2개의 술탄 왕궁이 있는데, 왕궁 가운데 하나는 박물관으로 쓰이고 있다. 인구는 14만 명, 제일 먼저 안내된 곳은 동양에서 제일 아름답다는 한 채 회교사원이다. 1892년 술탄 아부바카르에 의해 세워진 이래 8년의 공사를 거쳐 완성되었는데 내부견학은 금지되어 있다.

언덕 위 푸른 숲에 둘린 하얀색의 둥근 지붕의 건물들이 앞으로 펼쳐진 바다와 어울려 한 폭의 그림 같다. 앞바다 건너편에 싱가폴의 공단이 보인다. 회교사원에서는 하루에 5번 기도를 드리는데 금요일 1시 15분에는 메카를 향해 단체기도를 드린다.

사원 관광을 마치고 원주민 가옥으로 가는데 길가에 묘지들이 있었다. 태국이나 싱가폴에서는 볼 수 없었던 풍경이다. 이곳은 사람이 죽으면 화장을 하지 않고 묘지를 만드는데 계급에 따라 만드는 형식이 다르다. 사람이 죽으면 하루 안에 매장을 하는데, 하얀 천으로 발에서부터 머리까지 만 다음 메카 사원(서쪽)을 향해 시신을 옆으로 뉘어 묻는다. 남자와 여자의 매장깊이가 달라 남자는 1m, 여자는 2-3m 깊이로 묻는데, 그 이유는 여자는 말을 많이 하여 죄를 짓기 때문이라 한다. 봉을 짓지 않고 매장한 다음 남자의 묘지에는 둥근 석상을 여자의 묘지에는 납작한 석상을 머리에 하나 발쪽에 하나 2개를 세우나 3개를 세우는 경우도 있다. 이곳에서는 공동묘지를 축복 받은 땅이라 하여 주위에 마을들을 이루고 생활하는데 이 마을들이 번창한 경우가 더러 있다.

면적이 33만 400km²이고 인구밀도가 60인 이 나라에는 100여 종류의 야자나무가 있다. 그리고 115종류의 뱀이 있는데 독이 있는 종류는 13종류다. 가이드의 이야기에 따르면 이곳에는 오전 7시 30분부터 12시 50분까지 초등학교 학생들의 수업이 끝나면 1시 5분부터 중학생들이 수업을 받는다. 천주교에서 운영하는 학교가 있는데 다른 종교인의 자녀도 함께 교육을 시킨다. 영세민들에게는 국립 임대 아파트를 빌려준다. 그 선정 기준은 가족 수와 월 2만 원 이하의 봉급자이지만 부정이 많아서 돈 있는 사람들이 가짜 영세민 행세를 한다. 우리나라에서도 재산을 숨기고, 서류상 영세민이 되어 영세민 아파트에 입주하는 경우가 있는데, 이 때문에 영세민 아파트에 그랜저 승용차를 소유한 사람들이 있다는 이야기를 신문이나 TV에서 들은 것 같다. 99마리의 양을 가진 자가 100마리를 채우기 위해 한 마리 양 가진 자의 것을 빼앗아 간다는 이야기는 어느 나라에도 있는 모양이다. 인간의 욕심은 과연 어디까지 가야 끝이 날것인지.

이 나라는 아직은 다처주의가 인정되기 때문에 남자의 천국이라 할 만큼 남자들 살기가 편하다.

감봉마을의 원주민 가옥을 둘러보고 민속 악기 연주와 민속춤을 구경하였다. 원주민의 생활 모습은 겉으로 보기엔 우리 시골과 별로 달라 보이지 않았다. 고루 갖춘 가전제품들이나 입식부엌의 모습까지. 1불씩 팁을 준 다음 연주자들과 사진촬영도 하고, 원주민 가옥에서 판매하는 간단한 기념품들도 샀다. 버스를 기다리며 마을의 여기저기를 좀 둘러 봤는데, 사람들의 옷차림이 남루하고 주위에서는 옛 우리 시골에서 느꼈던 두엄 썩는 냄새들이 코를 찔렀다. 그러나 어느 집 대문 앞에는 '알람만다'라는 노오란 꽃이 화사한 모습으로 우리를 반겼다. 어느 지역 어느 환경에서든 꽃은 사람들의 마음을 즐겁게 하는 힘을 가진 모양이다. 1시간 정도의 관광을 마치고 상가들과 주택들이 들어서 있는 시가지를 거쳐 돌아오는 길에, 이곳의 런던마크라는 백화점을 우리 쌍용에서 건설했다고 가이드가 이야기하였다. 싱가폴로 돌아오는 다리 위에는 지름이 2m나 된다는 둥근 관이 3개 있었는데, 말레이시아에서는 물을 정수할 능력이 없어 2개의 관으로는 싱가폴로 물을 끌어오고, 1개의 관은 정수한 물을 말레이시아에 보낸다. 말레이시아에 보내고 남은 물은 싱가폴에서 사용하고 방콕에도 수출한다. 다리의 끝 지점에서 출국 수속을 마치고 싱가폴로 돌아오다.

7월 5일 바람 1

　　싱가폴의 하버 선박장을 떠난 배는 40여분 후에 인도네시아의 십구빵 부두에 도착하였다. 싱가폴에서 바탐에 오는 부두로는 제일 큰 부두다. 이름이 리스톤이라고 하는 28세의 가이드 총각은 설운도라는 한국 이름도 있다며, 약간 전라도 억양을 닮은 우리말로 정확하게 자기소개를 하였다. 4년 동안 독학으로 한국말을 익혔다는 이 총각은 자기 방에 설운도의 사진을 붙여 둘 만큼 그의 노래를 좋아한다고 하였다. 그래서 한국 관광객들에게 자신을 설운도라고 소개한단다. 모두들 노래를 청하니 스스럼없이 '원점'과, '울고 넘는 박달재'를 음정 좋고 박자 맞게 불러 넘겼다. 우리가 듣기엔 기성가수의 노래와 비교해 손색이 없는 실력이다.

우리가 하루 동안 관광하게 될 바탐은 싱가폴의 2/3면적인 415.2㎢로 인도네시아의 리아우주에 속하는 섬들 중 큰 섬에 속한다. 인도(많다)네시아(섬), 가이드가 설명해주는 나라 이름 자체가 말해주 듯 13,677(우리나라 3,200)개의 섬으로 이루어진 인도네시아. 그 덕분에 이웃나라 싱가폴은 연중 태풍의 피해를 모른다. 전국의 총면적이 1,904,345㎢(우리나라의 20배 정도)이고 인구는 2억 2천만 명이다. 수도 자카르타가 있는 자바섬은 전국의 9% 면적에 전 인구의 65%가 모여 살고 있어 인구밀도가 1㎢에 500명이며 지역적으로 2,000명(서울:16,978명)이상이 넘는 평지도 있어 과밀현상을 보이는 곳도 있다. 반면 보루네오는 5명, 수마트라는 33명으로 인구밀도의 편차가 심한 나라다.

말레이 민족을 비롯하여 다수 민족이 거주하며 각 종교의 기념일을 다 공휴일로 정하여 공휴일이 많은 나라다. 바탐은 농사를 지을 수 없는 70%의 정글로 이루어진 섬이며 1975년만 해도 인구가 5,000명 정도였는데 공장들이 들어서고 직원들의 기숙사가 들어서는 등 공단이 형성되면서, 이곳에 입주하는 노동인구가 바탐의 인구가 된 셈이다. 옛날에는 무인도였다는 바탐의 현재 인구는 40만 명이 넘는다. 바탐의 심장부라 할 수 있는 나고야는 계속해서 늘고 있는 상점, 레스토랑, 디스코텍 등 유흥업소와 쇼핑 플라쟈, 야시장,

호텔, 대부분의 은행들과 환전소가 모여 있다. 현지인들은 물론이고 관광객들의 욕구를 채워주는 번화가이다. 이곳에서 자카르타까지는 비행기로 1시간 20분, 쟈바 종족이 많이 살며, 보루네오 가구로 유명한 보루네오 섬은 1시간, 발리섬은 2시간 걸린다. 우리나라와의 시차는 −1시간이며 연평균 강우량이 2,286㎟이고 국제 전화요금이 비싸다. 이곳 바탐은 1932년~45년까지 한때 일본의 식민지인 때도 있어서 일본 사람들을 싫어한다. 바탐에는 골프장이 6개나 있어서 골프 관광객들이 많은데 그중에는 한국인들도 상당히 많은 편이다.

우리나라 버스처럼 2인석 의자가 양쪽으로 있고 중간에 접을 수 있는 의자가 있어서 57석 정도 되는 관광버스(월남전에 참전했던 계원들 이야기에 의하면 일본에서 생산된 그 당시의 버스)를 타고 중국 사원에 들렀다. 사원의 뜰에 달마 승 외 몇 점의 조각품들이 놓여 있을 뿐 특별하게 느껴지는 게 없는 사원이다. 가이드가 우리나라 자두 비슷한 과일을 사서 나누어 주었다. 약간 새콤하면서 단맛이 나는 이 과일의 이름은 '빌리'다. 사원을 거쳐 다음으로 들린 곳은 원주민 마을이었다. 버스 안에서 동승한 싱가폴 가이드가 원주민 마을에 가면 아이들이 뭘 달라고 손을 내밀어도 돈을 주지 말라고 당부하였다. 관광객들이 애들이 귀엽다고 1달러짜리를 쥐어주곤 하였는데 아이들이 학교에 가는 걸 그만두고 관광객들을 따라 다니기 때문에 아이들 장래를 생각해서 지금은 돈 대신 과자나 학용품을 하나씩 준다고 하였다. 6.25 직후 미군들을 쫓아다니며 그들이 주는 초콜릿이나 껌 등을 얻어먹던 우리의 어릴 적 사진을 보는 듯하다. 주민들은 대게 어부들이며 관광객들을 상대로 토산품을 판다. 빨간색 드레스를 입은 아가씨 세 명이 민속춤을 추었으나 날마다 같은 일을하기 때문인지 별로 성의가 느껴지지 않았다. 우리나라에서 외국인들을 상대로 민속춤이나 국악 공연 등을 할 때는 정말로 정성을 기울여야겠다는 생각이 들었다. 그렇지 않으면 오히려 역효과를 가져오지 않을까, 염려스럽다.

물이 귀해서 빗물을 받아 식수로 사용하는 원주민들의 수명은 여자 70세 남자 65세이며, 80세 이상은 10만 명 중 1명꼴이다. 태국의 평균 수명이 55세 인 것에 비하면 비교적 장수하는 셈이다. 인도네시아에서는 대개 여자 20세 남자 25세가 결혼 적령기이나 원주민은 16살이면 결혼할 수 있다.

이 원주민들은 자기들의 나이를 잘 몰라서 아이들이 오른손을 머리위로 하여 왼쪽 귀를 잡을 수 있으면 학교에 보낸다. 1956년 완전 독립 이전에는 문맹률이 90% 였으나, 그 후 도시에서는 63%까지 상승하였지만 전국적으로는 아직도 저조한 편이다. 이곳 원주민 마을엔 초등학교가 한 곳 있으며 중학교는 나고야에 있다. 우리가 태국인들을 보면서 대체로 왜소하게 느꼈던 것과는 달리 이곳 원주민들은 체격도 크고 아이들도 우리 아이들처럼 눈이 똘망거렸다. 가이드가 귀 뜸 한 대로 아이들이 우리 뒤를 따라다니며 애처로운 표정도 지었다가 슬쩍 슬쩍 손을 내밀어 달라는 시늉을 했지만 그냥 모른 척 했다. 신문지상이나 TV화면을 통해 봤던 방글라데시나 북한의 굶주린 아이들의 모습이 아니어서 마음은 덜 아팠다.

이곳의 부자들은 정글 속에 집을 짓고 산다. 이 나라는 천연 자원이 풍부하다. 원유, 가스 등 휘발유 1 ℓ 에 200원이다. 우리나라 생수 값 보다 싸다. 우리나라에서 6월중에 휘발유가 1 ℓ 에 1,200원대였으니 무려 6배 정도 싼값이다. 풍부한 자원을 두고도 왜 이렇게 어렵게 살고 있을까? 원유국들의 결정에 따라 웃고 울어야 하는 안타까움 없이, 많은 산업을 발전시킬 수 있었을 텐데, 저조한 문맹률에 그 영향이 있는 것은 아닐까. 값 싼 원유를 갖고 있으면서도 하루에 12시간 밖에 전기를 사용할 수가 없다. 특별한 자원이 없는 우리나라가 이나마 세계 속의 코리아로 자리 매김 할 수 있었던 것은 그야말로 우리 부모님들이 허리띠를 졸라매며 자녀 교육에 앞장섰던 결과라 해도 지나친 말은 아니리라. 세계 각국의 여러 분야에서 활발한 활동을 하면서 조국으로 낭보(朗報)를 보내오는 우리 교포들. 미국의 경제를 장악하고 있는 유태인들, 동남아의 경제를 좌우지하는 화교들, 머지않아 한국인이 세계의 지적 사회를 움직이는 시대가 올

거라는 자부심을 가져도 될까. 우리는 더욱 더 자녀들 교육에 힘을 기울여야 할 것 같다.

이곳 바탐에도 말레이시아처럼 공동묘지가 있고 매장의 깊이도 남자는 2m 여자는 3m로 정해져 있었는데, 여자를 깊이 묻는 이유는 말레이시아처럼 여자가 평소에 말이 많기 때문이다. 쭉쭉 뻗은 야자나무들이 많은 이 곳 밀림에는 산돼지, 원숭이, 이구아나(도마뱀으로 1m 되는 것도 있다.)등이 많고 기후는 건기와 우기로 나눈다. 사람 고기를 좋아하는 식인족이 아직도 남아 있다는 이곳에는 남자(45%)보다 여자(55%)가 더 많다.

싱가폴에서 점심 후에 출발했기 때문에 몇 군데 들리지 않았는데 금방 날이 어두워졌다. 어스름이 들고서야 아마존 강이라 부르는 강변식당에서 해물 요리로 저녁식사를 하였다. 꽃게와 새우 등 푸짐한 해물요리였지만, 기름에 볶거나 구운 음식들이라 제 맛을 못 내는 것 같다. 이정도의 재료를 가지고 꽃게탕을 했으면 얼마나 맛이 있었을까? 기후 때문에 탕 문화가 없는 동남아 지역의 식당에서는 기대할 수 없는 희망 사항이다. 식사 후 노사부랑 부두에서 가까운 호텔 'VIEW'에 도착하였다. 해변가에 위치한 호텔로 조용하고 장관이 참 아름다웠다. 대부분 야자수들이었지만 조경이 잘된 식물들은 이번 여행 동안 볼 수 있었던 어떤 야자수보다 아름답고 특이했다.

가이드의 말에 의하면 줄기가 빨강색이어서 '립스틱 팜'이라고 부른다는 야자수는 한줄기에 20만 원 정도로 야자수 중에 제일 값이 비싸다고 한다. 그 '립스틱 팜'을 이곳 정원에서 볼 수 있었다. 어느 식물원에 온 듯한 느낌이다.

밤에는 모처럼 호텔내의 노래방에서 우리나라 노래를 즐겼다. 5박 6일 동안 거의 한국 가이드의 안내로 한국인들이 경영하는 식당에서 또 마주치는 관광객들이 대부분 한국인이어서 특별히 언어가 다른 타국이라는 불편은 없었다. 외국 호텔에서 우리 노래를 즐길 수 있다는 것, 중요한 관광 코스에 우리말 통역장치가 마련되어 있는 것을 보면서 그만큼 우리 관광객이 많다는 것, 그것은 우리의 생활에 어느 정도의 여력이 생겼다는 것이기에 싫지는 않았다.

샤워를 하고 창가의 의자에 앉아 오늘 하루의 일정을 정리해 본다. 싱가폴에서 말레이시아, 다시 싱가폴로 돌아와 주롱새 공원 관광, 그리고 인도네시아까지 3국을 넘나들었다. 바다 건너편 희미하게 반짝이는 불빛들이 싱가폴의 부두 불빛들이다. 오늘밤이 지나면 6박 7일의 동남아관광 마지막 날이다.

7월 6일 바람 2

아침식사를 하고 해변가를 산책했다. 매일 이른 아침식사를 하고 8시경 출발했지만 오늘은 9시에 출발한다고 하니 좀 느긋한 기분이다. 해변가의 숲 속 여기저기에 완성되지 않은 방갈로들이 방치되어 있었다. 우리나라에 몰아쳤던 그 끔직한 'IMF' 한파가 이곳에도 다녀간 듯하다. 건축을 시작할 때는 부자가 되는 꿈으로 한껏 부풀어 있었을 텐데, 그들도 우리나라처럼 거리의 노숙자가 되어 방황하고 있는 것은 아닐까? 저 방갈로들이 주인들에 의해 아름다운 모습으로 완성된다면 이런 곳에서 오래는 말고 한 달쯤 일출과 일몰을 지켜보며 지낼 수 있었으면 참 좋겠다. 황홀한 일출은 일몰 또한 그렇게 황홀한지, 구름 속에 가려 중천에 떠서야 볼 수 있었던 일출의 일몰은 또 어떤 모습 일까가 늘 궁금하다. 9시에 호텔에서 출발하여 나고야 시내를 거쳐 훼리편으로 싱가폴로 돌아왔다. 안내하는 동안 자상하고 싹싹하게 굴던 자칭 설운도의 '울고 넘는 박달재'의 넘어가는 가락이 귓가에 남는다. 짧은 동행이었지만 헤어지기가 섭섭해 눈물짓는 계원들도 있었다.

7월 6일 식물원

바탐에서 돌아와 가이드가 마지막 기회라며 안내한 면세점에서 쇼핑을 하고 어제 점심을 먹었던 식당에서 점심을 먹었다. 식사 후 홀랜드 거리의 코너에 있는 국립식물원에 들렀다. 1859년에 개장한 식물원은 32ha에 세계각지의 열대와 아열대식물, 싱가폴의 국화인 양란이 많이 피어 있는 곳이다. 공사관계로 우리는 후문 쪽으로 입장하여 야자수 등 푸른 식물들만 돌아보는데 그쳤다. 일 년이면 700만 명 정도의 관광객들이 다녀가는 곳이라고 하는데, 우리가 식물원을 찾았을 때는 후문 쪽이라서 인지 사람들을 별로 볼 수가 없었다. 점심 식사 후 식당 옆 가로수 한 그루에 맺힌 꽃봉오리, 피어있는 꽃, 아직 익지 않은 파란 열매, 주황색으로 익어가는 열매, 빨갛게 익은 열매가 한꺼번에 달려 있는 것을 보고, 우리네 사철을 한 나무에서 다 볼 수 있는 것 같아 사진촬영을 하려다 식물원에 가면 더 멋진 것들이 많으려니 하고 그만 두었던 것이 후회스러울 정도로 식물원 구경은 실망스러웠다. 시간과 입장료 때문에 인솔자 측에서 입장료 없는 코스만을 택한 것 같다. 버스를 타고 이동하는 길거리에서 오히려 식물원에서 볼 수 없었던 특이한 나무들을 볼 수 있었다. 큰 나무 등걸에 다른 식물들이 자라고 있는 모습이라든지 뿌리가 나뭇잎 줄기에서 길게 뻗어 내려 할아버지 턱수염처럼 길게 늘어져 있는 것들은 우리주위에서는 흔하지 않는 것 들이었다. 한 나무에 다른 식물들이 서식하는 나무를 자연 공생나무라 한다. 새들의 배설물이나 바람에 날려 온 씨앗들이 항상 습도가 많은 기후 덕으로 싹이 터서 자란다고 하는데, 새 깃털 모양의 번네스트, 사슴뿔 잎사귀 등이 붙어 있는 것들은 거의 인공적이다. 이곳에서는 우리나라처럼 계절에 따라 피는 꽃이 분류되지 않고, 우기 철에 피는 꽃과 땡 볕에 피는 꽃으로 분류한다. 식물원 구경을 마치고 마지막 관광 코스인 센토사섬으로 향했다.

7월 6일 센토사섬

　센토사섬은 1872년 싱가폴 정부의 관광 정책으로 개발된 동서 4km 남북 1.5km의 섬으로 센토사란 말레이어로 '평화와 고요함'이란 뜻이다. 36홀의 골프장과 나비공원, 수족관, 케이블카, 모노레일 등 갖가지 레저 시설을 갖추고 있다. 섬으로 가기 위해 케이블카를 탔다. 고소 공포증 때문에 구름다리를 못 건너는 남편은 무서운지 내 팔을 꽉 붙들었다. 45대의 케이블카를 운행한다는 케이블은 최고 80m까지 올라간다. 케이블카에서 내려다보는 센토사섬 전경과 선박들의 입출항이 계속되는 하버선착장, 부두 멀리 세계에서 두 번째라는 정유 회사의 기름 저장 탱크들.

　이곳에서는 우리말 버튼을 눌러서 설명을 들을 수 있었다. 케이블카에서 내려 83m의 아크릴 터널로 이루어진 수족관 구경을 하였다. 수족관 안에는 1억 원을 호가한다는 드레곤 피쉬가 있다고 하지만 어떤 고기인지 알 수 없었고, 현대의 인어라고 불리는 하얀색의 듀공을 보았다. 소 1마리를 3분 만에 먹어치운다는 식인어 피라니아는 손바닥 넓이만큼의 우리나라 뱅어와 비슷했는데, 대장을 선두로 떼를 지어 다니며 대장이 물지 않으면 다른 고기들도 공격하지 않는다 한다. 돌멩이 고기, 해마, 독이 있는 문어 등 영문으로 설명이 붙은 것들은 그냥 지나치고, 머리 위를 유유히 헤엄쳐 다니는 가오리나 상어 등 우리가 평소에 알고 있는 고기들이 더 반가웠다. 관광 떠나기 전에 수족관에 대해서 기대가 너무 큰 탓이었을까, 특별하다고 느껴지지 않았다.

수족관 구경을 마치고 모노레일을 타고, 섬 주위를 한 바퀴 돈 다음 분수쇼를 구경하였다. 잔잔한 음악과 함께 어둠이 서서히 걷히면서, 아침이 열리는 듯 때로는 태풍이 몰아치는 듯한 강한 선율에 따라 하늘을 뚫을 듯 솟아오르며 춤추는 물줄기들을 보면서, 세상 속에서 묻힌 잡티들이 다 씻겨 내리는 듯 정신이 맑아졌다. 이대로 물줄기들의 춤에 취해 마냥 있고 싶은데 일행들이 일어섰다. 수족관에서 필름을 다 써 버려 사진촬영을 못 한 게 못내 아쉬웠지만 비디오 촬영하신 분에게 복사본을 부탁드렸다.

분수쇼 관람을 마치고 6시에 버스에 승차하여 싱가폴의 전통요리라고 하는 '스팀붓'으로 저녁식사를 하였다. 넓은 야외 식당 테이블에는 많은 사람들이 먼저 식사를 하고 있었다. 새 공원의 모노레일카와 케이블카에 영어와 우리말, 일본어의 해설이 준비된 걸 보면, 우리나라와 일본인 관광객들이 많다는 걸 느낄 수 있었다.

서울에서 왔다는 어떤 아주머니는 말의 억양이 우리와 비슷해 고향을 물어 보았더니, 전남 일로라고 하며 반가워하였다. 우리보다 1시간 먼저 출발한다고 했다. 스팀붓이란 전통요리는 우리나라 뷔페와 비슷했는데, 주재료인 어른 손가락 정도의 새우를 끓는 육수에 익혀 먹거나 불판에 구어 먹는 음식이다. 다른 해물이나 육고기도 있었지만 새우로 양을 채웠다. 저녁을 마치고 서울로 가기 위해 창이 공항으로 향하는데, 저 만큼서 초생달이 헤어지기가 아쉽다는 듯 버스를 따라오고 있었다.

8시 30분 공항에 도착하여 출국 수속을 마치고 10시 50분 아시아나 8702기를 타고 서울로 향했다. 밤새 비행기에서 밤을 새우고 눈을 뜨니 우리시간 7시 5분쯤이다. 저 밑으로 산들이 보이고 해가 물속을 끼며 우리를 따라오고 있었다. 8시 20분 서울공항 착륙. 6박 7일 동안 타임머신을 타고 태국에 들려 잠시 잊었던 우리의 옛 모습을 되돌아보고, 얄밉도록 깔끔 떨어 오랫동안 머물기가 거북스러운 자매의 집에 들른 것 같은 싱가폴 여행을 끝마치고 회갑여행으로 더욱 어른스러워진 듯한 남편들을 모시고 집으로 향해 출발.

 황숙자 수필집

—

초판 1쇄 인쇄   2022년 5월 12일
초판 1쇄 발행   2022년 5월 16일
—

지은이   황숙자
펴낸이   임성규
펴낸곳   아꿈
—

출판등록   2020년 12월 23일 제363-2020-000015호
주   소   62357 광주광역시 광산구 월곡산정로 20-49 101동 106호
전자우편   a-dream-book@naver.com
—

*책 가격은 뒤표지에 표시되어 있습니다.
*지은이와 협의에 의해 인지는 생략합니다.
*잘못된 책은 교환해 드립니다.

—

ISBN 979-11-973253-35-9 03810

ⓒ황숙자, 2022